Björn Larsson

Träume am Ufer des Meeres

Zu diesem Buch

Mit einem kleinen Küstenfrachter fährt der geheimnisvolle Kapitän Marcel um die Welt. Rastlos zieht er umher, ohne jemals wirklich irgendwo anzukommen. In vier Häfen begegnet er vier Menschen, deren Leben er für immer verändert. Er schenkt ihnen Hoffnung – und verschwindet dann spurlos. Ohne voneinander zu wissen, versuchen die Zurückgelassenen, ihn aufzuspüren. Schon bald wird die Suche nach Marcel zur Suche nach sich selbst und zur größten Herausforderung, der sie sich jemals stellen mussten.

»Ein verschmitzt und fantasievoll erzählter Roman. Eine wohltuende, alle Sinne ansprechende Prosa, die einen in den Bann zieht.« *Jönköpings-Posten*

Der Autor

Björn Larsson (*1953) ist Professor für Französisch in Schweden, seine Leidenschaft ist aber das Segeln, das er mit der Schriftstellerei verbindet. Im Sommer lebt er auf einem Segelboot. Björn Larsson wurde u. a. 2004 mit dem schwedischen Literaturpreis Östrabopriset ausgezeichnet.

Die Übersetzer

Knut Krüger, geboren 1966, ist freier Autor, Lektor und Übersetzer für englische und skandinavische Literatur. Nach seinem Germanistik-Studium arbeitete er im Buchhandel und im Verlagswesen.

Jörg Scherzer ist als Übersetzer aus dem Dänischen, Norwegischen und vor allem aus dem Schwedischen tätig.

Mehr über den Autor und sein Werk auf *www.unionsverlag.com*

Björn Larsson

Träume am Ufer des Meeres

Roman

Aus dem Schwedischen von
Jörg Scherzer und Knut Krüger

Unionsverlag

Die Originalausgabe erschien 1998 bei Norstedts Förlag AB, Stockholm.
Die deutsche Erstausgabe erschien 1999 im Berlin Verlag.

Im Internet
Aktuelle Informationen, Dokumente und Materialien
zu Björn Larsson und diesem Buch
www.unionsverlag.com

Unionsverlag Taschenbuch 796

Originaltitel: Drömmar vid havet
Diese Ausgabe erscheint in Vereinbarung
mit der Nordin Agency AB, Schweden.

Neptunstrasse 20, CH-8032 Zürich
Telefon +41 44 283 20 00
mail@unionsverlag.ch

Reihengestaltung: Heinz Unternährer
Umschlagfoto: Tyler Wanlass (Unsplash)
Umschlaggestaltung: Peter Löffelholz
Satz: Greiner & Reichel, Köln
Druck und Bindung: CPI – Clausen & Bosse, Leck
ISBN 978-3-293-20796-7

Der Unionsverlag wird vom Bundesamt für Kultur mit einem
Verlagsförderungs-Strukturbeitrag für die Jahre 2016–2020 unterstützt.

Auch als E-Book erhältlich

Erster Teil

I

Es gab Tage auf dem Atlantik, an denen sich der Horizont nach allen Seiten ins Unendliche erstreckte. Tage, an denen Himmel und Meer dieselbe tiefblaue Farbe hatten, an denen eine scharfe Sonne aufgebrachte Wassermassen beleuchtete und kreideweiße Brecher zu Schaumstreifen auseinandergeblasen wurden. Tage, an denen das Schiff sich in den gewaltigen Wellenbergen wälzte, während ein felsenharter Wind Wasserdampf aufrührte, der am Bug kurzlebige Regenbogen aufblitzen ließ. So mancher hätte für solche Tage sein Leben gegeben, bildlich gesprochen zumindest. Die meisten hätten allerdings alles gegeben, um sie gerade nicht erleben zu müssen, und das vermutlich aus Furcht vor dem Tod. Oder vor dem Leben.

An einem solchen Tag passierten sie die Insel Salvore an der Mündung des Ría Arousa und kamen endlich in Lee. Die Reise war in den letzten Stunden großartig gewesen, allerdings auch schwierig. Langsam und stetig hatte der Wind den ganzen Morgen über zugenommen, gegen Mittag hatte er dann volle Sturmstärke erreicht. Die Brecher auf dem Atlantik hatten sich zu Ungeheuern ausgewachsen, die ihr Schiff mit seinen dreißigtausend Tonnen herumwarfen wie ein Spielzeugboot. Glücklicherweise fuhren sie mit voller Ladung, die nach allen Regeln der Kunst unter Deck festgezurrt und verkeilt war. Und wenn nur jeder tat, was er zu tun hatte, gab es eigentlich keinen Grund zur Besorgnis.

Steuermann Sundgren hatte das Schiff geschickt geführt.

Nicht ein einziges Mal hatte er eine Schwäche gezeigt. Die Wende zur Mündung des Ría Arousa war meisterhaft ausgeführt worden; klar, entschieden, rasch, mit exakten Ruderbewegungen in genau dem richtigen Augenblick zwischen zwei Serien besonders hoher, steiler Wogen. Darum wäre es ein Fehler gewesen, wenn Marcel, der Kapitän, jetzt, da die schlimmste Strecke hinter ihnen lag, das Ruder übernommen hätte. Sundgren sollte das Gefühl auskosten können, dass er die Aufgabe, die ihm übertragen worden war, auch gelöst hatte: Und diese Aufgabe war, sie sicher in den Hafen zu bringen.

Marcel und Sundgren fuhren fast fünfzehn Jahre miteinander zur See. Einst war Marcel sogar Steuermann unter Sundgren gewesen, bis der eines Tages auf eigenen Wunsch einen niedrigeren Dienstgrad übernommen hatte. Sundgren war ein erstklassiger Seemann, der selten oder niemals Fehler machte. Aber um welchen Preis? Da war ein nagendes Gefühl der Angst vor jedem Manöver und jeder Entscheidung, eine zehrende Furcht vor allen möglichen Unfällen und unerwarteten Ereignissen an Bord und eine ständige quälende Sorge, was sich am Kai und beim Festmachen wieder ereignen könnte. Ein Außenstehender hätte wohl gedacht, Sundgren wäre ein Mann, der es mit allen Schwierigkeiten der Welt aufnehmen konnte, aber so war er nicht. Wirkliche Unfälle, vor allem jene, die sich an Land ereigneten, nahm er meist gleichmütig hin, doch gerade der Gedanke an das, was sich *womöglich* ereignen konnte, erfüllte ihn mit tiefer Unruhe und schlimmen Ahnungen. Sundgren hätte in jedem beliebigen Hafen und unter allen denkbaren Bedingungen spielend leicht anlegen können. Aber um seines Seelenfriedens willen war es ihm lieber, dass Marcel das Steuer übernahm, wenn die Verantwortung am schwersten wog.

Sundgren blickte Marcel an, als sähe er ihn zum ersten Mal. Während seines langen Lebens auf See hatte Sundgren viele Menschen kennengelernt, aber noch keinen, dem Sorgen und Grübeleien so fremd schienen wie Marcel. Wie stellte er das nur an?

Er war ein kompetenter Offizier, natürlich, und sogar einer der besten. Doch es war mehr, es schien, als könnte ihm einfach überhaupt nichts etwas anhaben. Marcel war wie ein Kind – oder jedenfalls so, wie man es von Kindern gewöhnlich erwartet. Sundgrens eigenen beiden Kinder waren, so gesehen, ziemlich missraten. Was im Grunde gar nicht so erstaunlich war. Er selbst war auch nicht gerade, was man eine Frohnatur genannt hätte.

»Du nimmst die Dinge zu schwer«, hatte Marcel schon häufig zu ihm gesagt.

»Vielleicht«, hatte Sundgren ebenso häufig geantwortet. »Aber was soll ich dagegen tun?«

Darauf hatte Marcel keine Antwort als: die Dinge eben einfach nicht zu schwernehmen, mehr nicht. Daran schien sich auch Marcel selbst zu halten. Er war Kapitän zur See, mit den entsprechenden Balken auf den Schulterklappen, mit einer Position und mit Verantwortung, doch im Grunde schien es, als sei ihm das alles völlig gleichgültig, und als könnte er das Schiff jeden Augenblick verlassen und auf einer Insel in der Karibik oder sonst irgendwo in einer Hütte leben. Sundgren durchschaute Marcel nicht, er wusste fast nichts von seinem Leben und seiner Vergangenheit, nur, dass er in Jakarta geboren und ein halber Holländer war und dass er, Sundgren, ihn über alles schätzte. Ohne Marcel an Bord wäre er selbst das reinste Nervenbündel gewesen, außerdem ein griesgrämiger, ängstlicher Tyrann, und er hätte sich aus all diesen Gründen selbst gehasst.

Aber was war an Marcel, das so vielen anderen fehlte?, fragte sich Sundgren, als er sah, wie Marcel in Hemdsärmeln bei schweren Sturmböen draußen auf der Brücke stand und das Anlegen des Schiffs dirigierte, ohne auch nur das geringste Zeichen von Unruhe oder Nervosität zu zeigen. Wie in aller Welt gelang es Marcel, die Dinge so verdammt leicht zu nehmen, als wäre das Leben ein Spiel oder eine gute Geschichte, die man sich vor dem Mast erzählte? Sundgren wusste es nicht, und vielleicht wollte er es auch gar nicht wissen. Ihm selbst ging es am besten, wenn sein Leben in festen und vorhersagbaren Bahnen verlief, wenn er wusste, wo er hingehörte, und auch nichts anderes anstrebte. Es genügte ihm vollkommen, wenn er mit Marcel fahren durfte. Er musste nicht auch noch sein wie er.

2

Es gab Wintertage in Villagarcía de Arousa, da brüllte das Meer all seinen Zorn aus sich heraus und schien sich an den Menschen rächen zu wollen, weil sie es für ihre eigenen Zwecke ausbeuteten. Tage, an denen der Südwestwind zwischen den Häusern heulte und tobte und die kurzen, steilen Wogen draußen auf dem Ría einen irrsinnigen Kampf darüber austrugen, welche von ihnen sich als erste auf den Strand stürzen durfte. Tage, an denen man das ohrenbetäubende Grollen der gewaltigen Dünung zu hören glaubte, die unablässig auf die Felsenhänge weiter im Westen hämmerte.

An solchen Tagen wurde Rosa Moreno von Furcht überwältigt. Sie stand hinter einer Häuserecke, ein Platz, von dem aus sie auf das weiß schäumende Wasser blickte, und fragte sich, ob sie in ihrem Leben noch jemals fortgehen würde. Ob sie also überhaupt jemals zu leben wagen würde.

Solange sie denken konnte, hatte sie diese brennende Sehnsucht in sich gespürt. Was konnte sie? Außer vier Semestern Jura hatte sie nicht viel vorzuweisen. In dem Café, in dem sie arbeitete, behaupteten manche, sie habe Ähnlichkeit mit Ingrid Bergman, sie, Rosa Moreno, habe das Lächeln der Bergman.

Möglich war es. Sie war mit dem Zug nach Vigo gefahren, um sich einen Film mit Ingrid Bergman anzusehen, aber sie war nicht Ingrid Bergman und würde es niemals sein. Vielleicht hatte sie ihr Lächeln, aber das war alles. Sie war nicht dumm, aber wen interessierte das? Was allein zählte, war, dass man *die Beste* war, und sie wusste mit absoluter Sicherheit: Das war sie nicht. Sie war beliebt bei den Gästen des Cafés, das schon, und vielleicht würden sie sie sogar eine Zeit lang vermissen, wenn sie kündigte. Doch sie würden ihretwegen nicht in ein anderes Café gehen, und was nützte es ihr, wenn man sie eine Zeit lang vermisste? Die Schmerzen, die sie im Körper und in ihrer Seele empfand, konnte es nicht lindern.

Wenn sie sich selbst für den Rest ihres Lebens im selben Lokal stehen, das gleiche Bier servieren, die gleichen Scherzworte rufen hören, die gleichen Scheiben *jámon serrano* abschneiden sah und dazu die immer gleichen Kommentare über all die Fußballspiele im Fernsehen hörte, dann war ihr, als werde alles schwarz um sie herum, als habe es gar keinen Sinn zu leben, sosehr sie sich auch bemühte.

Am schlimmsten war es an jenen Tagen, an denen eine Laune des Wetters die Fischerflotte von Villagarcía zwang, im Hafen zu bleiben, nicht nur die großen Trawler, die auf die offene See hinausfuhren, sondern auch die kleinen, flachen Boote, die nur ihre *viveros* absuchten, ihre Muschelbänke, die wie ein Flickenteppich im normalerweise ruhigen Wasser des Ría lagen. Dann duckten sich die Fischerboote wie erschrockene Hühner hinter dem Pier, der von weißem Schaum überspült wurde. Die Fischer lehnten wie sie selbst an den Häuserecken und taten nichts als warten.

Denn so war es einfach. Wenn im Winter der Sturm aus

Südwesten kam, hörte in Galizien das Leben auf. Als hätte man die Nachrichten im Fernsehen einen Augenblick auf dem unscharfen Bild eines Bankräubers angehalten. Wer?, fragte sich Rosa Moreno. Wer trug die Verantwortung? Sie selbst, Gott, die Sterne oder irgendjemand sonst?

Sie hoffte, dass der Sturm sich bald legen werde, damit sie noch zusehen konnte, wie sich die Fischer aufs Meer hinauskämpften, ehe sie selbst ihren Dienst im Café antrat. Sie wollte sehen, wie sie die Leinen losmachten und auf den Horizont zufuhren. Mit eigenen Augen musste sie sehen, dass zumindest ein paar Menschen die Freiheit besaßen, zu kommen und zu gehen, wie sie wollten.

Sie sah auf die Uhr. Bald musste sie los. Gerade wollte sie sich umdrehen, als sie hinter der Nordspitze der Isla Arousa den Bug eines Schiffs sah. In das eingefrorene Standbild kam Leben. Die Fischer traten einen Schritt vor, um zu sehen, was für ein Schiff es war, das sich da offensichtlich auf dem Weg in ihren Hafen befand, um Schutz zu suchen. Sie alle wussten, dass Schiff und Mannschaft um das nackte Überleben gekämpft haben mussten, ehe sie in den Ría Arousa einfuhren.

Rosa Moreno blieb stehen, wo sie gerade stand, obwohl sie sich auf den Weg zum Café hätte machen müssen. Der schwarze Rumpf stampfte und rollte in der unruhigen See. Sie hielt den Atem an. Auch ihr war klar, dass es kein Kinderspiel war, ein Schiff bei Südweststurm in den Hafen von Villagarcía zu legen. Erst in der vergangenen Woche war vor La Coruña ein Tanker auf Grund gelaufen – dann war er entzweigebrochen, explodiert und hatte das Meer in Brand gesteckt. Und drei Wochen vorher war ein dänisches Schiff vor Kap Finisterre aufgelaufen und hatte den größten Teil der Besatzung mit in die Tiefen des Atlantiks gerissen. Vor den Gästen war sie im Café in Tränen ausgebrochen, als sie im Fernsehen gezeigt hatten, wie die Rettungsmannschaften den Steuermann und drei andere Besatzungsmitglieder an Land brachten.

Die Gäste hatten sie fragend angesehen, und einer hatte schließlich gefragt, warum sie weinte. Sie hatte gesagt, dass sie an ihren Bruder denken musste. Dass sie auch um ein paar Dänen und ein Dutzend Filipinos weinte, die für immer von dieser Erde verschwunden waren, sagte sie lieber nicht. Niemand hätte es verstanden.

Das Schiff draußen auf dem Ría kam näher. Jetzt, wo es ruhigeres Wasser erreicht hatte, stampfte es weniger. Aber die Wellen waren kabbelig und schickten Wasserkaskaden bis hinauf zur Kommandobrücke. Sie kniff die Augen zusammen. Träumte sie, oder stand dort ein Mensch auf der Brücke? Natürlich, ein Mann. Im Hemd.

Sie eilte zum Hafen hinunter, denn eigentlich hatte sie jetzt wirklich keine Zeit mehr. Sie ging so weit hinaus auf den Pier, wie sie es wagen konnte, ohne fürchten zu müssen, dass sie durchweicht oder einfach ins Meer gewaschen wurde.

»Er hat nur eine Chance«, hörte sie einen der Fischer sagen. »Wenn er die Leinen nicht gleich beim ersten Mal belegt, treibt er durch das Hafenbecken. Gott weiß, was dann passiert.«

Was redeten die? Sie ballte erschrocken die Fäuste, dass die Knöchel weiß wurden.

Zwei Fischer kämpften sich durch den Wind und die Wasserkaskaden bis zum Vertäuungspoller ganz draußen auf dem Pier vor. An Land musste jemand mit den Leinen helfen, wenn alles gut gehen sollte. Wie gern hätte sie geholfen! Aber sie wäre ja doch nur im Weg gewesen.

Jetzt war der Mann auf der Brücke deutlich zu erkennen. Zu ihrem Erstaunen sah sie, dass er gelassen lächelte. Konnte das denn wahr sein? Ja, der Kapitän, falls es der Kapitän war, sah gerade so aus, als wäre das Ganze nur ein Spiel für ihn. Mit einem Mal legte sich ihre Furcht. Mit einem Mal war sie sich sicher, dass dem Schiff nichts geschehen würde.

Sie hob den Arm halb und winkte schüchtern.

»Meinst du, der Kapitän hat jetzt Zeit, an Weiber zu denken?«, rief einer der Fischer, und die anderen lachten laut.

Rosa Moreno hörte kaum, was sie sagten. Sie verfolgte die geringste Bewegung des Kapitäns mit dem Blick, und mitten in all dem Trubel schien er sie tatsächlich gesehen zu haben. Sie traute ihren Augen nicht: Der Kapitän hob den Arm und winkte zurück.

»Ein Mädchen in jedem Hafen«, brüllte Pedro gehässig. »Hab gar nicht gewusst, dass es solche Mädchen in Villagarcía gibt.«

Ebenso gut hätte er sie Hure nennen können. Nicht, dass ihr das etwas ausgemacht hätte. Wichtig war nur, dass sie dem Kapitän aufgefallen war und nicht bloß irgendeine unbedeutende Zweiundzwanzigjährige war, die nutzlos auf dem Kai stand, während alle anderen herumrannten und ihre Arbeit taten.

Plötzlich befand sich der Bug des Schiffs auf gleicher Höhe mit ihr. Ging das nicht zu schnell? Sie hörte die Maschine aufbrüllen und sah, wie der Rumpf bebte, als der Kapitän volle Kraft zurück befahl. Zwei Führungsleinen wurden vom Bug und von achtern geworfen, sie ringelten sich durch die Luft und landeten genau vor den Füßen der Fischer, die auf dem Pier bereitstanden. Sie holten ein, als sei ihr letztes Stündlein gekommen. In der Klüse tauchten jetzt die großen Trossenschlaufen auf, und es dauerte nicht lang, bis sie um die Poller lagen und sich mit den Bewegungen des Schiffs streckten. Sobald es am Kai stilllag, wurden weitere Führungsleinen geworfen und neue Trossen an Land gezogen und belegt. Binnen weniger Minuten war das Schiff eingesponnen in ein Spinnennetz aus Tauen, die so straff gespannt waren, dass sie zitterten. Aber es lag sicher. Und die ganze Zeit hatte der Kapitän ungerührt auf seiner Brücke gestanden. Rosa Moreno war ganz sicher, dass er ihr ein besonderes Lächeln zuwarf, als alles beendet war.

»Teufel auch!«, rief einer der Fischer und warf bewundernde Blicke hinauf zur Brücke. »Und ohne Schlepper!«

Rosa Moreno freute sich für den Kapitän. Sie allein hatte recht behalten, und die anderen hatten sich getäuscht.

»Du bist hier?«, fragte eine Stimme hinter ihr.

Sie drehte sich um. Es war Mario.

»Hättest du nicht schon vor einer Viertelstunde bei der Arbeit sein sollen?«

Sie nickte, sah aber vielsagend hinüber zum Schiff.

»Ich sehs«, sagte Mario. »Aber Mercedes wartet auf die Ablösung. Ich denke, das ist wichtiger als ein Schiff, das zufällig nach Villagarcía kommt. Du nicht?«

Rosa Moreno warf einen raschen Blick zurück. Bevor sie ging, sah sie noch, wie der Kapitän an der Reling auftauchte. »Tut mir leid«, sagte sie zu Mercedes, sobald sie das Café betrat. »Ich hab zugeschaut, wie ein Schiff in den Hafen eingelaufen ist.«

»Ach ja! Und ich?«, fragte Mercedes.

»Ich weiß«, sagte Rosa Moreno. »Aber es war spannend. Die Fischer haben nicht geglaubt, dass der Kapitän bei diesem Sturm würde anlegen können. Aber das hättest du sehen sollen! Er hatte sogar Zeit, mir zuzuwinken.«

»Du bildest dir was ein«, sagte Mercedes. »Ich kapier nicht, warum du dir hier keinen Verlobten zulegst, statt den Seeleuten nachzulaufen.«

Rosa Moreno gab keine Antwort und grüßte stattdessen die wenigen Gäste. Immerhin war sie bei ihnen beliebter als Mercedes. Vielleicht tat Mercedes darum alles, um sie als leichtfertiges, verrücktes Ding hinzustellen.

Rosa Moreno setzte sich auf den blank gescheuerten Hocker neben der Kasse. War das das Leben? Auf einem Hocker sitzen, aus dem Fenster sehen, auf eine Bestellung warten, und dann auf noch eine, bis man heiratete, Kinder bekam, alt wurde und starb? Wenn wenigstens ab und zu neue Gäste gekommen wären! Aber das Café lag in einer dunklen Seitenstraße, und nicht einmal die Touristen fanden im Sommer den Weg dorthin. Und wer doch die Nase hineinsteckte, kam selten ein zweites Mal.

Manchmal hatte sie sich überlegt, dass sie sich in den großen Cafés unten am Hafen Arbeit suchen sollte, oder vielleicht sogar im Restaurant des Jachtklubs. Dorthin kamen wenigstens Menschen, die nicht durch allerlei Zwänge gefesselt waren – Segler und Seeleute, von allen Enden der Welt, auf dem Weg zu allen Enden der Welt.

Aber bei der herrschenden Arbeitslosigkeit etwas anderes zu bekommen, war nicht leicht. In Spanien gab es

Millionen von Arbeitslosen. In ganz Europa über zehn Millionen, mehr, als Galizien Einwohner hatte. Wie viele mochten es auf der ganzen Welt sein? Unter so vielen war sie noch bedeutungsloser, jemand, den man gar nicht sah.

Außerdem war ihr Ruf auch nicht der beste. Sie war beliebt, das wohl, aber sie war unbedacht, eine Träumerin, eine, die nicht mit beiden Beinen auf der Erde stand, und wer stellt schon einen solchen Menschen ein? Mario behielt sie aus Mitleid, das wusste sie, weil ihr Bruder ertrunken war und sie beide Findelkinder gewesen waren. Aber Mitleid half ihr nicht zu leben.

Als der Kapitän des Schiffs in der Tür des Café Sport stand, war sich Rosa Moreno sofort sicher, dass es kein Zufall war. Alle ihre Horoskope hatten es vorausgesagt. Gerade in dieser Woche würde sie höchstwahrscheinlich eine neue Bekanntschaft machen und Gefahr laufen, sich zu verlieben, vermutlich in einen Steinbock.

Rosa Moreno glaubte nicht, dass die Horoskope immer die Wahrheit sagten. Aber wie oft behielten denn die Ökonomen mit ihren Vorhersagen über die Entwicklung von Zinsen und Aktienkursen und Defiziten recht? Und wie oft lagen die Politiker richtig, wenn sie von der Zukunft sprachen?

Im Übrigen war sie nicht die Einzige, die dumm und gutgläubig war, wenn sie es überhaupt war. In der Zeitung hatte sie gelesen, in Frankreich gebe es zehntausend Berufsastrologen, und hunderttausend Franzosen gingen regelmäßig zu einem von ihnen. Unter zehn Firmen zog eine einen Astrologen hinzu, wenn ein neuer Mitarbeiter eingestellt werden sollte. Waren das alles Dummköpfe? Warum sollte sie nicht an die Sterne glauben?

Aber als im letzten Jahr der Vatikan den neuen Katechismus veröffentlichte, war Mercedes ins Café Sport gerannt, obwohl sie an dem Tag gar keinen Dienst hatte. Sie hatte das siebenhundert Seiten dicke Buch aufgeschlagen und laut daraus vorgelesen, damit alle die kraftvollen Worte hörten, mit denen die katholische Kirche die Astrologie und andere Irrlehren dieser Art verdammte.

»Gott hat doch auch die Sterne geschaffen«, hatte Rosa Moreno einzuwenden gewagt. »Wer weiß, ob er sie nicht auch benutzt, um zu uns zu sprechen?«

»Glaubst du nicht, dass der Papst das besser weiß als du?«, hatte Mercedes sie abgefertigt.

Rosa Moreno hatte nicht geantwortet. Sie konnte nicht sagen, dass sie nicht an Gott glaubte, weil Gott ihr nicht geholfen hatte zu leben. Gott hatte ihre Mutter nicht daran gehindert, sie und ihren Bruder Cecilio im Stich zu lassen, weshalb sie zuerst in einem Kinderheim und anschließend bei Adoptiveltern gelandet waren. Gott hatte nicht verhindert, dass Cecilio von dem Fischerboot, auf dem er arbeitete, über Bord gespült wurde. Und Gott hatte auch Mercedes nicht geholfen, glücklich zu werden. Missgünstig und kleinlich war sie, trotz ihres Glaubens. Und wozu brauchte man Gott, wenn nicht, um glücklich zu werden?

Der Kapitän lächelte sie an und setzte sich auf den Barhocker schräg gegenüber der Registrierkasse, als wüsste er, dass auch Rosa Moreno immer genau dort saß, wenn auch auf der anderen Seite der Theke und nur, wenn sie gerade nicht servierte.

»Ich heiße Marcel«, sagte er in gutem Spanisch, obwohl er das R nicht rollte. »Und Sie?«

»Rosa Moreno.«

Marcel sprach es ihr nach, und ihr gefiel, wie er ihren Namen sagte. Es klang, als komme er von irgendwo anders, als sei es ein irgendwie exotischer Name.

Marcel öffnete einen weißen Leinwandbeutel und nahm eine große Dose Rolltabak heraus, die er auf den Tisch stellte. Noch nie hatte Rosa eine so große Tabaksdose gesehen. Sie fasste sicher einen halben Liter. Sie fragte, ob das nicht unpraktisch sei, mit einer so großen Dose herumzulaufen, wo es doch kleinere Tabakpäckchen gab, die in einer Hosentasche Platz fanden.

»Daran habe ich noch nie gedacht«, antwortete Marcel. »In meinem Beutel habe ich alles, was ich brauche, meinen Tabak, mein Geld, Zahnbürste, Rasierapparat, Stift, Papier. Man kann nie wissen.«

»Was kann man nie wissen?«, fragte Rosa Moreno.

»Ob man nicht plötzlich fortwill. Oder einfach bleiben, wo man ist. Hier zum Beispiel.«

»In Villagarcía?«, rief Rosa Moreno ungläubig.

»Nein, im Café Sport. So heißt es doch, oder?«

»Warum sollten Sie hierbleiben wollen? Sie sind Kapitän. Sie haben ein Schiff.«

»Na und? Wäre es nicht ebenso gut, hier zu sitzen und ein schönes Mädchen wie Sie anzusehen?«

Rosa Moreno fühlte, dass sie rot wurde. »Das sagen Sie nur so«, sagte sie. »Zu allen Mädchen in allen Häfen. Aber Sie meinen es nicht ernst.«

»Doch«, sagte Marcel. »Das tue ich. Sie sind schön. Sie haben ein schönes Lächeln.«

»Wie Ingrid Bergman?«, fragte Rosa Moreno beiläufig.

»Möglich, aber ich vergleiche nicht. Wie es ist, ist es schön.«

Zum ersten Mal hatte jemand zu ihr gesagt, es sei genug, wenn sie so war, wie sie war. Trotzdem glaubte sie nicht, dass er auch meinte, was er sagte.

»Ich bin immer darauf gefasst zu bleiben oder fortzugehen«, erklärte er. »Ich habe das in Indonesien gelernt, da bin ich geboren. Stellen Sie sich vor, ich komme eine Woche lang jeden Abend hierher, während mein Schiff gelöscht wird, und in dieser Zeit verliebe ich mich in Sie. Würde ich dann wieder wegfahren? Würde ich nicht viel glücklicher werden, wenn ich hierbliebe? Ein Schiff findet immer einen neuen Kapitän. Aber ein Mädchen, in das man sich verliebt hat, kann man nicht einfach austauschen.«

»Sie können das Mädchen doch mit an Bord nehmen«, hörte Rosa Moreno sich sagen. »Vielleicht möchte sie genau das.«

Marcel lachte. »Ja, vielleicht. Aber ich glaube, die meisten Mädchen wollen, dass die Seemänner auf See sind. Nicht der eigene vielleicht, aber doch alle anderen.«

»Warum?«, fragte Rosa Moreno.

»Sonst hätten sie keinen, von dem sie träumen können«, antwortete Marcel.

Rosa Moreno dachte, daran könnte womöglich etwas Wahres sein. Sie selbst hatte noch nie von einem Seemann geträumt. Nur davon, dazuzugehören und so richtig wirklich zu sein. »Ich«, sagte sie entschlossen, »käme gerne mit Ihnen an Bord.«

Als Rosa Moreno drei Tage später morgens in ihrem Bett aufwachte, war sie überzeugt, dass Kapitän Marcel noch neben ihr lag und sie in den Armen hielt. Sie presste sich sogar an ihn und versuchte, ihn mit ihrem ganzen Körper zu spüren – erst dann wurde ihr klar, dass sie allein im Bett war. Mit einem Ruck setzte sie sich auf. War sie für ihn nur ein Abenteuer gewesen? Ein Tautropfen, der rasch verdunstete – kurz, die, die sie war, eine unansehnliche Zweiundzwanzigjährige, mochte sie auch ein schönes Lächeln haben. Sie war eine unter Millionen und Abermillionen vom selben Schlag, die die Erde bevölkerten.

Aber dann, und mit großer Erleichterung, erinnerte sie sich an das, was Marcel gesagt hatte: »Wenn du aufwachst, bin ich fort. Bis zur Morgendämmerung muss ich wieder auf dem Schiff sein.«

Das verstand Rosa Moreno. Sie hatte die ganze Zeit gut zugehört. Sie wusste sehr genau, dass sie Marcel weder in Villagarcía festhalten noch zu ihm an Bord kommen konnte. Im Innersten war sie sich sicher, dass es für sie nichts zu hoffen gab.

Gerade darum hatte sie alle Vorsicht über Bord geworfen.

Wer weiß, wie lange sie von der Erinnerung an Marcel würde leben müssen? Oder wann ihre Gefühle das nächste Mal zum Himmel stiegen wie Feuerwerksraketen, glitzernd wie Sterne im glasklaren portugiesischen Nordwind? Wenn irgendetwas Rosa Moreno messerscharf vor Augen stand, dann war es dies: Sie musste diese Gelegenheit nutzen. Sie musste von Marcel alles stehlen, was es zu stehlen gab, all seine Gefühle, seine Erlebnisse, seine Geschichten.

Schon an diesem Morgen empfand sie eine tiefe

Dankbarkeit für ihn. Sie hatte zum ersten Mal mit einem Mann geschlafen, und er war genauso sanft und aufmerksam gewesen, wie sie sich das vorgestellt hatte. Ganz behutsam hatte Marcel ihr geholfen, zur erwachsenen Frau zu werden, und sie hatte es genossen.

Nach dem Frühstück saß sie mit ihren astrologischen Büchern im Bett. Sie wollte herausfinden, wie es kam, dass sie sich in einen Steinbock verliebt hatte, genau wie das Horoskop es prophezeit hatte. Mit etwas List hatte sie Marcels Geburtsdatum in Erfahrung gebracht, weil sie das Gefühl hatte, dass Marcel nicht an die Sterne glaubte und sie zu nichts anderem benutzte als zum Navigieren. Tatsächlich hüteten die Steinböcke ihre Unabhängigkeit wie ihren Augapfel und mussten immer alles alleine machen. Sie wollten sich nichts und niemandem unterwerfen, Sternen nicht und anderen Menschen auch nicht!

Marcel war am 28. Dezember geboren, sie selbst war Fisch, geboren am 20. März, um sieben Uhr morgens. Das hatte zumindest auf ihrem Geburtsschein gestanden, den ihre Mutter im Kinderwagen zurückgelassen hatte, wobei Rosas Geburtsort und der Name der Mutter fein säuberlich entfernt worden waren, so, dass es unmöglich war, sie aufzuspüren. Ihre Mutter hatte sorgfältig alle Spuren verwischt und nur das Geburtsdatum übrig gelassen, als hätte sie gewusst, dass Rosa es eines Tages brauchen würde.

Aber, so redete Rosa Moreno sich gut zu, welche Rolle spielte es überhaupt, ob man eine Mutter hatte oder nicht, wenn ja doch die Sterne regierten? Es war bestimmt kein Zufall, dass die echten Astrologen niemals Synastriehoroskope für Kinder und ihre Eltern erstellten: Nur zwischen Verliebten, Freunden und Arbeitskollegen stellten sie eine Beziehung her. In der Welt der Sterne waren Eltern nicht sonderlich wichtig. Zumindest hoffte Rosa Moreno das.

Ehe sie mit der mühsamen Arbeit begann, Marcels und ihr Horoskop zu erstellen, las sie über die allgemeinen Charakterzüge der Steinböcke:

»Der Steinbock ist das ehrgeizigste, zielstrebigste und ausdauerndste unter den Sternzeichen. Er ist kühl, prinzipientreu und stark von gesundem Menschenverstand geprägt. Steinböcke sind praktisch, logisch und eigensinnig und besitzen viel Selbstdisziplin. Sie sind introvertiert und sehen sich selbst als einsame, isolierte Menschen. Aus diesem Gefühl des Ausgeschlossenseins von der Welt und ihrer Gemeinschaft resultiert der Wunsch des Steinbocks, ›auf dieser Welt etwas aus sich zu machen‹. Wenige andere Sternzeichen sind sich so bewusst wie der Steinbock, dass Menschen einander im Allgemeinen ziemlich gleichgültig gegenüberstehen. Sie kennen den Zusammenhang der Dinge und wissen, was im gesellschaftlichen Leben das Richtige ist. Bereits früh erkennen sie den Wert von Beruf, Geld, Aussehen und gesellschaftlichem Rang. Sie gelten als Streber. Gefühlsbindungen scheitern häufig am Karrierestreben des Steinbocks. Sein Ernst, seine Zielstrebigkeit und sein Pflichtgefühl sollten aber nicht nur negativ gewertet werden, auch wenn viele Menschen sich im Zusammenleben mit einem Steinbock gezwungen fühlen, kaum erträgliche und sinnlose Opfer zu bringen. Setzt der Steinbock sein Konzentrationsvermögen und seine enorme Energie bei einem Projekt ein, kann er große Ergebnisse erzielen. Es ist das Schicksal dieses Sternzeichens, dass es sich durch harte, intensive Arbeit hocharbeitet.

Häufig gelingt es Steinböcken am Ende, eine Machtposition einzunehmen. Ihre eigentliche Domäne sind all jene Berufe, die ihnen die Möglichkeit geben, anderen Menschen Befehle zu erteilen.«

Passte das auf Marcel? War er ein Streber? Gehörte er zu den Leuten, die anderen mit Statussymbolen imponieren wollten? Als Kapitän hatte er selbstverständlich eine Machtposition und gab anderen Befehle. Und um Kapitän zu werden, hatte er Selbstdisziplin und logisches Denken gebraucht. Bestimmt war er durch harte, intensive Arbeit Kapitän geworden. Und einsam war er womöglich trotzdem. Zumindest hatte er niemanden von seiner Besatzung ins Café mitgebracht, und Freunde und Bekannte hatte er ebenfalls nicht erwähnt. Es konnte auch sein, leider, dass er seiner Karriere eine Gefühlsbindung opferte, das heißt: dem Schiff, auch wenn er sagte, er sei immer bereit, wegen eines schönen Mädchens an Land zu bleiben. Das zumindest glaubte sie ihm nicht. Und Kaltblütigkeit und kühle Gelassenheit hatte er wirklich unter Beweis gestellt, als er sein Schiff im Sturm an die Kaimauer legte!

Je mehr sie darüber nachdachte, umso deutlicher wurde ihr, dass Marcel sehr wohl ein typischer Steinbock sein konnte. Aber er war mehr, das wusste sie ganz sicher. Wie sonst sollte sie sich denn seine Großzügigkeit, seine Hilfsbereitschaft, sein Taktgefühl, seine Wärme, sein ansteckendes Lächeln erklären? Da gab es nur eine Antwort: Sie kamen vom Aszendenten, vom Deszendenten und vom Aspekt. Vom Mond und den Planeten, dem Veränderlichen und Flüchtigen, und nicht vom unerschütterlichen Glitzern der Sterne, die über das Leben und vielleicht auch den Tod bestimmten.

3

Es gab Wintertage in Tréguier, die leblos und grau waren. Tage, an denen jedes Geräusch die Stille durchbrach und an denen das Echo von Schritten zwischen den Steinhäusern geradezu taktlos erschien, an denen der Himmel so trist sein konnte, dass man das Gefühl hatte, er wäre gar nicht da, und an denen das Licht in der Abenddämmerung so wenig Kraft besaß, dass man die Spiegelbilder der Baumkronen im rasch fließenden Wasser des Jaudy kaum erkennen konnte. Tage, an denen alles diesig und feucht war und fast ganz aus hoffnungslosem Nebel bestand.

An einem dieser Tage griff Madame Le Grand zum Feldstecher, öffnete das Fenster, beugte sich hinaus über die Rue de Renan und stellte die Schärfe ein, sodass der Fluss sich aus dem Dunst hob. Sie sah ein Stück des Kais, den man als Hafen bezeichnete, obwohl man dort nur bei Flut festmachen konnte und die Schiffe bei Ebbe auf trockenem Grund lagen. Sie erkannte auch zwei Kranarme, über Kreuz wie ein schiefes Kruzifix, das zum freudlosen Himmel aufragte.

Ein Fremder auf der Durchreise hätte sich vielleicht gefragt, ob dieser Hafen tatsächlich in Betrieb war. Doch Madame Le Grand wusste Bescheid. Ein Liegeplatz in Tréguier war pro Tag zwanzigtausend Francs billiger als in jedem anderen Hafen an der von den Gezeiten gepeinigten Nordküste der Bretagne. Obendrein ließen sich

Sand und Saatgut mit den beiden veralteten Kränen in Tréguier genauso schnell löschen wie mit diesem neuen technischen Wunderwerk in St. Malo, einem grotesken Staubsauger, dessen Schlauch sich wie ein Python in die Laderäume der Schiffe wand.

Sicher, wenn man die beiden rostzerfressenen Kräne der Stadt sah, dann mochte man nicht recht glauben, dass Tréguier sich in Sachen Effizienz durchaus mit anderen Orten messen konnte. Aber Chevalier, der Kranwärter, war ein Meister seines Fachs. Für Madame Le Grand gab es keinen Zweifel, dass Chevalier alle Liebe, zu der er fähig war, in die beiden Dieselmotoren gesteckt hatte, das Herz der Kräne. Es gab eben solche Menschen, die keine andere Zärtlichkeit kannten als eine, die sich auf Kurbelwellen übertragen oder mit der Präzision einer Zehntelsekunde in einen Zylinder spritzen ließ. Unter den Skippern auf den Schiffen, die Tréguier anliefen, war Madame Le Grand solchen Menschen begegnet.

Aber nicht einmal Chevalier konnte auf die Dauer von der Befriedigung leben, die ihm der zufriedene Wohlklang eines Motors verschaffte. Wie die meisten anderen brauchte er eine Anerkennung seiner Leistung hier auf Erden, wenn diese auch nur zum Funktionieren der Kräne beitrug. Vor allem in dieser trostlosen winterlichen Dunkelheit musste er einfach spüren, dass wenigstens ein Mensch seine Arbeit schätzte, und dieser eine Mensch musste ihm auch sagen, dass sie durchaus ihren Sinn hatte. Darum lud Madame Le Grand ihn einmal im Monat zum Abendessen ein und lobte ihn für seine fleißige Arbeit.

Durch ihren Feldstecher konnte sie jetzt erkennen, wie Chevalier den Kai entlangeilte. Natürlich hatte die

Nachricht auch ihn erreicht, dass ein Schiff erwartet wurde, und er war unterwegs, um dafür zu sorgen, dass die Dieselmotoren brummten wie immer, wenn die Löscharbeiten begannen.

Madame Le Grand ging ins Badezimmer und griff nach dem blutroten, glänzenden Lippenstift, den sie immer benutzte, wenn sie ein neues Schiff und eine neue Besatzung kennenlernte. Zusammen mit dem reichlich aufgetragenen Lidschatten, dem geschlitzten Rock, den hochhackigen Schuhen und den schwarzen Netzstrümpfen verlieh ihr dieser Lippenstift genau das ein wenig anrüchige Aussehen, welches, wie sie wusste, die Neugier der Seeleute weckte.

Außerdem amüsierte es sie, ihre verblüfften, etwas verlegenen und dabei auf verstohlene Weise lüsternen Blicke zu sehen, wenn sie auf dem Kai auftauchte. Sie verstand das sehr gut. Sie war fünfzig Jahre alt, aber ihr Bauch war flach wie eine Planke. Ihre Beine waren ansehnlich, und ihre mittlerweile schlaffen Brüste wurden von einem Büstenhalter mit Halbschalen gestützt, sodass ihre Spitzen unter der dünnen Bluse zum Horizont wiesen. Am Verlangen dieser Männer war darum überhaupt nichts auszusetzen, so wenig wie an ihrer Verwirrung und ihrer Verlegenheit.

Nach Beendigung ihrer Toilette kehrte sie ans Fenster zurück und sah hinaus. Einige Minuten später tauchte der Bug eines Schiffs im Dunst des Flusses auf. Sie schloss das Fenster und ging die Treppe hinunter und über den Hof, wo sie die beiden großen Torflügel öffnete, die den Einblick von der Straße verwehrten. Sie setzte sich in ihren schwarzen Citroën, stieß zurück und fuhr langsam die kurze Wegstrecke hinunter zum Hafen.

Sie kannte das Schiff nicht, so wenig wie die Besatzung. Sie hatte gehört, das Schiff liefe unter nigerianischer Flagge, habe seinen Heimathafen aber eigentlich in Holland. Nicht, dass das eine Rolle gespielt hätte. Die Männer an Bord, mit Ausnahme des Kapitäns, konnten aus jedem Winkel dieser Erde kommen. Keine Besatzung glich der anderen.

Als sie auf den Kai fuhr, warfen zwei Matrosen gerade die Trossen an Land. Chevalier fing sie wie immer geschickt auf und warf die Schlaufen um die Poller. Unmittelbar vor dem ausgelegten Landungssteg hielt Madame Le Grand ihren Wagen an und stieg aus. Sie notierte unter gesenkten Lidern die Blicke, mit denen man sie bedachte, war aber erstaunt, als sie sah, dass der Kapitän ihr zuwinkte. Die meisten Kapitäne nahm das Anlegemanöver so in Anspruch, dass sie für nichts anderes ein Auge hatten, zumindest nicht für eine Landratte in einem schwarzen Citroën. Mit den Jahren hatte sie eines gelernt: Seeleute waren schwer zu beeindrucken. Verglichen mit einem heulenden Sturm auf dem Nordatlantik, bedeuteten ein schwarzer Citroën und ein Paar Netzstrümpfe nicht gerade viel. Solange sich ein Seemann an Bord seines Schiffs befand, verneigte er sich vor keinem Landbewohner.

Madame Le Grand lehnte sich an ihr Auto und wartete, bis das Schiff festgemacht war. Dann rief sie der Besatzung etwas zu. Sie richtete sich an niemanden im Besonderen, sah aber zum Kapitän hinauf, der grüßend die Hand hob und die Brücke verließ. Gleich darauf stand er bei seinen Matrosen an der Reling.

»Heute Abend kommen Sie zu mir nach Hause!«, rief Madame Le Grand in ihrem französischen Englisch.

Die Seeleute sahen ihren Kapitän an, und der erwiderte ihren Blick.

»Ja«, fuhr sie fort, »Sie kommen alle zu mir nach Hause, auf ein Glas und etwas Essbares. Um sieben hole ich Sie ab. Einverstanden?«

Es war deutlich, dass die Matrosen nicht recht wussten, was sie davon halten sollten.

»Nennt mich ›Maman‹«, fügte sie hinzu. »In Ordnung? Ich komme um sieben!«

Der Kapitän lächelte. Wie lange war es her, dachte Madame Le Grand, dass sie ein solches Lächeln gesehen hatte.

»Für meine Leute kann ich nicht sprechen«, sagte er, »aber ich komme mit dem größten Vergnügen, Madame.«

»Maman!«, berichtigte sie.

Sie sah, dass die Seeleute etwas zu ihrem Kapitän sagten.

»Also abgemacht, Madame, wir kommen alle, alle fünf. Mit dem größten Vergnügen. Um sieben Uhr.«

Sie setzte sich ins Auto und fuhr langsam zurück. Im Rückspiegel sah sie, wie die Seeleute ihr mit den Blicken folgten. Was mochten sie denken? Dass sie eine Puffmutter war, die sie alle zu ihrer Unterhaltung zu sich einlud? Vielleicht, aber dann dürften sie sich auch gewundert haben, dass es in einer verschlafenen Stadt von dreitausend bretonischen Seelen, deren Hafen – wenn es hochkam – einmal in der Woche von einem Schiff besucht wurde, überhaupt einen Puff gab, in einer Stadt also, in der für ein solches Gewerbe kaum ein Kundenstamm zu finden sein dürfte.

Um Punkt sieben Uhr sah Sundgren Mamans schwarzen Citroën vorfahren und vor dem Landungssteg anhalten. Er freute sich über diese Unterbrechung, die nicht zum üblichen Trott gehörte, was immer sie mit sich bringen würde. Die Besatzung, Marcel mit Sicherheit ausgenommen, glaubte felsenfest, es ginge nun geradewegs ins Bordell. Mochte daran außer dem Maschinisten auch keiner sonderlich interessiert sein, alle waren neugierig und würden nichts dagegen einzuwenden haben, den Abend in weiblicher Gesellschaft zu verbringen. Auch wenn sie an unterschiedliche Götter glaubten und aus allen Gegenden der Welt stammten, an Bord kamen sie mühelos miteinander aus, und das war natürlich Marcels Verdienst.

Jeder geschlossenen Gruppe ist mit einem gut gelaunten, liebenswerten Kerl wie Marcel gedient, was aber nichts daran ändert, dass die Mannschaft auch mit anderen Menschen und gewöhnlichen Leuten auskommen muss. Auf einem Schiff kennt man sich bald in- und auswendig, dann aber gibt es nicht mehr sehr viel zu sagen. Ein Schiff, dessen Mannschaft sich wohlfühlt, ist ein ruhiges Schiff, das war Sundgrens Erfahrung. Und je weiter man sich vom letzten Hafen entfernt, umso weniger Worte wurden gewechselt.

Sundgren warf einen Blick durch das Bullauge. Im Schein der Decksbeleuchtung sah er, wie Maman aus ihrem Auto stieg. Sie trug ein enges Kleid, das unmittelbar über den Knien endete, doch fehlten das zweideutige Make-up und die Netzstrümpfe vom Nachmittag. Man bemerkte sogar Eleganz und Stil. Sundgren musste sich einfach fragen, ob hier nicht eine Bekanntschaft zu machen war. Andererseits war er glücklich verheiratet und wusste sehr gut, dass er in Marcels Gesellschaft bei Frauen ja doch keine Chance hatte.

Sundgren ging an Deck, wo die Mannschaft an der Reling aufgereiht war. Die Männer hatten sich herausgeputzt, waren frisch rasiert (das betraf nur den Maschinisten) und hatten sogar die Haare mit Wasser gekämmt. Unter Marcels Blick wanden sie sich, als würden sie gemustert. Hatten sie noch gar nicht gemerkt, dass ihm ihre Erscheinung ganz gleichgültig war, solange sie ihre Arbeit an Bord taten, gesunden Menschenverstand bewiesen und sich gut benahmen? War ihnen gar nicht aufgefallen, dass Marcel selbst immer nur in Baumwollhosen und Pullovern herumlief?

»Das wird eng«, sagte Madame Le Grand, als sie vor dem Auto standen. »Aber mit etwas gutem Willen wirds schon gehen.«

Sie lachten ein wenig verlegen, als sie sich zu viert auf dem Rücksitz drängten und sich am Ende fast gegenseitig auf dem Schoß saßen. Marcel nahm auf dem Sitz neben Maman Platz.

»Wenn Sie nichts dagegen haben«, sagte Maman und legte Marcel die Hand aufs Knie, »möchte ich Ihnen zuerst Tréguier zeigen. Dauert nur einen Augenblick.«

Maman fuhr langsam durch die schmalen Straßen und zeigte ihnen das Kloster, das Rathaus mit seinen winterlichen Blumenkästen voller verwelkter Blumen und die wenigen Cafés, die abends geöffnet hatten. Sie erzählte ihnen von den Gästen, wer sie waren und was sie mit ihrem Leben anfingen. Sie berichtete von der riesigen Kathedrale, in deren mächtigem Schatten sich die rosa Granithäuser von Tréguier zwergenhaft ausnahmen. Und doch zeigte die Kathedrale – eine von drei Kathedralen in der Bretagne – nur noch einen matten Abglanz ihrer früheren allmächtigen Gestalt. Seit hundert Jahren hatte Tréguier keinen Bischof mehr, und die Kathedrale war kaum mehr als eine leere Hülle, eine Fassade auf der städtischen Ansichtskarte, eine vom Fernsehen aus dem Feld geschlagene ehemalige Attraktion. Aber wer hätte gedacht, dass diese Kathedrale einmal größtenteils durch das Glücksspiel finanziert worden war, mit Geld aus der großen Staatslotterie, aber ja, schon damals, im 16. Jahrhundert, nein, viel Neues gab es wirklich nicht unter der Sonne. Und darum hatten die Öffnungen in der Turmspitze diese Formen: Pik, Kreuz, Karo und Herz, wie sie, falls sie das interessierte und sie den Kopf nur ein wenig zurücklegen wollten, selbst feststellen konnten. Was mochte da wohl Trumpf gewesen sein? Gott selbst musste versucht gewesen sein, dem Zufall ein wenig nachzuhelfen, meinten sie nicht? Je mehr die Spieler verloren, desto mehr Geld floss schließlich zu Seiner Ehre, nicht wahr? War das nicht komisch? Gottes Wege sind unergründlich. Heutzutage geht das Lotteriegeld natürlich in den Sport, damit wir in Frankreich schneller laufen oder höher und weiter springen als alle anderen. Geben Sie zu, dass es – Gott hin oder her – jedenfalls besser war, das Geld für etwas weniger Flüchtiges und Vergängliches auszugeben, so wie für diese Kathedrale. Ein Weltrekord ist rasch geschlagen, wenn nötig, mithilfe irgendwelcher Pillen. Die Kathedrale aber, wenn man sie nur richtig unterhält, bleibt hier zur Zierde der ganzen Region stehen bis in alle Ewigkeit.

Die Seeleute guckten und lauschten ihrem liebenswürdigen und ein wenig ironischen Geplauder. Sundgren fiel das Gesicht von Edwards, dem Maschinisten, auf. Es schien erstaunt und enttäuscht zugleich. Vermutlich war ihm aufgegangen, dass die abendlichen Vergnügungen weit harmloser ausfallen würden, als er sich das vorgestellt und wohl auch erhofft hatte.

Schließlich fuhr Maman auf einen Hof, hielt an und ermunterte ihre Gäste, sich aus dem Wagen zu winden. Sie bat sie in ein großes Zimmer im ersten Stock. Am einen Zimmerende befand sich eine Bar, hinter der viele unterschiedliche Flaschen standen. Am gegenüberliegenden Ende des Zimmers stand ein verschwenderisch für sechs Personen gedeckter Tisch.

»Willkommen!«, sagte Madame Le Grand. »Jetzt wollen wir zusammen essen und trinken, solange wir können und Lust haben.«

Marcel und seine Mannschaft wechselten einen Blick.

»Wir fühlen uns geehrt«, sagte Marcel.

»Obwohl es hier keine Mädchen gibt?«, neckte Maman.

Edwards wurde rot. »Sie sind ja auch nicht ohne«, sagte er und räusperte sich.

Sie tranken ein paar Aperitifs, dann setzten sie sich zu Tisch. Maman hatte das Gefühl, dass alle fröhlich waren und dankbar für die Aufmerksamkeit, die sie ihnen erwies. Sie unterhielt sie mit Geschichten über alle möglichen Seeleute, deren Schiffe in den vergangenen fünfzehn Jahren im unansehnlichen Hafen von Tréguier angelegt hatten und die sie kennengelernt hatte. Sie zeigte ihnen ihr Gästebuch, in dem sich ohne Unterschied und Rang die Nationalitäten der ganzen Welt drängten. Natürlich guckten sie verblüfft, aber sie bemerkte auch eine Art Respekt.

Es dauerte länger als sonst, bis ungefähr zur Mitte des

Abendessens, als jemand den Mut fand zu fragen, warum sie das Gästebuch führte. Der Frager war selbstverständlich der Kapitän, der, den sie Marcel nannten, mit diesem Lächeln, das auf ihren Karten zu notieren sie nicht vergessen durfte.

Sie hatte geantwortet, wie sie es immer tat: Sie sei Witwe, ihr Mann sei Reeder gewesen, der Eigentümer zweier Küstenmotorschiffe. Er hatte ihr Interesse an der Seefahrt geweckt und auch an den Menschen, die zur See fuhren. Dies sei ihre Methode, die Verbindung zur Außenwelt aufrechtzuerhalten, denn wie sie sicher verstehen würden, sei gerade von einer Außenwelt in Tréguier nicht viel zu merken, besonders nicht im Winter.

»Ich habe Ihre Frage beantwortet«, sagte Madame Le Grand, »vielleicht darf ich Ihnen nun umgekehrt auch einige Fragen stellen. Wenn Sie gestatten. Nichts Persönliches. Wissen Sie, ich sitze hier tagein, tagaus allein und vertreibe mir die Zeit damit, an die Menschen von allen Enden der Welt zu denken, die mir hier begegnet sind. Das ist besser, als Zeitungen zu lesen, die nur über Unfälle berichten, oder Romane, die immer zu Ende gehen, wenn sie denn überhaupt von richtigen Menschen handeln. Darum hätte ich sehr gern, dass jeder von Ihnen mir eine schöne Erinnerung erzählt, und davon, woran Sie glauben und was Sie sich vom Leben erhoffen. Das ist doch nicht zu viel verlangt? Es soll nichts Großartiges oder Tiefsinniges sein. Einfach frisch von der Leber weg. Da fällt Ihnen doch sicher etwas ein? Fast allen fällt am Ende etwas ein. Wenn Sie an Allah glauben, sagen Sies. Glauben Sie an Karl oder die gleichnamigen Brüder, dann sagen Sies auch. Wollen Sie reich werden und für den Rest

Ihres Lebens keinen Finger mehr krumm machen: Sagen Sie es!«

Wieder sahen die Männer einander an und wussten nicht, was sie sagen oder wer anfangen sollte.

Maman sah zu Marcel. »Meistens fängt der Kapitän an«, sagte sie.

Die Männer richteten beobachtende Blicke auf Marcel und lehnten sich, die Gläser in der Hand, zurück.

»Aber die Geschichte muss wahr sein«, sagte Maman. »Es gibt viel zu wenig Wahrheit.«

Eine Zeit lang sagte Marcel nichts.

»Es war einmal«, begann er dann, als handle es sich um ein Märchen statt um die Wahrheit, »es war einmal ein Kapitän mit schrägen Augen und mit dem Blut aller möglichen Rassen in sich, der führte ein kleineres Küstenmotorschiff, das zwischen den europäischen Häfen fuhr, um den europäischen Bauern Saatgut und Kunstdünger zu bringen. Der Kapitän war offenbar ein fröhlicher Kerl, der es sich in den Kopf gesetzt hatte, dass es nur ein Leben gab, das es wert war, gelebt zu werden. Eines Tages kam er mit seinem kleinen Schiff, einer Ameise unter all den großen Tankern und Stückgutfrachtern, in eine Stadt in Galizien, die Villagarcía hieß. Wie immer, wenn der Kapitän an Land kam, suchte er sich ein kleines Café in irgendeiner Seitenstraße. Eins von denen, in das sich niemand zufällig verirrt, weil er gerade vorübergeht, sondern in dem jeder jeden kennt. In solchen Lokalen, das wusste der Kapitän, konnte man die Menschen aus der Gegend in kurzer Zeit kennenlernen. Dieser Kapitän hatte nämlich sozusagen eine Schwäche für Menschen. Nicht, dass er sie sammelte oder glaubte, sie seien besonders gut oder besonders schlecht. Offenbar konnten Menschen geradezu beliebig gut und auch beliebig schlecht sein. Das musste man hinnehmen – alles andere wäre Wunschdenken oder pure Dummheit gewesen. Was den Kapitän aber faszinierte, war ihre unendliche Vielfalt, und was jeder Einzelne über das Leben und sein Ende dachte. Und außerdem hoffte er, dass er vielleicht den einen oder anderen zum Lächeln oder zum Träumen bringen konnte.

Doch an dem Tag, als der Kapitän in das kleine Café kam, waren keine Gäste dort. Hinter der Bar stand ein junges Mädchen, das er schon beim Anlegen im Hafen gesehen hatte. Das Mädchen hatte ihm zugewinkt, und er hatte zurückgewinkt. Während das Schiff in der Stadt Villagarcía lag und seine viertausend Tonnen Kichererbsen löschte, kam der Kapitän jeden Abend in dieses Café. Er trank ein paar Glas Whisky und unterhielt sich mit dem Mädchen über das Leben und die Liebe. Sie war nicht sehr glücklich. Sie sehnte sich fort. Sie war nicht viel mehr als ein frisch geschlüpfter Schmetterling, litt aber Todesangst, ein Sammler könnte sie mit seinem Netz einfangen, aufspießen und unter Glas pressen, schön vielleicht, denn das war sie, aber tot. Der Kapitän hätte ihr gerne Flügel geschenkt, aber er wusste nicht, wie. Er war kein Zauberer.

Der Kapitän gehörte zu denen, die ihre Zigaretten drehen. Den Tabak verwahrte er in einer großen Dose, die er immer bei sich trug. Während er sich mit dem Mädchen unterhielt, stand die Dose auf der Theke. Als er am zweiten Abend auf sein Schiff zurückkam und seine letzte Zigarette rauchen wollte, entdeckte er, dass das Mädchen in einem unbeobachteten Augenblick kleine Zettel in die Dose gesteckt hatte. Auf den Zetteln standen Botschaften:

Wie gern sie den Kapitän in ihrer Nähe hatte und dass sie gern mit ihm auf sein Schiff käme, sie könne ja in der Kombüse arbeiten. Sie fragte auch, ob er womöglich im Zeichen des Steinbocks geboren war, und schrieb, sie wolle sich bedanken, weil er ihr beim Saubermachen geholfen hatte, als sie das Café schloss, und sie schrieb sogar, sie danke ihm, weil er jeden Abend wieder in das Café komme. Für den Kapitän war es wie eine Bescherung am Weihnachtsabend, wenn er in seine Kabine zurückkam und die Dose öffnete. Aber im Café ließen er und das Mädchen sich gar nicht anmerken, dass es diese Botschaften gab. Mit diesem kleinen Streich hatte das Mädchen den Kapitän zu ihrem Verbündeten gemacht.

Dann kam der letzte Abend, wie immer bei Seeleuten. Der Kapitän erzählte dem Mädchen, das Schiff sei nun entladen, und er werde am folgenden Morgen ablegen. Das Mädchen begann zu weinen, und ehe der Kapitän ging, nahm sie einen ihrer Ohrringe ab und steckte ihn dem Kapitän an den Pullover.«

Alle sahen auf Marcels Brust. Ein kleiner Elefant hing dort, der im Winkel zwischen Rüssel und Schädel einen kleinen, rötlichen Stein balancierte.

»Es soll ein Karneol sein«, sagte der Kapitän. »Das war meine Geschichte«, fügte er hinzu, »meine angenehme Erinnerung.«

Maman sah der Mannschaft an, dass sie nicht recht wusste, wie sie sich gegenüber dem Kapitän und seiner kleinen Geschichte verhalten sollte.

»Ja«, sagte Maman. »Das war eine rührende Geschichte. Aber sind Sie auch sicher, dass Sie kein gebrochenes Herz zurückgelassen haben?«

»Eher einen Traum. Und warum auch nicht? Was wären wir ohne Träume?«

»Eine sehr schwierige Frage«, sagte Maman. »Als Frau möchte ich aber sagen, dass Sie den Gedanken an ein gebrochenes Herz nicht ganz ausschließen sollten. Bei uns Frauen verbindet sich die Liebe oft mit allerlei Träumen, falls Sie das noch nicht wissen sollten. Ich habe allerdings bemerkt, dass das bei Männern seltener der Fall ist.« Sie sah Sundgren an, der unter ihrem Blick auf seinem Stuhl unruhig wurde. »Was meinen Sie, Herr Steuermann?«, fragte sie. »Hat Ihr Kapitän ein Herz gebrochen oder nicht?«

»Darüber wage ich mich nicht zu äußern«, antwortete Sundgren vorsichtig.

»Und was sagen Sie dazu?«, fragte Maman beharrlich: »Was wäre ein Mensch ohne seinen Traum?«

»Tja«, sagte Sundgren mit schiefem Lächeln. »Er wäre wohl ungefähr so wie ich.«

Als die Besatzung sich später am Abend mit einer Wärme, die ganz bestimmt von Herzen kam, für das Essen und die Gastfreundschaft bedankt hatte und abgezogen war, setzte sich Madame Le Grand an ihr Schreibpult. Sie legte das aufgeschlagene Gästebuch neben sich und nahm aus der untersten Schublade fünf Karteikarten. Im Keller hatte sie weitere zehntausend dieser Karten.

Sie dachte an ihr Entsetzen, als sie damals in die Bibliothek von Saint-Brieuc gekommen war und entdeckt hatte, dass man die Karteikästen gegen flimmernde Bildschirme und Tastaturen ausgetauscht hatte und dass sich alle geschriebenen Worte in Nullen und Einsen verwandelt hatten, sodass eigentlich niemand mehr wusste, wer oder ob überhaupt jemand dahintersteckte. Eine Handschrift war einzigartig wie ein Fingerabdruck in der Ewigkeit.

Sie war rasch in die Schreibwarenhandlung gegangen, wo sie all die Jahre ihre Karteikarten gekauft hatte, jeweils hundert. Dort erfuhr sie, sie würden nicht mehr hergestellt. Die folgende Woche war ein einziger Albtraum gewesen, bis sie schließlich in Quimper einen Bibliothekar gefunden hatte, der ihr mit Freuden zehntausend unbeschriftete Karten verkaufte, für die man keine Verwendung mehr hatte, genug für das ganze Leben.

Sie legte ihre Karten auf die Pultplatte und begann zu schreiben. Sie begann mit dem Kapitän und arbeitete sich dann hinunter bis zum Maschinisten. Sie schrieb:

»Marcel, Kapitän, Nachname unbekannt. Herkunft: vermutlich holländischer Vater und indonesische Mutter. Religion: anscheinend (in kleinen Dosen) träumende Menschen. Sonst keine (gar keine). Glaubt nicht an ein Leben nach dem Tod.«

Madame Le Grand hob die Feder, dachte nach und strich dann den letzten Satz durch.

»Kümmert sich nicht darum, was nach dem Tod kommt«, schrieb sie darüber und fuhr fort:

»Interessen: Menschen, vor allem Frauen. Besondere Kennzeichen: unvergleichliches Lächeln, voller Herzlichkeit, und sogar Träume von einem anderen Leben. Lebensziele: es nicht zu schwer zu nehmen. Größter Wunsch: keiner, denn davon wird man unglücklich.«

Widerstrebend legte sie Marcels Karte zur Seite und griff nach einer neuen.

»Sundgren«, schrieb sie, »Per. Herkunft: Schwede. Religion: lauer Protestant. Hofft, dass es ein Leben nach dem

Tod gibt, insbesondere ein Paradies, fürchtet aber, dass es doch nur wieder die Hölle wird. Alle werden wir auf der anderen Seite für etwas bestraft. Interessen: Schiffe und Seefahrt. Größter Wunsch: unversehrt durchs Leben zu kommen, Geld zu verdienen und eine Stellung zu bekleiden, damit seine Kinder einmal sagen können, sie haben einen Vater, der es zu etwas gebracht hat auf dieser Welt.«

»O'Brian, Timothy, Matrose. Herkunft: Ire. Religion: katholisch. Weiß, dass es ein Leben nach dem Tod gibt, zumindest für einen Iren, und sei es auch nur zum Dank dafür, dass die Iren Scheidung, Pornografie und Abtreibung verboten haben. Rechnet darum mit der Aufnahme ins Paradies. Ein paar Jugendsünden wird Gott verzeihen. Lebensziele: ein paar Pints in Gesellschaft guter Freunde, ab und zu ein Lied, Weihnachten bei der Familie, Unterstützung der Kinder, dass sie einen Beruf und eine Familie bekommen. Größter Wunsch: dass Irland das Fünf-Nationen-Turnier im Rugby gewinnt.«

In Klammern notierte Madame Le Grand, O'Brian habe in vollem Ernst betont, dies sei sein größter Wunsch, womit er alle Kategorien durcheinanderwarf.

»Castro«, schrieb sie dann, »Matrose. Herkunft: Philippinen. Religion: katholisch. Hat aber nicht sonderlich viel Zeit für Religion. Glaubt nicht, dass alle ein Leben nach dem Tod haben. Lebensziele: Geld für sich und seine Familie zu verdienen, damit die Kinder zur Schule gehen können und lesen lernen. Sich einmal einen Mercedes kaufen zu können (was aber gar nicht so leicht sei). Würde gerne mehr als dreißig Überstunden in der Woche machen, um mehr Geld sparen zu können. Der Kapitän erlaube dies jedoch nicht. Der Kapitän sei der Meinung, er werde dadurch müde und mache Fehler. Der Kapitän habe ihm gesagt, die Sicherheit des Schiffs sei wichtiger als sein Mercedes.«

Und so weiter, war Madame Le Grand versucht hinzuzufügen, denn an dieser Stelle war es zu einer langen Diskussion über das Ausflaggen, die Heuer, Überstunden und anderes gekommen, das sie kein bisschen interessiert hatte. Vielleicht war es ein Fehler, und vermutlich lag es einfach daran, dass sie selbst in guten Verhältnissen lebte: aber sie konnte einfach nicht anders, sie verachtete Menschen, die ihr Leben am Geld maßen. Das war, wie sie es ausdrückte, armselig.

Sie griff nach ihrer letzten Karte.

»Edwards. Maschinist. Herkunft: Engländer. Religion: unbekannt. Interessen: Maschinen und Frauen. Lebensziele: alles, was zum Reiz des Lebens gehört.«

Auf Madame Le Grands Frage, was denn den Reiz des Lebens eigentlich ausmache, hatte Edwards geantwortet, das könne man vorher nie wissen. Im Leben gehe es auf und ab wie auf einer Berg-und-Tal-Bahn. Für ihn selbst solle das Leben sein wie ein riesiger Rummelplatz: Man bezahle einen Betrag, stelle sich in eine Schlange, erlebe einen netten Augenblick und komme wieder, um mehr zu erleben.

Aus dem Gedächtnis trug Madame Le Grand dann die Geschichten der Männer auf ihre Karten ein. Schließlich versah sie den Eintrag im Gästebuch mit einer laufenden Nummer, die sie auch auf die Karten schrieb. Dann ging sie mit den Karten in das angrenzende Zimmer, wo an einer Wand rund zwanzig Karteischränke standen. Sie wandte sich zu den nach Themen geordneten Kästen und begann, sie aufzuziehen: Es gab einen Kasten für das Geschlecht, einen Kasten für die Nationalität, einen mit Interessen, einen mit Ansichten zum Leben nach dem Tod, also zur Religion, bei der es sich für Madame Le Grand um nichts anderes handelte als um den Umgang mit der Sterblichkeit des Menschen, einen Kasten mit den größten Wünschen und einen mit Geschichten. Die Übertragung der einzelnen Daten von der Hauptkarte auf die thematischen Karten nahm einige Zeit in Anspruch, war aber unumgänglich, und erst als alles erledigt war, hängte Madame Le Grand die Hauptkarte in den Karteikasten des alphabetischen Registers.

Als die Besatzung auf diese Weise für die Ewigkeit katalogisiert war – für alle Fälle –, ging sie ins Schlafzimmer und zog sich um. Sie legte ein dunkles Cape einer weniger exklusiven Marke und von minderem Schnitt um und trat auf die Straße hinaus. Sie bog nach rechts ab und ging zum Hafen, hielt sich aber auf der Straße am Kai entlang dicht an der Häuserseite. Der schwarze Rumpf ragte jetzt kaum über den Kai hinaus, das ganze Schiff hatte sich ein wenig auf die Seite gelegt. Es lag auf Grund, und das würde noch einige Stunden so bleiben. Hinter zwei Kajütenfenstern brannte Licht. Bestimmt saß die Besatzung jetzt bei einer Flasche Whisky zusammen und unterhielt sich darüber, wie sonderbar es doch war, in einer Stadt wie Tréguier von einer Dame wie Madame Le Grand zum Abendessen eingeladen worden zu sein.

Madame Le Grand ging weiter und bog bald nach links in eine dunkle Straße ab, in der es keine Straßenbeleuchtung gab und wo sie nicht Gefahr lief, jemandem zu begegnen. Allerdings begegnete man auf den

Straßen von Tréguier spätabends im Winter überhaupt nur selten einem Menschen. Nach zehn Uhr am Abend war nur noch das Café Alex geöffnet, und dort saßen selten mehr als ein halbes Dutzend vor sich hindösender Halbbetrunkener und noch einmal so viele hoffnungsvolle Jugendliche auf der Jagd nach dem Prinzen oder der Prinzessin auf dem weißen Pferd. Darüber hinaus deutete nur noch das Geräusch des einen oder anderen Autos, das auf der Hauptstraße am Hafen vorüberfuhr, auf Leben hin, vom bläulichen Schein der Fernsehapparate hinter den geschlossenen Fensterläden einmal abgesehen. Das Fernsehen war eine der Wurzeln der Selbstsucht und des Egoismus, dessen war Madame Le Grand sich sicher. Früher, so erzählten die Alten, hatten sich die Straßen nach dem Abendessen mit Menschen gefüllt. Tische wurden auf die Trottoirs gestellt, man spielte Karten, man traf sich und sprach über die Ereignisse des Tages, die Kinder spielten miteinander, Türen und Fenster standen offen, bis es Zeit war, schlafen zu gehen. Heutzutage war Tréguier nach acht Uhr abends eine Geisterstadt, bevölkert von Umrissen und Schatten.

Madame Le Grand öffnete eine Pforte in der Mauer um den Friedhof, den sie rasch, und ohne sich umzusehen, überquerte. Sie verabscheute Friedhöfe, mit all den Monumenten für die Toten, die doch nur den Eingeweihten und nächsten Angehörigen etwas sagen konnten. Ein Name, ein Beruf und ein Leben zwischen zwei Jahreszahlen. Das war alles, und es war erbärmlich. Warum schlug man nicht in die Steine, wie die Toten gelebt hatten? Warum vergaß man das, was wichtig war?

Bald stand sie vor einer weiteren Tür, die sie mit einem

großen, schweren Eisenschlüssel aufschloss. Sie betrat das Kloster von Tréguier, ging mit leisen Schritten durch dunkle Gänge, öffnete noch eine massive Holztür mit wieder einem anderen Schlüssel und befand sich im Innern der Kathedrale. Sie ging durch das Schiff und nahm sich einen der leichten Holzstühle, trug ihn zum Altar und stellte ihn genau an der Stelle, von der aus sonst der Priester sich an seine kleine Gemeinde wandte, vor die Madonna. Seit man den Bischofssitz von Tréguier abgezogen hatte, war die Zahl der Gläubigen auf ein paar Hundert zurückgegangen, die nicht einmal regelmäßig zum Hochamt erschienen – meist aus dem einfachen Grund, weil sie es kaum noch zur Kirche schafften. Ein paar Hundert, grob gerechnet, viel war das nicht, wenn man Staat machen wollte vor der Ewigkeit.

Madame Le Grand setzte sich auf den Stuhl und wartete. Sie wartete auf Gott. Seit fünfzehn Jahren tat sie das, wenn sie neue Unbekannte in ihrer Kartei verewigt hatte. Sie hatte das Ihre getan. Nun sollte Gott den Rest erledigen.

Aber er hatte nichts von sich hören lassen, noch nie. Nichts, womit zu erklären war, warum er ihren Mann zu sich gerufen hatte, den besten aller Menschen, den sie über alles geliebt hatte. Nicht die geringste Botschaft, warum er in seiner Allmacht es zugelassen hatte, dass ihr Mann sich eines herrlichen Werktags vor fünfzehn Jahren das Leben nahm. Und nichts, womit er ihr dankte für die Arbeit, die sie seither ausgeführt hatte und mit der sie dafür sorgte, dass all diese Menschen, die ihr begegneten, irgendeine Spur hinterließen, statt einfach im Nichts zu verschwinden, als hätten sie niemals existiert.

Mitunter war sie verzweifelt. Sie sagte sich, niemand dürfe verurteilt werden, der nicht zuvor gehört worden sei, auch Gott nicht. Sie verstand, dass es schwer sein musste, unter den Milliarden Menschen der Erde jeden Einzelnen im Auge zu behalten. Sie hielt es für natürlich, dass er sich in erster Linie um den Kontakt mit den bereits Gläubigen bemühte. Zum einen aber saß sie direkt in der Kathedrale, zum anderen wären ihre Zweifel so leicht zu zerstreuen gewesen. Warum gab er ihr nicht einfach ein Zeichen? Warum, wenn er doch allmächtig war, wie es hieß, sagte er ihr nicht einfach, dass Yann lebte und im Paradies auf sie wartete und dass er nicht für alle Zeiten tot war?

4

Es gab Wintertage in Kinsale, die von einer windstillen Sanftheit waren. Tage, an denen jedes Geräusch allmählich verstummte, ehe das nächste einsetzte, an denen der Rauch von den mit Kohle geheizten offenen Kaminen und den Öfen in der Luft hängen blieb wie Flussnebel am Morgen. Tage, an denen der Himmel ein ins Bläuliche spielendes Erröten war, das sich im Bandon River spiegelte, zerfloss und zu einer Marmorierung wurde, die der Fluss mit sich forttrug, wenn die Sonne unterging und die Flut ihre Stärke und Richtung veränderte. Steinkohle, taufeuchtes Gras, Meer, die Essensgerüche aus den zahlreichen Restaurants, Bier und Tabak aus den noch zahlreicheren Pubs schenkten Kinsale seinen eigenen Duft.

An solchen Tagen, so hätte man meinen können, musste jeder Mensch weich werden und sich zumindest für den kurzen Augenblick der Abenddämmerung mit dem versöhnen, was er aus seinem Leben gemacht hatte. So war es auch denkbar, dass Peter Sympson auf dem Nachhauseweg auf dem Steinpier stehen blieb, der seinen stumpfen Finger in den Fluss streckte.

Auf der Nordseite des Piers lagen Fischerboote vertäut in drei Reihen, die kleineren, die auf Schalentiere gingen, ganz außen, die größeren, die mit dem Atlantik kämpften, ganz innen. An der Piernock war es leer, ganz im Unterschied zum vorangegangenen Tag, als ungefähr zwanzig

Hochseefischkutter aus Le Guilvinec in der Bretagne Zuflucht vor einem schweren Sturm suchen mussten, der sogar den geschützten Flussarm des Bandon zu stiebendem Schaum aufgewühlt hatte.

Der einzige Hafenkran ragte untätig zum wolkenlosen Himmel auf. Wie ein falscher Zahn lag die blank gewetzte Kranschaufel auf dem Boden. Ein Dutzend fetter Schwäne wanderte unbekümmert über den Pier und pickte nach Getreidekörnern, die von einer früheren Schiffsladung übrig geblieben waren.

Peter Sympson aber bemerkte das alles nicht. Er sah zu Boden, wie eigentlich fast immer, wenn er das Knirschen von Kies unter den Sohlen hörte. Gut fünfunddreißig Jahre als Juwelier im Dienst edler und halbedler Steine hatten ihm diese Berufskrankheit eingebracht. Meist hielt er den Kopf gesenkt, ein wenig vorgebeugt, den Blick starr auf einen Kreis gerichtet, der sich eine Handbreit vor dem Fuß befand, den er gerade nach vorn gesetzt hatte. Selten darüber hinaus, denn aus größerer Entfernung ließen sich Struktur und Farbe der Steine mit bloßem Auge nicht erkennen, ohne den Rücken krumm zu machen.

Es war also mit anderen Worten möglich, dass lediglich ein Stein seine Aufmerksamkeit gefesselt und ihn zum Stehenbleiben gerade an dieser Stelle veranlasst hatte, und vermutlich, dachte man an die hiesige Zusammensetzung des Asphalts, handelte es sich in diesem Fall um eine farbige Quarzsorte. Sicher konnte man sich dessen allerdings nicht sein. Peter Sympson war keineswegs unempfänglich für Schönheit und gab sich sehr wohl dem Zauber der Abenddämmerung hin. Eigentlich war Schönheit das Einzige, dessen Wert im Leben Peter Sympsons gesichert schien. Die Schönheit edler Steine war seine Lebensversicherung, so unsinnig das klingen mag.

Dagegen mag es Zufall gewesen sein, dass er den Blick nach einem kurzen Augenblick wieder abwandte und auch, dass dabei der Bug eines Schiffs, das hinter den Ruinen von Fort James auftauchte, in sein Blickfeld geriet. Erstaunt folgte er diesem Schiff und wurde den Eindruck nicht los, dass der schwarze Rumpf sich wie ein Geisterschiff aus den dunklen Mauern des Forts löste. Ja, noch als das Schiff in seiner ganzen Länge zu erkennen war, hing er dem Gedanken nach, dieses Schiff sei anders als die anderen, die Kinsale regelmäßig anliefen. Wenn er also stehen blieb, so nur deshalb, weil sich ihm dieses völlig unvernünftige Gefühl aufdrängte, dass ihn die Sache beschäftigte.

Er sah, wie sich Bugwelle und Kielwasser beruhigten, als das Schiff seine Geschwindigkeit verringerte und langsam wendete, bis der Bug schließlich auf den Steinpier zeigte, auf dem er stand. Auf der Steuerbordseite der Brücke erkannte er eine Gestalt, die den sich ständig verringernden Abstand zwischen dem Stahl des Schiffsrumpfs und dem Zement des Kais mit ihrer ganzen Aufmerksamkeit im Auge behielt.

Nicht mit ihrer ganzen Aufmerksamkeit, bemerkte Peter Sympson. Denn die Augen des Kapitäns suchten den Horizont ab, während er seinen Koloss manövrierte. Plötzlich schien er sogar Blickkontakt mit dem auf dem Kai stehenden Peter Sympson aufzunehmen, denn er hob den Arm und winkte. Peter Sympson sah sich um, und als er feststellte, dass er allein war, hob er ebenfalls den Arm und grüßte zurück.

Dann wurden die Trossen an Land geworfen, und das Schiff machte fest, ohne dass ein Wort gewechselt wurde. Der Kapitän lächelte mit einer Herzlichkeit, die selbst ein Peter Sympson nicht übersehen konnte, und verschwand im Ruderhaus, um eine Minute später wieder auf Deck aufzutauchen. Gelenkig schwang er sich über die Reling hinunter auf den Pier und kam auf Peter Sympson zu. »Wunderbarer Tag, nicht wahr?«, sagte er und berührte Peter Sympson am Arm.

Der musste sich beherrschen, um nicht einen Schritt zurückzuweichen.

»Ich habe schon viel von Kinsale gehört«, fuhr der Kapitän fort. »Die Stadt soll ebenso angenehm wie schön sein.«

»Es gibt Leute, die das finden«, sagte Peter Sympson.

»Und Sie selbst?«

»Ich bin Juwelier«, antwortete Peter Sympson.

»Was Sie nicht sagen«, rief der Kapitän aus. »Ich habe auf meinen Reisen eine ganze Menge Steine gesammelt. Könnten Sie sich die nicht bei Gelegenheit einmal ansehen? In den Häfen schwatzen sie einem ja immer etwas auf. Ich habe in Madagaskar und in Ceylon Steine gekauft, einfach weil sie mir gefallen haben, aber angeblich soll es auf beiden Inseln haufenweise richtige Edelsteine geben.«

Peter Sympson war unschlüssig, wie er der Unverblümtheit des Kapitäns begegnen sollte, widerstand aber nicht der Versuchung, einen Blick auf eine Handvoll Steine aus den edelsteinreichsten Gegenden der Welt zu werfen. »Gern«, antwortete er darum, und das mit einer Aufrichtigkeit, die ihn selbst überraschte.

»Wie wäre es heute Abend mit einem Bier?«, fragte der Kapitän. »Wir sehen uns zuerst die Steine an, und wenn dann wirklich etwas Wertvolles dabei ist, feiern wir! Was halten Sie davon?«

Peter Sympson fiel nichts anderes ein, darum nickte er.

»Kommen Sie einfach an Bord, und fragen Sie nach Marcel!«

»Wann?«

»Wann Sie wollen«, antwortete Marcel und lächelte noch immer. »Wenn das Schiff im Hafen liegt, spielt Zeit für mich keine Rolle.«

»Und Ihre Essenszeiten?«

»Darum brauchen Sie sich keine Sorgen zu machen. Ich esse, wenn ich Lust habe. Essenszeiten gelten nur, wenn ich für die Besatzung koche. Gewöhnlich gibt es ein indonesisches Gericht, scharf gewürzt. Aber heute Abend nicht. Also kommen Sie, wann Sie wollen, auch mitten in der Nacht, wie es Ihnen am besten passt. Ein Seemann hat keine festen Zeiten.«

Vor dem Landungssteg blieb Peter Sympson zögernd stehen. Worauf hatte er sich da eigentlich eingelassen? Als kämen in seinen Laden nicht schon genug Menschen!

Doch musste Peter Sympson zugeben, dass er neugierig war. Dieser Marcel hatte ihm zugewinkt, weil er zufällig auf dem Kai gestanden hatte. Später hatte sich derselbe Marcel mit ihm unterhalten, weil er aus purer Höflichkeit zurückgewinkt hatte. Aus diesem simplen Grund würden sie nun zusammen Bier trinken. Und sich Marcels Steine ansehen. Nicht, dass Peter Sympson erwartete, etwas Besonderes zu sehen. Die Leute wussten nicht, dass die meisten Edelsteine ihren Wert nur durch ihren Schliff oder aber ihre Seltenheit bekamen. Seltene Steine waren selten, wie der Name schon sagte, und tauchten darum auch selten aus den Verstecken der Leute auf. Die übrigen waren meist nach alten Methoden geschliffen, die den Steinen gar nicht gerecht wurden. Sie umzuschleifen, war aber meist ebenso kostspielig, wie gleich einen neuen Stein zu kaufen.

Peter Sympson ging den Landungssteg hinauf und sah sich unsicher um. Er war noch nie an Bord eines Frachtschiffs gewesen und hatte keine Ahnung, wie solche Schiffe eingerichtet waren. Ob es einen Haupteingang gab? Diente die Schiffsglocke als Klingel oder als Sprechanlage?

Ein Seemann kam vorbei. Peter Sympson fragte, wo er einen gewissen Marcel finden könne. Der Seemann führte ihn nach achtern und zeigte auf eine steile Treppe. »Da hinauf. Marcels Kabine ist die erste Tür links.«

Peter Sympson stieg die steile Treppe hinauf. Auf beiden Seiten lief ein Geländer. Eine andere Welt und andere Menschen, dachte er, eine Welt, an die er bis jetzt keinen Gedanken verschwendet hatte. So verhielt es sich mit vielem, auch mit vielen Menschen, ja sogar mit den allermeisten. Er hatte jedenfalls nicht die Zeit, sich damit zu befassen, wie sie wohl lebten und starben. Man konnte unmöglich in ein und demselben Leben Fachmann für Edelsteine und für Menschen zugleich sein. Man musste sich für eins von beidem entscheiden.

Peter Sympson klopfte an Marcels Kabinentür und hörte einen Ruf.

»Herein!«

Peter Sympson öffnete die Tür und wurde mit dem gleichen ansteckenden Lächeln begrüßt wie einige Stunden zuvor auf dem Kai.

»Willkommen, Herr Juwelier!«, sagte Marcel und bat ihn, in einem der abgeschabten Ledersessel Platz zu nehmen.

»Ich sehe, Sie wundern sich über die Sessel«, sagte Marcel. »Sie haben recht. Frachtschiffe sind normalerweise nicht mit exklusiven Ledermöbeln ausgestattet. Aber das Schiff ist gewissermaßen mein einziges Zuhause, und deshalb darf es auch ein wenig bequemer sein.«

»Aber Sie haben doch sicher auch eine Wohnung an Land?«, fragte Peter Sympson.

»Ich habe in Rotterdam bei einer Dame ein Zimmer gemietet, aber bin fast nie dort. Wenn ich an Land bin, miete ich mich in einem Hotel ein, oder ich nehme mir da, wo das Schiff gerade liegt, ein möbliertes Zimmer. In Falmouth habe ich neulich einen norwegischen Seemann kennengelernt. Er hat mir erzählt, dass er eines Tages auf einer kleinen Karibikinsel mit einem Eingeborenen sprach, der den Rastakopf voller Hasch hatte. Der Eingeborene fragte ihn, woher er kam. *Norway,* antwortete der Seemann. Der andere sah ihn lange an, auf seinem Gesicht ein großes Fragezeichen, dann sagte er: *You can't live nowhere, man!* Aber man kann, wenn man es so macht wie ich. Wie ein Zugvogel.«

Peter Sympson nickte. »Neulich bin ich mit dem Zug nach Dublin gefahren«, sagte er. »Ich wollte zu einer Juweliersmesse und kam mit dem Schaffner ins Gespräch. Wissen Sie, was er sagte? Er sagte, eins stehe für ihn fest, wenn er nicht durch seinen Beruf zum Herumfahren gezwungen wäre, dann bliebe er zu Hause. Das bin ich, Herr Kapitän, in einer Nussschale. Ich bin ein Standvogel.«

»Da sind wir ja in dieser Hinsicht recht verschieden, ich als Zugvogel und Sie als Standvogel. Haben Sie denn nie Lust, sich auch mal ein wenig umzusehen?«

»Nein. Außerdem bin ich auf der Jagd nach Mineralien und Edelsteinen um die ganze Welt gereist. Aber mit Lust hat das nichts zu tun. Ich würde das, was ich suche, lieber in Kinsale oder wenigstens in Irland finden.«

»Gibt es in Irland keine Edelsteine?«

»Nicht der Rede wert. Bergkristall, Amethyst, ein paar klägliche Achate und hellblaue Topas, das ist schon alles. Natürlich findet man ab und zu ein schönes Stück. Meinen schönsten Stein habe ich tatsächlich hier im Land gefunden, in einer Quarzader auf einer der Arran-Inseln.«

»Ich habe leider von Edelsteinen gar keine Ahnung. Ich weiß nicht, was ich gekauft habe. Ich bin einfach nach dem Aussehen gegangen.«

»Das ist gar kein schlechter Anfang, Herr Kapitän. Viele kaufen Edelsteine nur nach dem Preisschild. Was soll das beispielsweise mit all den Brillanten, die heutzutage auf jedem Schmuckstück sitzen und angeblich die anderen Steine aufwerten sollen? Man sieht doch weder die Diamanten noch den Stein, sondern nur ein Feuer, bei dem aber nur der Fachmann den Unterschied zum Zirkon oder sogar zum Bergkristall kennt.«

»Das glaub ich Ihnen gern. Aber möchten Sie nicht einen Blick auf meine Sammlung werfen, bevor wir gehen?«

Peter Sympson fiel ein, dass er einmal in einer ähnlichen

Situation gewesen war, mit einem Mann, der über Edelsteine nichts wusste. Damals hatte er freilich Gründe zu der Annahme gehabt, die betreffende Person sei im Besitz eines Steins von unschätzbarem Wert, der während des Ersten Weltkriegs spurlos verschwunden war. Peter Sympson war durch ganz Europa gefahren und hatte Geschäfte mit den Ostblockstaaten gemacht, und das nur, weil er etwas über die Kriegsbeute in Erfahrung bringen wollte, die auf der anderen Seite des Eisernen Vorhangs gelandet war. Er hatte dort Käufer aufgetrieben, die vor Dollars nur so strotzten und Steine kaufen wollten, die man gar nicht wieder hätte verkaufen können. Zehn Jahre detektivischer Wühlarbeit waren nötig gewesen, bis er diesen gelben Diamanten bei einem früheren SS-Mann aufspürte, der später Major bei der Staatssicherheit der DDR geworden war. Drei Jahre hatte es ihn gekostet, bis dieser Mann so viel Vertrauen zu ihm hatte, dass er ihm den Auftrag gab, zu versuchen, den Stein auf der anderen Seite zu verkaufen. Sodass am Ende Peter Sympson selbst den Stein in Besitz nehmen konnte.

Während Marcel seine Steine auf dem Tisch aufhäufte, fiel Peter Sympson plötzlich auf, dass er seit jenem Tag nicht mehr geträumt hatte. Seit damals verfolgte der Juwelier die Jagd seiner Kollegen nach dem Treffer ihres Lebens mit einem gewissen Mitleid.

Marcels Sammlung war ein buntes Durcheinander aus Rohsteinen und Cabochons unterschiedlicher Art und Größe. Kein Stück schien auf den ersten Blick sonderlich wertvoll, und nach den Maßstäben Peter Sympsons waren die Steine nicht einmal besonders hübsch zu nennen. Doch er tat seine Pflicht, prüfte jeden einzelnen mit der

Lupe und sagte Marcel, was er da in seiner Schatztruhe hatte: Peridot, Jadeit, Citrin, Letzterer womöglich schleifbar, Turmalin – übrigens ein recht rissiges, totes Exemplar – sowie einige Chalcedon- und Quarzvarietäten.

»Sie scheinen nicht sonderlich beeindruckt«, sagte Marcel, als Peter Sympson die Lupe weglegte.

»Nun, wenn ich ehrlich sein soll, und ich versuche immer, ehrlich zu sein: Nein. Nach Qualität und Schleifbarkeit sind Ihre Steine mittelmäßig. Um es in Geld auszudrücken, hundert Pfund vielleicht, wenn es hoch kommt.«

»Also ein Essen für zwei Personen im Restaurant, das ist doch schon etwas. Aber vielleicht habe ich das Beste bis zum Schluss aufgehoben. Diesen Stein habe ich von einem russischen Seemann bekommen, den ich damals an Bord genommen hatte, damit er in den Westen fliehen konnte. Er selbst hat gesagt, es sei ein sehr wertvolles Familienkleinod. Ich besitze ihn seit Jahren – eine nette Erinnerung –, aber habe ihn nie schätzen lassen.«

»Sie tun gut daran, sich keine großen Hoffnungen zu machen. Die meisten Familienkleinode besitzen nur einen Gefühlswert. Sehen wir uns den Stein aber sicherheitshalber einmal an.«

»Ich hoffe auf nichts, Herr Sympson. Was ich brauche, das habe ich. Ich bin nur neugierig, wo ich jetzt schon mal einen richtigen Juwelier kennengelernt habe. Seit ich den Stein besitze, hab ich ihn mir kaum mehr angesehen.« Marcel öffnete ein kleines Holzkästchen und schob es über den Tisch zu Peter Sympson.

Dessen erster Eindruck war, es sei ein Rhodolith, der bei der künstlichen Beleuchtung in Marcels Kabine einen schönen Glanz hatte. Aber etwas weckte Peter Sympsons Argwohn. Erstens war dieser Stein zu groß für einen Rhodolithen. Zweitens war sein Glanz zu feurig. »Würden Sie mit nach draußen gehen?«, fragte er.

Der Juwelier wickelte den Stein in ein Stück Sämischleder, das er immer bei sich hatte. Erst als sie auf dem Kai standen, wickelte er ihn wieder aus.

»Aber er ist ja plötzlich grün!«, rief Marcel, als der Stein sichtbar wurde. »Sind Sie ein Zauberer?«

Peter Sympson lächelte und empfand wider Willen Stolz. Seine Vermutung hatte sich als richtig erwiesen. »Das bin ich nicht. Aber Ihr Stein ist ein Alexandrit, eine Abart des Chrysoberylls. Das ist eine Rarität, und es ist der einzige Stein, der bei unterschiedlicher Beleuchtung die Farbe wechselt. Bei Tageslicht ist er grün, bei künstlicher Beleuchtung rot.«

»Dann ist er also etwas wert?«

»Ich würde sagen, um die fünfzigtausend Pfund.«

»Fünfzigtausend! Ein russischer Flüchtling hat ihn mir gegeben, der hätte das Geld besser brauchen können als ich! Jedenfalls lade ich Sie jetzt in das beste Restaurant von Kinsale ein. Wenn Sie mich begleiten wollen?«

»Mit dem größten Vergnügen.«

Peter Sympson meinte, was er sagte. Es war leicht, diesen Marcel zu mögen, dachte er. Vermutlich auch deshalb, weil er ja wusste, dass er nur bleiben würde, solange das Schiff im Hafen lag.

Später an diesem Abend, nach einem erstklassigen Essen, fragte Marcel, ob Peter Sympson den Alexandrit für ihn verkaufen wolle. Marcel zeigte ihm den Ohrring mit dem Karneol, den er an der Brust trug, und erzählte eine

Geschichte von einem jungen Mädchen namens Rosa Moreno. »Wissen Sie, Herr Sympson, ich möchte dem Mädchen den Erlös aus dem Verkauf schenken. Selbstverständlich abzüglich Ihrer Kosten.«

»Fünfzigtausend Pfund sind viel Geld.«

»Was tut man nicht alles für ein Lächeln wie von Ingrid Bergman. Und wegen eines Ohrrings und kleiner Botschaften in einer Tabaksdose.«

Peter Sympson sah, dass dieser Marcel es ernst meinte. Was für ein Leichtsinn!, dachte er. Welche Sorglosigkeit! In einer Zeit, wo Geld das Maß aller Dinge war, warf dieser Kapitän es mit unverschämter Gelassenheit in den Wind.

»Sind Sie sicher, dass das Geschenk angenommen wird?«, wagte Peter Sympson zu fragen, obwohl ihn das natürlich nichts anging. »Eine solche Summe anzunehmen, dürfte gar nicht leicht sein.«

»Haben sich die Leute je beklagt, wenn sie in der Lotterie gewinnen? Ich finde, das Geld soll einfach vom Himmel fallen, weil die Sterne gerade in der passenden Konstellation stehen oder dergleichen. Das Mädchen soll nie erfahren, wer der Schenker war.«

»Sie sind großzügig.«

»Meinen Sie? Ihr Hobby sind schöne Steine. Meines sind die Menschen, die ich kennenlerne, und ihre Lebensträume.«

Nach dem Abend mit dem Kapitän ging Peter Sympson nach Hause. Er verriegelte die Tür seines Arbeitszimmers, obwohl er die doppelten Sicherheitsschlösser an der Wohnungstür bereits abgeschlossen hatte. Er setzte sich an den Schreibtisch und zog ein Lederfutteral hervor, das von einem Band in der Innentasche seines Jacketts festgehalten wurde. Er öffnete das Futteral, nahm zwei Steine heraus und legte sie auf ein zusammengefaltetes Taschentuch. Er fuhr sich mit den Fingerspitzen über die Schläfen, schloss einige Male die Augen und richtete den Blick auf die beiden Steine.

Beide waren von einzigartiger Schönheit, und beide waren die Einzigen in ihrer Art. Nach über dreißig Berufsjahren war er sich seiner Sache sicher. Es gab nicht ihresgleichen.

Trotzdem waren sie äußerst verschieden. Der eine war auf den ersten Blick wertlos. Der zweite war unbezahlbar, ja vielleicht besaß er wirklich einen Wert, der alles überstieg, was sich auch noch der reichste Käufer leisten konnte. Nur in dieser Hinsicht waren die beiden Steine darum gleichwertig: Der Markt, das Maß aller Dinge in der Welt der Edelsteine, hatte für beide keinen Platz.

Sonst aber waren sie so unterschiedlich, wie zwei Edelsteine es nur sein konnten. Den einen hätte er eigentlich zum Verkauf in ein Schaufenster legen sollen, und wenn es außer ihm selbst noch einen Menschen wie ihn gab, würde der seine verborgene Schönheit sehen und schätzen. Den anderen, unbezahlbaren, konnte er niemandem zeigen. Niemand außer ihm selbst wusste mit Sicherheit, dass der Stein noch existierte. Man sprach davon, es gab sogar Fotos von ihm, in den Handbüchern aber stand nur lakonisch: »Verbleib unbekannt«. Er war eine Legende, er war sagenumwoben, alle Juweliere träumten von ihm, er war ihr Gral, soweit sie überhaupt noch etwas anderes kannten, als täglich ihr Geld zu verdienen. Der Besitz dieses Steins war das einzige Verbrechen, dessen sich

Peter Sympson in seinem ganzen Leben schuldig gemacht hatte. Er beging dieses Verbrechen nun bereits seit fast fünfzehn Jahren.

Zweimal täglich, morgens, ehe er den Laden öffnete, und abends, wenn er nach Hause kam, setzte er sich in sein Arbeitszimmer und betrachtete die beiden Steine, zuerst mit unbewaffnetem Auge, dann mit einer Lupe, die er nur für diesen Zweck benutzte. Fünf Tage in der Woche, jahrein, jahraus, und das seit fast fünfzehn Jahren, war er sich selbst und den beiden Steinen treu geblieben. Er war nicht wenig stolz darauf, auch wenn er sich vor keinem Menschen damit brüsten konnte.

Hinzu kam, dass die Steine in diesem Leben seine einzige Lebensversicherung waren. An die Objektivität von Schönheit glaubte er nicht. Er glaubte nicht daran, dass Schönheit etwas Ganzes, Ungeteiltes sei, etwas, das man wahrnahm oder auch nicht. Wie denn auch, wenn man sah, wie sich unzählige Menschen in einem Meer von hässlichen Dingen wälzten? Oder wenn man daran dachte, was die Menschen alles als schön bezeichneten? Dagegen war er sich ganz sicher, dass diejenige Schönheit, zu deren Verehrung man sich entschieden und die man sich angeeignet hatte, etwas darüber aussagte, was für ein Mensch man war. Für sein Äußeres war man sehr wohl verantwortlich, auch wenn immer das Gegenteil behauptet wurde, und der Geschmack war nicht relativer oder subjektiver als man selbst.

Den wertlosen Stein holte er in seinem Laden recht oft hervor und beobachtete dann gespannt die Reaktion der Leute. Irgendwo auf dieser Welt, davon war er überzeugt, musste es einen Menschen wie ihn geben, der erkannte, dass dieser Stein nicht seinesgleichen hatte. Er hoffte, dass es eine Frau sein würde.

Er war nicht so dumm, sich einzubilden, dieser Mensch werde einfach irgendwann im Laufe seines Lebens in seinen Laden spazieren. Trotzdem wollte Peter Sympson wenigstens an die Möglichkeit glauben. Selbstverständlich hatte es Tage gegeben, an denen er die Hoffnung aufgab und befürchtete, es sei falsch gewesen, alles auf eine Karte zu setzen. Aber es hatte auch immer wieder Tage gegeben, an denen er sich mühelos vorstellen konnte, wie diese Frau auf ihn zukam. Manchmal sah er sie wie einen funkelnden Diamanten vor sich.

Ihm war bewusst, dass ihn manche seiner Kunden für seltsam und schrullig hielten, wenn er ihnen starr in die Augen sah, immer in der Hoffnung, den Menschen vor sich zu haben, der das Geheimnis seines Steins erkennen würde. Sein Blick war anders als der anderer Leute. Viele Jahre lang hatte er in die Tiefe der Edelsteine gesehen, wo der Blick sich schließlich in der Durchsichtigkeit verlor, sodass mancher Kunde vermutlich das Gefühl hatte, er sehe ihn nicht, oder er sehe durch ihn hindurch, als sei er gar nicht da.

Augen waren für Peter Sympson wie edle Steine, je länger man hineinsah, um so unsicherer war man sich über das, was man tatsächlich sah. In Augen verirrte und verlor man sich ebenso wie in Edelsteinen, wenn man nicht einfach an der glänzenden Oberfläche haltmachte und letztlich nur das Spiegelbild seiner eigenen Augen sah.

Er betrachtete die beiden Steine, die vor ihm auf dem Tisch lagen. Gerade heute, nach dem Treffen mit Marcel, hatte er sich entschlossen, sich in ihr Inneres zu begeben.

Er wollte die Oberfläche vergessen, sich nicht mehr blenden lassen von ihrem Glanz, dem Schein nicht länger erliegen. Besondere Gründe hatte er für diese Entscheidung nicht. So glaubte er zum Beispiel nicht, dass sie mit Marcel zu tun hatte, und auch nicht mit Marcels Alexandrit und mit diesem jungen Mädchen Rosa Moreno, die nun um fünfzigtausend Pfund reicher werden sollte. Der Schein, die Reflexion, das, was von außen kam, um dorthin zurückzukehren, wenn auch um die tausendste Potenz schöner, war ebenso fesselnd wie das Verborgene, das unwiderruflich Versteckte im Kern des Steins.

Eines aber war völlig sicher, man konnte nicht beides gleichzeitig ansehen, man musste sich entscheiden.

Peter Sympson fiel es aufgrund seiner Erfahrung nicht schwer, von der Oberfläche abzusehen, oder doch zumindest eine Weile so zu tun, als existiere sie nicht, um sich hinabsinken zu lassen zum Kern des Steins. Aber gerade in den klarsten und blanksten Edelsteinen, in jenen Steinen, deren Schliff so perfekt war, dass man nicht einmal unter der Lupe die geringste Unreinheit zu erkennen vermochte, gerade in diesen Steinen bereitete ihm das Schweben die größte Mühe. Das Auge fand keinen Halt in der Mitte des Steins, der Blick traf auf keinen Widerstand, und große Konzentration war erforderlich, damit man nicht plötzlich nur Durchsichtigkeit wahrnahm.

Vermutlich aufgrund mangelnder Konzentration, womöglich durch die Begegnung mit Marcel hervorgerufen, gelang es Peter Sympson an diesem Tag nicht, seinen Blick und sich selbst frei in der Mitte des Steins schweben zu lassen. Er versuchte es immer wieder, fiel aber geradewegs hindurch und sah durch den Stein die Maserung des

Tischs, wenn auch goldfarben, als trage er eine Sonnenbrille.

Das war schon öfter vorgekommen, und es hatte ihn nicht beunruhigt. Gerade an diesem Tag aber spürte er, wie die Angst gekrochen kam, die Furcht, er könne sich auf immer in Durchsichtigkeit verlieren und werde für den Rest seines Lebens geradewegs durch den Stein hindurchsehen. Darum holte er sofort den anderen, wertlosen Stein hervor. Dieser Stein hatte zumindest einen Kern, den man mit dem Blick unmöglich durchdringen konnte.

Es war ein Stück Bergkristall, kristalliner Quarz nur, wie man ihn tausendfach an all die Steinmystiker verkaufte, die sich einbildeten, er werde ihnen magische Kraft verleihen, und wie man ihn in Zehn-Tonnen-Blöcken in den Alpen fand. Im Innern von Peter Sympsons Bergkristall gab es allerdings einen Einschluss, eine Lamelle aus blutrotem Karneol und eine verkapselte Rissbildung, gefüllt mit Gas oder einer Flüssigkeit, mit bloßem Auge nicht zu erkennen. Wenn das Licht den Stein aus einem gewissen Einfallswinkel traf, flammte er als blutrotes Meer auf; traf es ihn aus einem anderen, erschien er als ein Regenbogen aus unzähligen Farbtönen, und bei einem dritten Einfallswinkel erstrahlten feurige Zungen eines roten Riesensterns. Doch musste das Licht genau aus diesen ganz bestimmten Winkeln einfallen, sonst sah der Stein völlig alltäglich aus, wie etwas zwischen Halbopak und Bergkristall, mit irgendetwas Rotem im Innern.

Peter Sympson drehte den Stein so, dass das rote Meer aufflammte. Doch seine Hand zitterte, und er sah nur einen hellroten Farbton, der ebenso rasch wieder verschwand. Er versuchte es mit dem Regenbogen, aber auch hier hatte er keinen Erfolg.

Am Ende legte er beide Steine wieder in ihr Futteral und steckte es in die Brusttasche. An einem Tag wie heute hatte es keinen Sinn, auf etwas zu bestehen.

Ganz unvermittelt fiel ihm ein, dass er sich gar nicht erinnern konnte, wie die Augen des Kapitäns ausgesehen hatten, weder ihre Farbe noch ihre Form. Er konnte sich nicht einmal erinnern, ob er Marcel überhaupt in die Augen gesehen hatte, er, Peter Sympson, der sonst die Augen anderer Menschen betrachtete, als prüfte er Karat und Feuer eines Edelsteins.

5

Es gab Wintertage in Marstal, an denen die Luft so hoch und so klar war, dass man schon das Gefühl hatte, es fehle etwas. Tage, an denen die Inseln des südfünischen Inselmeeres scharfe Umrisse hatten und näher aneinandergerückt schienen und an denen der vom Eismeer kommende Nordwind den Rauch von den industriellen Wunderwerken des Ruhrgebiets vertrieb, Tage, an denen ein Mensch den Eindruck haben mochte, er sehe die Wirklichkeit jetzt ausnahmsweise einmal deutlich, ja er durchschaue vielleicht sogar, was immer vor ihm verborgen werden sollte.

An solchen Tagen konnte Jacob Nielsens Fernweh geradezu unvernünftige Proportionen annehmen. Stundenlang konnte er auf der schmalen Landzunge südlich von Marstal stehen und aufs Wasser sehen. In der gläsernen Luft dachte er sich fort, obwohl er wusste, dass der Horizont nur scheinbar grenzenlos war. Hinter der Wölbung lag Deutschland, wohin sich zu begeben er keinerlei Absicht hatte.

Weder dorthin noch irgendwo anders hin, versuchte er, sich einzureden. War es ihm nicht gerade erst gelungen, so frei und unabhängig zu werden, wie er es in seinem erwachsenen Leben immer hatte sein wollen? Hatte er sich nicht zu dem Zweck in Marstal niedergelassen, damit er endlich nicht mehr rauf und runter durch die Wirklichkeit fahren musste wie ein Jo-jo? Nach fünfundzwanzig Jahren voller Fristen und Verfallsdaten, Geschäftsreisen und Besprechungen, Kongressen und Ausstellungen, Verhandlungen und Kompromissen, fünfundzwanzig Jahren voller Ellbogen und Fallstricke, oberflächlichem Lächeln und höflichem Händeschütteln war es ihm endlich gelungen, den Traum seines Lebens zu verwirklichen und auszusteigen aus diesem Zug, dessen Bestimmungsbahnhof ein schwarzes Loch in der Tiefe eines Abgrunds war.

Und gerade darum beunruhigte es ihn, dass er mit diesem ungebundenen und friedlichen Leben nicht zufrieden war. Er hatte genug Geld, um den Rest seiner Tage keinen Finger mehr krumm machen zu müssen. Seine Kinder brauchten ihn nicht mehr, wenn sie ihn überhaupt je gebraucht hatten, und sie versuchten auch nicht einmal, diesen Anschein aufrechtzuerhalten. Seine frühere Ehefrau hatte wieder geheiratet und wäre auch gut ohne den Betrag zurechtgekommen, den er ihr jeden Monat überwies. Er war frei, so ungebunden wie wenige, er konnte gelassen durchs Leben gehen, nicht einmal eine Armbanduhr benötigte er und einen Terminkalender erst recht nicht. Warum musste er, Jacob Nielsen, hier am Strand stehen und dieses tückische, hinterhältige Gefühl der inneren Unruhe verspüren? Es war unsinnig.

In diesem Augenblick sah er, wie ein Schiff die Südspitze von Langeland umfuhr. Sein schwarzer Rumpf schien über der Wasseroberfläche zu schweben, was sich bei dieser klaren Sicht ausnahm wie eine trügerische Luftspiegelung.

Jacob Nielsen folgte dem Schiff mit dem Blick und erwartete, es am Horizont mit Kurs auf Kiel verschwinden zu sehen. Doch stattdessen bog es in die schmale Fahrrinne ein, die in die Inselwelt von Südfünen führte. Er war erstaunt, denn in der südlichen Fahrrinne sah man selten ein Frachtschiff dieser Größe. Noch erstaunter war er, als er sah, wie das Schiff an der Gabelung der Fahrrinne erneut den Kurs änderte und auf Marstal zuhielt.

Schnell ging er zurück in die schläfrige Kleinstadt. Wie weit lagen die Tage ihres alten Glanzes zurück, als hier Dutzende von Reedereien ihren Sitz gehabt hatten und der Hafen ein Zentrum des Ostseehandels gewesen war. Die Handelsflotte von Marstal war für ganz Dänemark ein Begriff gewesen. Aber fast niemand wollte wahrhaben, dass die einstige Größe einer vergangenen Epoche angehörte. Die wenigen Schiffe, die sich noch im Besitz von Marstaler Reedern befanden, waren ausgeflaggt und in Panama oder in Nigeria registriert. Und wenn doch welche im Hafen anlegten, so wurden sie meistens aufgelegt und verschrottet oder in die Dritte Welt verkauft. Verglichen mit früheren Zeiten, war der Hafen von Marstal ein Bestattungsunternehmen, das sich der Leichen der Meere annahm.

So war es ein bemerkenswertes Ereignis, wenn ein fremdes Schiff, das offenbar im aktiven Dienst stand, Marstal anlief. Jacob Nielsen war nicht der Einzige, der hinunter zum Hafen gegangen war. Ein Dutzend Neugieriger hatte sich schon auf dem Kai versammelt, von den alten Seeleuten abgesehen, die immer mit einem Bier in der Hand auf ihrer Bank saßen. Jacob Nielsen nickte ihnen freundlich zu, vereinzelt wurde sein Gruß erwidert. Seit er nach Marstal gekommen war, hatte er dem Hafen eigentlich jeden Tag einen Besuch abgestattet und sich auf eine der Bänke gesetzt, hatte auch ein Bier getrunken und sich ihre

Geschichten und Ansichten über das Leben angehört. Allmählich hatten die Alten ihn akzeptiert, als einen, der zuhören konnte und der sie ernst nahm. Jacob Nielsen war keiner von denen, die über sie lachten, wenn sie, nur um sich mit einem Bier an den Hafen zu setzen, ihre blauen Overalls anzogen, als wäre das Arbeit, und als lohnte es sich, dafür zu leben. Nein, Jacob Nielsen gehörte nicht zu denen, die den Mund verzogen, wenn die Alten ihnen erklärten, das Einzige, was im Leben zähle, sei, dass man etwas zu tun habe.

»Denn wenn man nichts zu tun hat«, sagten sie dann wie aus einem Mund, »hat es wenig Sinn, dass man auf der Welt ist.«

Jacob Nielsen fragte sie, was für ein Schiff denn da nach ihrer Meinung einlief, erntete aber bloß ratloses Kopfschütteln. Einer meinte, vielleicht werde das Schiff einige Tage im Hafen liegen, um auf Ladung zu warten. Die Liegekosten waren in Marstal mittlerweile so niedrig, dass die Reeder es sich erlauben konnten, der Besatzung einige Tage Landurlaub zu geben, statt irgendwo draußen vor Anker zu liegen.

Als der Bug des Schiffs an der Kaimauer auftauchte, drehten sich alle um und maßen das Schiff mit Kennerblick. Was war das für ein Schiff, und wie wurde es geführt?

Jacob Nielsen sah hinüber zum Kapitän, der bei kühlem Nordwind in Hemdsärmeln auf der Brücke stand. Er wusste nicht viel über Schiffe, von dem wenigen abgesehen, das er von den Alten gehört hatte, aber so viel war ihm bekannt, dass das Anlegen mit einem solchen Eisenklumpen von mehreren Tausend Tonnen keine leichte

Sache war. Darum war er über die Unbekümmertheit des Kapitäns auf seiner Brücke erstaunt. Der sah sich um und nahm sich sogar Zeit, die Hand zu heben und die neugierigen Zuschauer zu grüßen. Einer der Alten stieß einen kurzen Pfiff aus, als das Schiff sich sanft an die Mauer legte und die Trossen an Land geworfen wurden.

Ein Seemann hängte Rattenrahmen an die Leinen.

»Könnte er sich sparen«, sagte ein anderer Alter und lachte bitter. »Hier in Marstal haben die Ratten das Schiff längst verlassen.«

Das Schiff war kaum vertäut, als der Kapitän von der Brücke verschwand, um gleich darauf an Deck aufzutauchen und an Land zu springen. Er ging auf Jacob Nielsen und die Alten zu, grüßte freundlich und fragte, ob sie etwa alte Teerhosen seien. Die Alten leuchteten auf, kramten ihr bestes Seemannsenglisch aus alten Zeiten hervor und hießen Schiff und Kapitän in Marstal willkommen.

»Also, Männer«, sagte der Kapitän, nachdem man die ersten Höflichkeiten ausgetauscht hatte, »ich würde euch heute Abend gerne auf ein Bier einladen. Alle. Es wäre schön, wenn ihr mir die Ehre erweist.«

Die Alten warfen sich verlegene Blicke zu. Das ist ihr Glückstag, dachte Jacob Nielsen. Sie wagen kaum zu glauben, dass sie richtig gehört haben. Zu guter Letzt nahm einer von ihnen seinen Mut zusammen und bedankte sich für die freundliche Einladung, während die anderen zustimmend nickten. Jacob Nielsen freute sich für sie.

»Sie sind natürlich auch eingeladen«, sagte der Kapitän zu ihm, »obwohl ich kaum glaube, dass man Ihre Seebeine mit denen der Herren hier vergleichen kann.«

Auch Jacob Nielsen nickte, so wie die Alten.

»Holt mich doch an Bord ab, und dann zeigt ihr mir den Pub. Dann feiern wir ein bisschen. Dazu hat man ja nicht mehr so oft Gelegenheit.«

Bevor der Kapitän wieder auf sein Schiff sprang, drehte er sich noch einmal um: »Fragt nach Marcel!«

»Donnerwetter!«, sagte einer der Alten, sobald Marcel verschwunden war. »Und ich dachte, solche gibt es gar nicht mehr, aufrechte, ehrliche Kerle wie den! Ja, früher war das anders!«

Was Jacob Nielsen nicht glaubte. Nach allem, was er wusste, hatte es in der Vergangenheit weniger Hektik gegeben, das war alles. Plötzlich fiel ihm auf, dass sich seine Unruhe gelegt hatte. Ein Luftzug aus der großen Welt reichte also aus, um sein Fernweh zu vertreiben! Und das beruhigte ihn, denn wenn er etwas verabscheute, dann war es, ständig weitereilen zu müssen und unaufhörlich hinter Dingen herzujagen, die vor der Ewigkeit keinerlei Bedeutung hatten.

Jacob Nielsen saß mit dem freundlichen Kapitän und den alten Seeleuten in einer Bierstube. Sie sprachen darüber, wie es früher gewesen war, welche Häfen sie angelaufen, welche Frauen sie kennengelernt und verlassen hatten, wie es heute mit der Seefahrt stand, Stürme, Originale, erinnerst du dich an den, der war anders als die anderen, aber konnte man das damals nicht von so vielen sagen?

Anfangs begnügte sich Jacob Nielsen damit zuzuhören. Er hatte einiges von der Welt gesehen, hatte sich aber nur wie eine Fracht mit dem Flugzeug transportieren lassen. In einer solchen Gesellschaft zählte das wohl nicht viel.

»Das Sonderbare ist, wie deutlich man sich an die Tage

auf See erinnert«, sagte Marcel. »Findet ihr nicht? Man erinnert sich doch besser an die Tage auf See als an die an Land?«

Die Alten wogen das gründlich ab, dann stimmten sie ihm zu. Eines war Jacob Nielsen im Verlauf der Unterhaltung aufgefallen: Seeleute zierten sich offenbar nicht und versuchten auch nicht, sich zu verstellen. Sie sagten, wie es war und was sie dachten, ganz offen und geradeheraus.

»Ich glaube«, nahm Marcel den Faden wieder auf, »es liegt daran, dass auf See alles so langsam geht. Man hat Zeit für Eindrücke. Wir machen nicht mehr als vierzehn Knoten bei Gegenwind und gegen die Tide. Das ist nicht viel schneller als ein Fahrrad. Habt ihr daran schon mal gedacht?«

»Ja«, sagte Jacob Nielsen und beteiligte sich erstmals am Gespräch. »Ich habe mal einen Mann gekannt, der sich leidenschaftlich für Samuel Beckett interessierte, diesen irischen Dichter, der nach Frankreich gegangen ist und dann den Nobelpreis bekommen hat. Mein Bekannter wollte einfach alles wissen, was sich über Beckett und seine Bücher in Erfahrung bringen ließ. Also fuhr er nach Irland, um herauszufinden, ob es in Becketts Büchern Dinge gab, die er als Däne vielleicht nicht verstanden hatte. Eines Tages machte mein Bekannter eine Wanderung. Überall gab es Viehweiden, und die kleinen Wege lagen voller Kuhfladen. Und da begriff er plötzlich, warum es bei Beckett von Kuhfladen nur so wimmelt. Denn das ist wirklich so, es sind unglaubliche Mengen, und ich vermute, dass das der Jury bei der Vergabe des Nobelpreises gar nicht so aufgefallen war. Also, sagte mein Freund, wenn er nicht zu Fuß gegangen wäre, sondern in einem Auto oder in einem Zug gesessen hätte, dann hätte er diese Entdeckung nie gemacht. Er sagte auch noch etwas: Wenn Reisen Erleben heißt, dann ist das Entscheidende die Geschwindigkeit, mit der man reist.«

Alle nickten zu Jacob Nielsens Geschichte und waren sich sofort darüber einig, dass Reisen mit dem Zeitempfinden zu tun hatte.

Jacob Nielsen fühlte tiefe Befriedigung über dieses Einvernehmen zwischen Menschen, die sich erst vor Kurzem kennengelernt hatten, und bat sie, für den Rest des Abends seine Gäste zu sein. Wovon niemand etwas hören wollte. Aber er bestand darauf und erklärte, dass es ihm wirklich viel bedeute, bei einer solchen Gelegenheit mit ihnen zusammenzusitzen.

Vielleicht, dachte er, würde dieser Kapitän, Marcel hieß er, einmal von Jacob Nielsen erzählen, wenn er irgendwo in einem anderen Winkel der Welt mit anderen Menschen zusammensaß. Vielleicht würde dieser Marcel eines Tages sagen, er habe da einen gewissen Jacob Nielsen kennengelernt, der habe ein halbes Dutzend Menschen einen ganzen Abend lang zum Trinken eingeladen und eine Geschichte von einem Bekannten erzählt, der Beckett über alles verehrte. Und dann wäre Beckett durch Jacob Nielsens Bekannten und durch Marcel, den Kapitän, mit Leuten verbunden, die weder etwas von Beckett noch je von Jacob Nielsen gehört hatten. Man stelle sich vor, wenn nun er selbst, Jacob Nielsen, eines Tages einem dieser Menschen in Rio oder in Bombay begegnete, und sie würden sich über dies und das unterhalten, und dann würden sie diese Spuren und Echos entdecken, durch die sie bereits verbunden waren, ohne dass sie es auch nur geahnt hatten! Damit hätten sie den Beweis, dass die Welt eben doch kein riesiges Durcheinander aus anonymen menschlichen Wesen war, die in ihrer eigenen Masse und Vielfalt ertranken und verschwanden.

Später an diesem Abend fragte der Jüngste der alten Männer, ein kräftiger Sechziger, der erst vor einigen Jahren abgemustert hatte, welche Routen Kapitän Marcel befuhr und welche Häfen er anlief. Marcel antwortete, sie liefen vor allem Atlantikhäfen an, kleine billige Häfen, wo sie Saatgut und Kunstdünger löschten und luden. Zuletzt seien sie in Villagarcía in Galizien, Kinsale in Irland und Tréguier in der Bretagne gewesen. Aber das bestimme alles der Reeder.

Als der alte Jens den Namen Tréguier hörte, unterbrach er Marcel. »Tréguier? Hast du Maman kennengelernt? Ich will verdammt sein, wenn ich in meinem ganzen langen Matrosenleben eine feinere Frau gesehen habe!«

»Es geht ihr noch immer sehr gut«, lächelte Marcel. »Sie hat mich und meine Besatzung zu einem herrlichen Abendessen eingeladen, zwei Wochen ist das her. So was haben wir noch nie erlebt. Zuerst dachten wir ja, das ist eine Puffmutter. Und dann stellt sich heraus, dass sie ein ganzes Seemannsheim in einer Person ist.«

»Ja, nicht wahr«, antwortete Jens. »Wir mussten unseren Namen damals in ein in Leder gebundenes Gästebuch schreiben, stellt euch das mal vor, und in einem Citroën wurden wir abgeholt und auch großzügig bewirtet. Wahrscheinlich hab ich im ganzen Leben keinen so guten Wein getrunken. Wahrscheinlich, hab ich gesagt, denn sonst kümmert man sich ja nicht weiter darum, was man sich in den Hals schüttet. Aber bei Maman, da war das natürlich anders. Stellt euch vor, sie lebt noch und lädt noch immer Seeleute ein! Das muss ich meiner Alten erzählen. Obwohl sie eifersüchtig sein wird, das war damals schon so, als ich ihr davon erzählt habe. Kapitän, können Sie nicht mal bei mir vorbeikommen und diesem Frauenzimmer sagen, dass ich nicht gelogen habe? Oder einfach, dass sie nicht eifersüchtig zu sein braucht. Dass das etwas ganz anderes war, nicht zu vergleichen sozusagen.«

Den anderen leuchtete die blanke Neugier aus den Augen, und Jacob Nielsen ging es nicht anders. Marcel erzählte die ganze Geschichte dieser Frau, die sich Maman nannte und sich um alle Seeleute kümmerte, die nach Tréguier kamen, und die sich von ihnen erzählen ließ, was sie sich im Leben wünschten, woran sie glaubten, und sie dann ihre Namen in ein Gästebuch eintragen ließ, in dem schon Tausende von Namen stehen mussten.

Jacob Nielsen fragte Marcel, ob bei dieser Maman nicht irgendeine Absicht dahinterstecke?

»Ich denke, sie ist wohl einfach so, wie sie ist, gastfreundlich und ein wenig einsam.«

Später, als die anderen nach Hause gegangen waren, versuchte Jacob Nielsen, weitere Informationen über diese Frau aus Marcel herauszuholen.

»Warum interessieren Sie sich so für Maman?«, fragte Marcel.

Jacob Nielsen wusste nicht recht, was er antworten sollte. Das Wichtigste sei immer, Menschen in Verbindung zu bringen, und genau das tat Maman. Sich vorzustellen, wie viele Menschen schon durch sie in Kontakt gekommen waren, so wie Jens und Marcel. Was für eine Vorstellung, die Spinne in einem solchen Netz zu sein!

Auf dem Nachhauseweg dachte Jacob Nielsen weiter über diese Frau nach, die ein Gästebuch besaß, in dem Tausende von Namen standen. Denn Jacob Nielsen hatte einen Traum. Er träumte davon, mit seinem Computer in einem fensterlosen Raum zu sitzen und seine eigene Endlichkeit zu überwinden. Jacob Nielsens innigster Traum und sein heißester Wunsch war es, in all diesen neuen globalen Datenbanken Spuren zu hinterlassen. Er, Jacob Nielsen, würde mit seinen Daten, seinen Aktivitäten und seinen Meinungen auf zahllosen Monitoren rund um die Welt auftauchen und fortleben.

Es hatte als Spiel begonnen. Aber allmählich hatte Jacob Nielsen erkannt, dass es ihm ernst war. Ein Leben, so hatte er eines Tages gedacht, von dem am Ende keine Spur blieb, war sinnlos. Ein Mensch, der völlig vergessen wurde, wenn er starb, der nicht den geringsten Abdruck hinterließ, nicht einmal in seinen Kindern – zwei hatte er ja, von denen sich keines um den Vater kümmerte –, ein solcher Mensch hatte, streng genommen, vergeblich gelebt, er hatte zu nichts gedient. Es ging zur Not auch ohne ihn, ohne so einen Menschen, den es sozusagen niemals gegeben hatte. Das galt selbstverständlich auch für ihn selbst.

Das Leben besteht aus den Spuren, die wir im Laufe unseres Lebens hinterlassen, dachte er. Das war das Wesentliche. Und diese Botschaft würde Jacob Nielsen der Welt hinterlassen und damit auch gleich dafür sorgen, dass man sich noch lange an ihn erinnerte.

Er schaltete den Rechner ein, und einen Augenblick später beherrschte sein Name den ganzen Bildschirm. »Jacob

Nielsens Auge zur Welt« stand da, wobei die Buchstaben ihre Farben wechselten, um sich dann aufzulösen und in ein Auge zu verwandeln, das ihn ausdruckslos anstarrte. Dann ein kaum zu erkennendes Beben der Pupille und schließlich ein verschwörerisches Zwinkern.

Jacob Nielsen schnitt eine zufriedene Grimasse. Dieses programmierte Zwinkern, das ihn jedes Mal begrüßte, wenn er den Rechner hochfuhr, freute ihn immer wieder. Sein Fenster zur Welt.

Er setzte eine 3-D-Brille auf, und plötzlich wurde das Bild räumlich und bekam Tiefe. Die Pupille vor ihm verwandelte sich in eine unendliche, langsam rotierende Spirale. Er versenkte sich in diese Tiefe. Das war die Erfüllung aller Träume, unbekümmert über den Rand des Abgrunds zu gleiten und frei zu schweben, nicht mehr belastet von einem Körper, der jeden Tag ein bisschen schwerer und ein bisschen hinfälliger wurde. Er ließ sich ohne die geringste Furcht in die Tiefe dieser Pupille fallen, denn er wusste, was ihn erwartete. Irgendwo dort unten im schwankenden Abgrund der Fraktale würde ein regenbogenfarbener Punkt aufleuchten und funkeln wie ein glänzendes Meer in einem farbenprächtigen Sonnenuntergang. Er würde genau in dieser Explosion der Farben landen, um einen Augenblick später mitten in einer von Max Ernst gemalten Landschaft zu stehen, die er um rätselhafte, unerreichbare Frauengesichter ergänzt hatte. Er selbst hatte sich die Bilder, die Welt und die Landschaft geschaffen. Eine kleine Spielerei, aber eine, die ihm erlaubte, Realität und Fiktion nach eigenem Geschmack miteinander zu mischen. Er fiel und fiel – in dieser Welt konnte er sich allem und jedem gefahrlos aussetzen.

Im selben Augenblick, als Jacob Nielsen diesen Gedanken abschloss, wusste er, dass etwas nicht stimmte. Er fiel weiter, fühlte aber, wie ein eigentümlicher Schauder durch seinen Körper lief. Er hörte seine eigenen hektischen Atemzüge, obwohl doch alles still sein sollte. Ein Defekt an der Soundkarte oder an den Kopfhörern vermutlich, der bewirkte, dass er das Pulsieren des normalen Lebens hörte.

Aber auch daran konnte es nicht liegen. Er fiel immer schneller. Immer schneller rotierte auch die Spirale. Ihm wurde schwindlig, er fühlte sich wie hypnotisiert. Der Regenbogen war nicht mehr zu sehen. Nun schien es ihm plötzlich, als würde er weiter fallen, immer weiter, solange er am Leben war, als gäbe es keinen Boden mehr. Er spürte, wie eine Hand nach seinem Herzen griff und zudrückte. Er zwinkerte, um das Schwindelgefühl und die Übelkeit abzuschütteln, doch als er die Augen wieder öffnete, sah er die rotierende Spirale von unten statt von oben. Da, ganz oben, erkannte er unscharf eine Form. Was war das? Was mochte das bedeuten? Ein Mund, eine Zahnreihe. Nein, ein Lächeln. Jetzt erkannte er es. Es war das Lächeln dieses Kapitäns Marcel. Jacob Nielsens Angst legte sich, das Schwindelgefühl und die Übelkeit waren fort, seine Atmung normalisierte sich. Er hörte sie nicht mehr.

Die Krise ist vorbei, dachte er erleichtert. Nicht die Scheinwelt des Computers hatte seinen Blick so nach innen gerichtet, sondern nur seine eigene Einbildung. So etwas hatte er noch nie erlebt. Er sagte sich sofort, es könne nicht dazu führen, dass er wirklich den Halt verlor. Eine künstliche Realität, mehr nicht. Nur binäre Zahlen, Null und Eins, elektrischer Impuls oder nicht, das war alles.

Gerade wollte er die Brille absetzen, da sah er, wie – unendlich weit entfernt von dem Punkt des Trichters, an dem er selbst sich befand – Marcels Lächeln verschwand. Aufs Neue entsetzt, sah er dann, wie die Spirale wieder zu rotieren begann und wie das Loch über ihm zusammenschrumpfte wie die Linse einer Kamera, die von den Lamellen der Blende verdeckt wird. Dann war es vorbei. Er war eingeschlossen zwischen zwei Abgründen, einem nach oben, einem nach unten, und nirgends der geringste Farbschimmer.

Als Jacob Nielsen zu sich kam, lag er auf dem Fußboden und trug noch seine Kopfhörer. Er riss sie herunter und setzte sie auf. Auf dem Bildschirm sah er zwei Augen, die ihn erschrocken anstarrten. Es waren, wie er schließlich begriff, seine eigenen.

6

Rosa Moreno betrachtete sich im Spiegel. Ihre Augen waren rot, die Wimperntusche verschmiert, das Gesicht geschwollen. Auf dem Nachhauseweg hatte sie geweint, den ganzen Weg, und sie schämte sich nicht. Denn morgen würde Marcel nicht ins Café Sport kommen, er würde seine Tabaksdose nicht auf den Tresen stellen, würde ihr nicht zulächeln, ihr nicht beim Aufräumen und Saubermachen helfen, wenn das Lokal geschlossen wurde. Er würde nicht fragen, was sie dachte und fühlte, würde ihr nicht das Gefühl geben, dass sie zählte und für ihn das Wichtigste auf der Welt war. Am folgenden Tag würde er auslaufen und verschwinden.

Gewiss, er hatte gesagt, er werde wiederkommen. Schiffe wie seines kommen immer wieder, hatte er gesagt. Aber da hatte er nicht daran gedacht, dass er ihr an einem anderen Abend gesagt hatte, Kapitäne hätten die Entscheidungen der Reeder zu befolgen, und mit Sicherheit könne er nur sagen, dass er im kommenden Jahr einige Male Kinsale in Irland anlaufen werde. Er hatte auch vergessen, dass er gesagt hatte, er hasse feste Schifffahrtslinien und Häfen, denn sie böten keinerlei Überraschungen. Und er hatte vergessen, dass er Rosa Moreno davor gewarnt hatte, an ihn zu denken.

»Von einem Seemann träumt man«, hatte er gesagt, »aber eine Erinnerung sollte er nicht sein.«

Rosa Moreno wusste, wie es kommen würde. Vielleicht, wenn die Reeder es so wollten, würde Marcel in einigen Jahren wiederkommen, aber dann wäre es zu spät. Sie würde an ihn denken, das war klar, aber die Erinnerungen würden verblassen. Das Blitzen seiner Augen, die scharf geschnittenen Wangenknochen, der sanfte Tonfall, seine rotbraunen Lippen, sein Lächeln, das ihm nichts und niemand nehmen konnte, seine Handbewegungen, wenn er sich eine Zigarette rollte, alles würde verklingen und am Ende ganz weg sein, wie ein Schatten. War das etwa nicht zum Heulen? Und sie selbst würde weiter im Café Sport stehen, leicht wie eine Feder, so wie zuvor, so wie immer.

Ganz still würde sie dort hinter dem Tresen stehen und warten. Sie würde warten und hoffen, dass Marcel einmal wiederkam. Über den Kurs seines Schiffs aber bestimmte nicht er. Der richtete sich nach dem Weltmarkt, nach Preisen und wirtschaftlichen Veränderungen, nach Angebot und Nachfrage, sogar nach Krieg und Börsenspekulationen. Und Rosa Moreno, diese Feder, die sich auf den Rücken eines Zugvogels wünschte, wäre dem völlig unterworfen. Wie sollte sie sich denn widersetzen? Was konnten selbst die Sterne gegen solche Kräfte ausrichten?

Auf dem Nachhauseweg war sie am Strand entlanggegangen. Der starke Nordwind hatte den Himmel sauber gefegt. Sie hatte den Kopf in den Nacken gelegt und hatte hinauf zu den Sternen geschaut. Sie wollte nicht mehr an Marcel, nicht mehr an die Welt, nicht mehr an sich selbst denken, sie wollte an überhaupt nichts mehr denken. Über den Strand war sie getaumelt, den Blick zum

Himmel gerichtet. Zwischen all den Sternbildern hatte sie geschwebt. Wieder und wieder hatte sie ihre Fragen gestellt. Wann würde endlich etwas geschehen, wann würde sie erfahren, welchen Sinn das alles hatte, wann würde sie selbst wirklich werden? Doch der Himmel hatte geschwiegen, und sie stand weiter mit den Füßen auf der Erde. Nur schwindlig war ihr geworden, so schwindlig, dass sie umgefallen war und statt des magischen Sternenglanzes in den Augen Sand im Mund hatte. Da hatte sie zu weinen begonnen.

Wozu waren die Sterne da, wenn sie nie Antwort gaben? Rosa Moreno stand in ihrem Zimmer und betrachtete die Bücher über Astrologie, *Healing*, die magischen Kräfte der Edelsteine und anderes mehr von dieser Art, Dinge, von denen sie geglaubt hatte, sie würden ihr helfen, glücklich zu werden.

Aber jetzt dachte sie, das Wichtigste sei vielleicht doch der Sand im Mund und in den Augen und nicht die Sterne. Es stimmte, die Bücher hatten vorhergesagt, sie werde sich verlieben, und es werde etwas Wichtiges geschehen. Aber gegen ihre Sehnsucht hatten sie ihr nicht helfen können, und sie konnten nicht verhindern, dass Marcel wegfuhr.

Sie weinte nicht mehr, hatte den Kopf in die Hände gestützt. Man weint ein bisschen, aber dann muss man weiterleben. Doch was tut man gegen das, was einem fehlt? Wie konnte sie verhindern, dass sie träumte? Das hätte sie gern gewusst, aber das stand nicht in ihren Büchern. Die wichtigsten Dinge, das, was man wissen musste, wenn man im Leben einigermaßen glücklich werden wollte, wo standen sie geschrieben?

Als sie wieder aufsah, berührte sie mit dem Finger einen ihrer Ohrringe. Er fiel zu Boden. Sie betrachtete den kleinen silbernen Elefanten, der zwischen Stirn und Rüssel einen blutroten Karneol balancierte. Was würde Marcel mit dem anderen machen, den sie ihm an seinen weiten Wollpullover gesteckt hatte? Wegwerfen? Vergessen? Oder ihn weiter am Pullover tragen? Und der Stein selbst, der Karneol – was mochte Marcel von ihm halten?

Plötzlich fiel ihr etwas ein, was sie vor langer Zeit einmal gelesen hatte, als sie die Ohrringe gekauft hatte. Unruhig stand sie auf und nahm ein Buch über die verborgenen Kräfte der Edelsteine aus dem Bücherregal. Sie sah im Register nach und schlug das Kapitel über den Karneol auf. Sie las:

Der Karneol ist der Stein Virgos – der Reinheit, worunter auch die Reinheit des Bluts und der Rasse verstanden wird, die für die Hohen Priester von einiger Bedeutung war. Häufig wird im Alten Testament vor der Vermischung mit anderen Völkern gewarnt. Ein Volk, das sich mischt, offenbart seine Gleichgültigkeit und Treulosigkeit gegenüber der Volksseele und seinem Gott.

Rosa Moreno fühlte, wie etwas Kaltes nach ihrem Herzen griff. Und ausgerechnet diesen Stein hatte sie Marcel zur Erinnerung und als Zeichen ihrer Sehnsucht geschenkt! Vor sich sah sie seine goldbraune Haut und seine etwas schrägen Lider, seine dunkelroten Lippen und sein rabenschwarzes Haar.

Vielleicht war es schon zu spät. Einige Augenblicke später hatte sie ein paar Kleidungsstücke, Toilettenartikel, ihren Pass und Geld zusammengepackt, eilte die Treppe hinunter und lief fast den ganzen Weg zum Hafen.

Als sie ankam, war der Kai leer. Auf dem Ría sah sie die Hecklaterne und die Decksbeleuchtung eines auslaufenden Schiffs.

»Marcel!«, schrie sie.

Ins Nichts.

7

Den dritten Tag hintereinander ging Peter Sympson auf dem Weg zu seinem Laden am Hafen vorbei. Marcels Schiff lag noch immer dort. Seit dem Tag, an dem sie miteinander gegessen hatten, um die Entdeckung des Alexandrits zu feiern, hatte er Marcel nicht mehr gesehen. Peter Sympson wollte sich nicht aufdrängen. Er nahm an, Marcel werde von sich hören lassen, bevor er auslief, werde ihm den Alexandrit übergeben und mit ihm einen Vertrag aufsetzen, der ihre geschäftlichen Beziehungen vor, während und nach dem Verkauf regelte.

Es sei denn, Marcel hatte es sich anders überlegt und wollte das Geld doch selbst behalten, was man ihm kaum hätte verübeln können. Wenn es so stand, sagte Peter Sympson zu sich selbst, während er den Laden aufschloss, war es natürlich keineswegs sicher, dass er Marcel noch einmal zu Gesicht bekam, dass er noch einmal mit ihm sprechen konnte und noch einmal Gelegenheit hätte, ihm in die Augen zu sehen.

Gegen Abend, als es Zeit war, den Laden zu schließen, traf Peter Sympson eine Entscheidung. Er würde zu Marcel gehen und ihn zu einem Bier einladen. Das war das Mindeste, er war ja schließlich selbst vor ein paar Tagen zum Essen eingeladen worden.

Bevor er ging, setzte er sich einen Augenblick vor seine beiden Steine, und dieses Mal lief alles, wie es sollte.

Zuerst schwebte Peter Sympson im Innern des gelben Diamanten und fühlte sich leicht wie eine Zirruswolke über dem Atlantik. Dann drehte er seinen Bergkristall und ließ sich vom Schein Tausender roter Farbtöne blenden. Und das ging so gut, dass er sich fragte, ob er sich überhaupt noch einmal mit Marcel treffen musste. Denn nicht Marcel müsse er eigentlich in die Augen sehen, sondern eher jemandem *wie* Marcel, einem Menschen, der ebenso leichtsinnig und wurzellos war, vielleicht jemandem wie dieser Rosa Moreno in Spanien, deren Geschichte Marcel erzählt hatte, ein Mädchen wie ein frisch geschlüpfter Schmetterling, schön und mit einer Todesangst, ein Sammler könnte sie fangen und unter Glas pressen.

Als Peter Sympson sich schließlich entschloss, zum Hafen zu gehen, wollte er Marcel nur noch fragen, wie sie mit dem Alexandrit verfahren sollten, und ihm vorschlagen, dass er sich selbst um alles kümmern und dafür sorgen werde, dass das Mädchen sein Geld bekam, notfalls eben als Geschenk des Himmels. Jedenfalls durch seine Vermittlung.

Aber als Peter Sympson zum Hafen kam, sah er schon von Weitem, dass Marcels Schiff ausgelaufen war. Ohne genau zu wissen, warum, ging er trotzdem auf den Kai. Der Hafenkapitän kam ihm entgegen, bestellte ihm einen Gruß von Marcel und übergab ihm einen Umschlag, in dem sich das Kästchen mit dem Alexandrit und eine Karte befanden, auf der stand, Marcel werde von sich hören lassen, wenn er das nächste Mal vorbeikäme.

8

Madame Le Grand stellte ihren Citroën auf dem Kai ab. Wie schon so oft in der Vergangenheit, war sie zu einem Abschiedsdrink auf ein Schiff eingeladen, dessen Besatzung sie bewirtet und unterhalten hatte. Zwar hatte sie es niemals für selbstverständlich gehalten, dass der Kapitän oder die Besatzung ihre Einladung erwiderten, doch musste sie zugeben, dass sie es nicht ganz unangemessen fand.

Marcel begrüßte sie am Landungssteg und bot ihr den Arm. Das war bis jetzt allerdings nicht so häufig vorgekommen, und dass sie Lust hatte, sich auf den Arm, den man ihr anbot, zu stützen, das erst recht nicht. Aber bei einem Mann wie Marcel zu verzichten, war schwer. Insgeheim war Madame Le Grand froh, dass er auslief und dass sein Schiff nicht regelmäßig nach Tréguier kam.

Die Einladung fand in der Offiziersmesse statt, und die Mannschaft war vollzählig erschienen. Sundgren, der Steuermann, trug sogar seinen guten Anzug. Hatte sie am Ende Eindruck auf ihn gemacht? Auch das geschah gar nicht selten. Was das betraf, dachte Madame Le Grand, hatte sie eine gewisse Ähnlichkeit mit Marcel. Aber sie ließ keine gebrochenen Herzen zurück. Schließlich verließen die Herzen, die sie absichtslos doch erschüttert hatte, Tréguier und sie selbst aus freien Stücken.

Und Marcel? Sie sah ihn von der Seite an, während er

damit beschäftigt war, Getränke auszuteilen. Was dachte er über sie?

Im selben Augenblick drehte Marcel sich zu ihr. Was trank sie?

»Champagner«, antwortete Madame Le Grand, »wenn Sie welchen an Bord haben. Um auf einen wunderbaren Kapitän und eine wunderbare Besatzung zu trinken! Vergessen Sie nicht, ich habe Vergleichsmöglichkeiten und muss es wissen.« Sie sah, wie Sundgren errötete. Sogar auf Marcels Gesicht zeigte sich ein kurzes Zögern.

»Dann trinken wir alle Champagner«, sagte Marcel. »Aber wir stoßen nicht auf uns an, sondern auf Sie. Meine Besatzung und ich wollen uns für Ihre Gastfreundschaft bedanken. Ich bin seit über zwanzig Jahren auf See, und ich habe noch nie gehört, dass Seeleute von einer Landratte und Privatperson so wunderbar bewirtet worden sind.«

Er erhob sein Glas. Anschließend ließ Edwards, der Maschinist, Madame Le Grand hochleben.

Madame Le Grand war gerührt. Sie war dankbar, als Marcel ihr mit ein paar scherzhaften Worten darüber hinweghalf. »Kommen Sie mal wieder nach Tréguier?«, fragte sie, und ihr Blick verriet, dass sich die Frage vor allem auf Marcel bezog.

»Das will ich hoffen«, sagte Marcel und lächelte. »Aber über unsere Bestimmungshäfen entscheiden die Reeder. Ich weiß nur, dass wir im nächsten Jahr Kinsale anlaufen und Saatgut und Dünger löschen. Aber ich habe keine Ahnung, in welchem Hafen wir laden. Das richtet sich nach den Preisen auf dem Weltmarkt.«

»Ich verstehe«, sagte Madame Le Grand. »Bleibt nur zu

hoffen, dass die Preise auf dem Weltmarkt sich für Tréguier vorteilhaft entwickeln.«

Eine halbe Stunde später stand sie auf dem Kai und sah zu, wie Marcel sein Schiff mit leichter Hand aus dem Hafen manövrierte. Als es an der ersten Flussbiegung des Jaudy außer Sicht kam, ließ Marcel die Schiffssirene dreimal aufheulen.

Das wars, dachte Madame Le Grand traurig und erleichtert zugleich, als das Heck des Schiffs schließlich hinter den Bäumen, die das Flussufer säumten, verschwunden war. Andere Schiffe mit anderen Besatzungen würden kommen. Vielleicht würden sie kein Hoch auf sie ausbringen, und einen Kapitän wie Marcel hätten sie wohl auch nicht an Bord, aber ihr würde es trotzdem genügen. Sie hätte eine Beschäftigung, die allem einen Sinn gab, bevor es zu Ende ging.

Madame Le Grand ging langsam durch die Rue de Renan und betrat Philippes Crêperie, die am kleinen Marktplatz im Schatten der Kathedrale lag. Philippe empfing sie herzlich und mit ausgebreiteten Armen, genau wie sie es erwartet hatte.

Sie bat ihn, ihr von früher zu erzählen, was er mehr als gerne tat. Als sie gegessen hatte, setzte er sich zu ihr an den Tisch und erzählte ihr wie schon so oft von seiner Zeit als Berufsradfahrer. Philippe war nie ein Star gewesen, er hatte nie ein großes Rennen gewonnen, Philippe war immer nur einer der vielen Wasserträger gewesen, hatte sich abgerackert, damit der Star seiner Mannschaft den Stars anderer Mannschaften davonfahren konnte. Aber in Philippes Darstellung hörte sich das an, als sei er für den Erfolg seiner Mannschaft unverzichtbar gewesen, und Madame Le Grand hörte ihm beifällig zu. Philippe brauchte das, genau wie Chevalier mit seinen Kränen. Nur Männer wie Marcel konnten darauf verzichten, dass man ihnen die Wichtigkeit ihrer Existenz bestätigte.

Madame Le Grand bezahlte, und während sie noch dasaß und zufällig den vor ihr stehenden Tonkrug berührte, fielen ihr plötzlich die Worte auf, die darauf eingeritzt waren:

Wer ohne Freunde stirbt, stirbt ohne Zeugen.

Mehr, dachte sie, muss nicht gesagt werden. Zum ersten Mal aber seit Yanns Tod kam ihr zu Bewusstsein, wie wenig sicher es war, dass sie selbst einen Zeugen haben würde. Einen Menschen, der sich daran erinnern würde, dass sie gelebt und ihr Bestes getan hatte – wenn nicht für sich selbst, so doch zumindest für einige Tausend Seeleute, die in ihrer Kartei verewigt waren.

9

Es hatte Jacob Nielsen erschüttert, was er nach dem Abend mit Marcel und den alten Seeleuten an seinem Computer erlebt hatte. Er grübelte, was schiefgegangen sein mochte, warum er so plötzlich den Halt verloren hatte und abgestürzt war. War an diesem Abend irgendetwas anders gelaufen als sonst? Hatte er irgendwelche anderen Wege eingeschlagen als sonst?

Beides musste er verneinen. Hardware und Software waren unverändert. Er wusste nicht, wie oft er schon bewusst alles getan hatte, um die Wirklichkeit auszuschließen und zu vergessen. Noch nie war er in die Nähe eines Zustands geraten, in dem Fantasie und Wirklichkeit, Wirkliches und Künstliches nicht mehr zu unterscheiden waren. Im Gegenteil, er war der Meinung, dass es gar nicht möglich sei, eine künstliche Welt zu schaffen, deren Realitätsgehalt sich mit der Wirklichkeit messen konnte. Und trotzdem hatte er ganz plötzlich und ohne jede Vorwarnung die Kontrolle verloren. Aber warum?

Jacob Nielsen konnte nur eine plausible Erklärung finden: Er war zerstreut gewesen und hatte an etwas anderes gedacht. Er glaubte sich zu erinnern, dass er in dem Augenblick, in dem er abzustürzen begann, an diese Maman aus Tréguier gedacht hatte und wie sie es wohl geschafft hatte, die Welt dazu zu bringen, dass sie zu ihr kam statt umgekehrt. Wie gern hätte er geglaubt, dass sie war wie er und dass sie wie er versuchte, Spuren zu hinterlassen. Die Seeleute in ihrem Gästebuch waren ihre Fühler, die sie in die Welt streckte, so wie es für ihn sein Computer war. Sie sollten sich zusammentun. Sie hatte die Kontakte und die Namen der Menschen, er konnte programmieren. Sie verfügte über die Daten, und er wusste, wie man diese Daten in die Welt hinaustragen konnte. Unzählige Menschen, die eigentlich etwas ganz anderes suchten, würden darauf stoßen.

Jacob Nielsen zögerte nicht länger. Er schrieb einen Brief an Maman. Aber was wollte er eigentlich? War dies nicht nur ein Scheingefecht, ein Strohhalm, nach dem er griff? Vielleicht war diese Maman ja ganz anders als er.

Außerdem kannte Jacob Nielsen nicht einmal ihren richtigen Namen. Er konnte nicht gut einen Brief an »Maman, Tréguier« schicken.

Er musste noch einmal zu Marcel. Marcel konnte ihm erklären, wo genau in Tréguier sie wohnte. Vielleicht kannte er sogar ihren richtigen Namen.

Schnell ging Jacob Nielsen zum Hafen. Aber dort angekommen, sah er, dass das Schiff fort war. Die Alten erzählten ihm, es habe am Morgen abgelegt. Er verbarg seine Enttäuschung. Wenn man es genau nahm, hatte er doch alles, was er im Leben brauchte. Was wollte er denn noch? – Er, der so frei war, wie man es sich nur wünschen konnte, und der genau das Leben führte, von dem er immer geträumt hatte.

10

Auf See gab es Sonnenuntergänge von schmerzlicher Schönheit. Sonnenuntergänge, bei denen das Meer einsam dalag und ein glühender Ball wie ein roter Riesenstern im Westen über dem Horizont hing und den Himmel nach dieser Seite blutrot färbte – im Osten, wohin das kraftlose Licht der Sonne nicht vordringen konnte, war derselbe Himmel schwarz, das Meer war eine einzige ölglänzende Dünung, und der mächtige Herzschlag des Ozeans ließ das Schiff sanft steigen und sinken. Bei solchen Sonnenuntergängen hätte man glauben können, die Welt habe sich endlich mit sich selbst abgefunden, und überall hätten sich Schönheit und Güte vereint.

Bei solchen Sonnenuntergängen stand Marcel immer ganz allein vorn am Bug. Seine Besatzung wusste, dass er allein sein wollte, und störte ihn nicht. Sundgren sah ihm von der Brücke aus zu und fragte sich oft, woran er wohl denken mochte. Hätte Sundgren ihn aber gefragt, was ihm übrigens niemals in den Sinn gekommen wäre, hätte er vermutlich keine Antwort bekommen. Vielleicht stand Marcel dort, weil er nicht anders konnte und weil ein schöner Sonnenuntergang auf See ihn ganz erfüllte und jeden Gedanken an die Welt und die Menschen, die auf ihr lebten, ausschloss – an diese Milliarden von Menschen, die alle das Recht hatten, ihr kurzes Leben mit irgendeinem Sinn zu erfüllen.

Ein Außenstehender hätte sich aber auch vorstellen können, Marcel stehe dort am Bug und denke gerade an all die Menschen, die ihr Bestes taten und die manchmal glücklich waren und manchmal nicht, die aber eine hilfreiche Hand brauchten, die sie in ihren Träumen von einem anderen Leben unterstützte. Am Ende zählte ja doch nur, auf welche Weise die Menschen es anstellten, so glücklich zu werden, wie sie es eben vermochten, ehe sie starben und für immer verschwanden. Ein Leben, ein einziges Leben, mehr gab es nicht. Soweit man es nicht besser wusste, hätte man sich Marcels Sicht der Dinge durchaus so vorstellen können.

Doch wer weiß? Vielleicht dachte Marcel auch an etwas ganz anderes, zum Beispiel an alle Menschen, denen er an Land begegnet war, an diese junge Spanierin mit dem Ingrid-Bergman-Lächeln, an den tüchtigen Juwelier in Kinsale, an Maman in Tréguier, deren Leben darin bestand, sich um durchreisende Seeleute zu kümmern, oder an den Computerfachmann Jacob Nielsen in Marstal, der so freundlich war, die gesamte Mannschaft einen ganzen Abend lang einzuladen, und der eine hintergründige Geschichte über Samuel Beckett und seine Beziehung zu Kuhfladen erzählt hatte. Wer weiß?

Zweiter Teil

II

In Villagarcía war Weihnachtsmorgen, ein ganz normaler Weihnachtsmorgen, still und friedlich mit leeren Straßen und erwartungsvollen Kindern hinter geschlossenen Fenstern. Ein ganz normaler Weihnachtsmorgen in einer hässlichen galizischen Stadt mittlerer Größe, in der es weder einen Flugplatz noch irgendwelche Sehenswürdigkeiten gab, einer Stadt, die kein Zugreisender als Endstation oder auch nur als kurzfristigen Aufenthaltsort in seinen Europass oder sein Interrailticket eintragen würde, einer Stadt also, in der ein junges Mädchen allein in seinem Bett aufwachen und sich darüber freuen konnte, dass es nicht für immer hierbleiben würde.

Rosa Moreno blieb noch ein wenig im Bett liegen. Sie war unbesorgt. Drei Monate waren vergangen, seit die Hecklaterne von Marcels Schiff wie ein verlöschender Stern im Dunkel der Nacht verschwunden war. Drei Monate lang hatte sie hart gearbeitet, um Geld zu verdienen. Sie hatte jede Schicht übernommen, die sich bot, und hatte obendrein noch in anderen Cafés als Aushilfe gearbeitet. Niemals war sie so freundlich und zuvorkommend gewesen wie jetzt, in der ganzen Zeit hatte sie mit beiden Beinen fest auf der Erde gestanden, und Trinkgeld hatte sie ebenfalls eingenommen. Alles in allem hatte sie jetzt dreihunderttausend Peseten auf der Bank. Für ein Mädchen wie sie war das viel Geld. Sie wohnte in einer billigen Einzimmerwohnung und ernährte sich von Schinken, Tapas und Brot aus dem Café Sport. Sie besaß kein Auto, und Kleidung kaufte sie sich nur wenig. Die Zeitung *La Voz* las sie an ihrer Arbeitsstelle, einen Fernseher brauchte sie zu Hause nicht, denn im Café war er den ganzen Tag eingeschaltet. Etwas gönnte sie sich, eine Schiffsreise an ihrem freien Tag, hinaus zu den Sina-Inseln in der Mündung des Ría Pontavedra, wo sie zum Andenken an ihren Bruder eine Blume in den Atlantik warf.

Ja, sie war jetzt völlig ruhig. Diese Woche würde sie noch arbeiten, dann würde sie feiern wie alle anderen. Dann wäre Schluss. Wenn der Silvesterabend vorüber und das große Feuerwerk verloschen wäre, würde sie weggehen und nie mehr nach Villagarcía zurückkommen. Sogar ihr Schulenglisch hatte sie in ihrer Freizeit aufgefrischt. Mit Spanisch allein würde sie nicht weit kommen.

Mit den Fingerspitzen fuhr sie über ihren leicht gewölbten Bauch. Sie war sich fast sicher, dass dort ein Leben heranwuchs. Was auch geschehen mochte, ob sie Marcel nun fand oder nicht, sie hatte etwas von ihm, das sehr viel mehr wert war als nur eine Erinnerung, die zunehmend verblassen und schließlich zu einem unlösbaren Puzzlespiel, einem verschwommenen Fantasiegebilde verkommen würde, wie es mit ihrem Bruder geschehen war.

Weggehen würde sie auf jeden Fall. Es stimmte zwar, Spanien hatte sich verändert. Marios Frau hatte erzählt, wie man sie mit siebzehn Jahren zu Hause hinausgeworfen hatte, weil sie ein Kind erwartete. Ihr Vater hatte ihr nachgerufen, sie brauche gar nicht wiederzukommen, wenn sie den Kerl nicht heiratete, der sie geschwängert hatte. Und Rosa Moreno kannte schmutzige Geschichten von Abtreibungen und von Ärzten, die Mädchen aus bürgerlichen Schichten, die sich dergleichen leisten konnten, neue Jungfernhäutchen einoperierten.

Es stimmte, die Dinge hatten sich geändert. Aber andererseits, was würden die Leute über sie sagen, über Rosa Moreno, die mit einem Seemann ins Bett gegangen war und irgendwann ein Gör mit schrägen Augen hätte? Man würde ihr zu verstehen geben, dass sie eine Hure sei, eine von denen, denen man nicht trauen konnte, und man würde ihr das Leben zur Hölle machen. Nein, nur weil Franco nicht mehr lebte, waren die Leute noch nicht besser geworden. So einfach war das nicht.

Schließlich stand sie auf und zog sich etwas Meerblaues an. Nach wie vor waren die Straßen weihnachtlich leer, und alle Cafés waren geschlossen. Erst als sie in die Nähe des Hafens kam, traf sie auf andere einsame Seelen, die alle in die gleiche Richtung unterwegs waren.

Im westlichen Hafenbecken lagen um die zwanzig Boote, und auf dem Kai standen ungefähr hundert Menschen, die darauf warteten, an Bord gehen zu können. Die galizische Fischfangflotte war die größte der Welt, mit Tausenden von Booten und Zehntausenden von Fischern. Allein im vergangenen Jahr waren über hundert Fischer ertrunken, viele von ihnen im Januar, als die Südweststürme Himmel und Meer einige Wochen lang in Aufruhr versetzt hatten. In einer Woche, zum Silvesterfeuerwerk, würden sich Tausende Menschen im Hafen drängen. Jetzt, wo der Toten gedacht werden sollte, die ihr Leben auf See verloren hatten, waren nur die nächsten Angehörigen hier. Die, die noch nicht vergessen hatten.

Sie winkte Juan zu, der ihr einen Platz auf seinem

kleinen Kutter angeboten hatte. Dankbar hatte sie zugesagt, obwohl sie ihn nicht ermutigen wollte und ihn immer an der kurzen Leine hielt, viel kürzer, als ihr lieb war und als er es verdient hätte.

Als sie in das Boot stieg, musste sie daran denken, wie traurig Juan sein würde, wenn sie weg war, ebenso traurig wie sie selbst, als Marcel weggefahren war. Dass sie daran nicht gedacht hatte! Erfüllt von dem Abschiedsschmerz, der in ihr aufstieg, gab sie Juan einen Kuss auf die Wange.

Sie sah, wie Juans Gesicht aufleuchtete, und bereute diesen Kuss sofort. Welche Grausamkeit, ihm nun zuletzt noch Hoffnungen zu machen! Was konnte er dafür, dass er sich in sie verliebt hatte. Und wie gern wäre sie ihm entgegengekommen. Aber die Frau eines Muschelfischers in Villagarcía zu sein war das Letzte, was sie sich vorstellen wollte, das Allerletzte.

Juan manövrierte seinen Kutter so, dass er längsseits des Lotsenbootes mit der Madonna, drei Priestern in weißen Umhängen und den Honoratioren der Stadt, steifen Herren mit Schlips und Anzug, zu liegen kam. Eine Stunde dauerte es, bis sie die Isla Rúa erreichten, wo der Ría Arousa sich nach Süden zum Horizont hin öffnete. Der Nachklang der Atlantikdünung ließ die Boote gemächlich steigen und sinken, als sie schließlich zwischen dem Leuchtfeuer und der kleinen Felseninsel stilllagen.

Die Maschinen wurden gestoppt. Für einen Augenblick war alles still, dann begann ein Priester mit lauter, klarer Stimme, seine Gebete zu sprechen. Zuerst dachte Rosa Moreno an ihren Bruder, der westlich der Sina-Inseln spurlos im Meer verschwunden war. Dann sah sie Fernsehbilder vor sich, von Schiffen in Seenot und von

Seeleuten, die man noch an Land hatte bringen können – mit leeren, ausdruckslosen Blicken, als hätten sie noch gar nicht gemerkt, dass sie überlebt hatten, als schwebten sie noch immer zwischen Leben und Tod. Zuletzt und zugleich am deutlichsten sah sie Marcel auf seiner Brücke, wie er sein Schiff sicher durch den heulenden Sturm steuerte. An seiner Brust hing ihr Ohrring.

Als der Priester verstummte, weinte Rosa Moreno. Juan sah sie an, sagte aber kein Wort. Er hatte wie alle anderen die Geschichte gehört – von ihrem Bruder und ihrer unbekannten Mutter, die sie beide verlassen hatte. Bestimmt hätte er den Arm um sie legen und sie trösten wollen, aber er wagte nicht einmal das.

Auf der Rückfahrt war Rosa Moreno erleichtert, als habe ihr jemand geholfen, ihre schwerste Last ein Stück weit zu tragen. Sie war denen, die an Gott und das Paradies glaubten, aufrichtig dankbar, weil sie dabei sein durfte, wenn sie ihre Gebete sprachen und ihre Choräle sangen. Immerhin taten sie, was sie konnten, um zu gedenken und sich zu erinnern – auch wenn es nur für einen Augenblick war.

Wie alle anderen würde sie nun Silvester feiern können. Sie würde mit irgendjemandem tanzen, würde mit wildfremden Menschen über alles und nichts reden, um die Wette lachen und triefend nass werden, wenn die Feuerwehrautos durch die Hauptstraße fuhren.

Sie griff nach Juans Hand. Warum sollte sie ihn nicht doch ein wenig glücklich machen, ehe sie wegfuhr? Warum sollte sie ihm nicht etwas schenken, wovon er träumen und woran er denken konnte? Das konnte doch nicht schlecht sein?

12

Es war am Heiligen Abend. Den ganzen Morgen über hatte es in Kinsale geregnet, aus grauem Himmel quoll dichter, schwerer Regen. Als Peter Sympson seinen Laden schloss, war er missmutig und bedrückt, als sei seine Seele ebenso grau wie das Wetter. Wie immer an Heiligabend hatte er mehr Kunden gehabt als sonst. Er war einer von denen, zu dem die Leute in letzter Minute kamen, um ein Weihnachtsgeschenk zu besorgen – Leute, die mangels einer besseren Idee eben einen Edelstein kauften.

Den ganzen Tag über hatte nicht ein Kunde einen schönen Stein für sich selbst haben wollen. Bei keinem seiner Kunden hatte Peter Sympson dieses flüchtige Glitzern der Augen und diese fast unmerkliche Erweiterung der Pupillen gesehen, die verriet, dass die Schönheit ihre Wirkung tat.

Peter Sympson bemühte sich nach Kräften, an etwas anderes zu denken. Immerhin war Heiligabend, jener Tag im Jahr, an dem er versuchen wollte, ein Mensch wie alle anderen zu sein, wobei dieser Versuch natürlich enden würde wie an allen anderen Heiligabenden. Er würde am Ende zu Tränen gerührt sein, ohne dass es auf dieser Welt auch nur einen Deut besser zuging und ohne dass diese Welt im Geringsten schöner geworden war. Er würde zu Tränen gerührt sein, aber danach war alles wieder so wie vorher.

Als Peter Sympson gegen neun Uhr in die Tap Tavern kam, war es dort bereits voll. Er grüßte Mary und Brian hinter der Bar, und Mary hieß ihn mit einem strahlenden Lächeln willkommen.

»*How are yii?*«, fragte sie mit ihrem unverkennbaren Cork-Dialekt.

»Gut«, antwortete er knapp, wie man auf solche Fragen eben antwortet. Er ging durch das Lokal und begrüßte alle. Soweit er sehen konnte, waren nur Stammgäste da. Er setzte sich neben den alten Tom, vierundachtzig war er jetzt und seit seinem sechzehnten Lebensjahr Stammgast in der Tap Tavern. Peter Sympson grüßte ihn respektvoll, er fand, ein Mensch, der ein ganzes Leben lang denselben Gewohnheiten treu geblieben war, ohne deshalb unglücklich zu sein, verdiente eine gewisse Bewunderung.

Vor Tom stand das Übliche, ein Pint Guinness und ein Paddys Whisky, wie vermutlich an jedem Abend der vergangenen achtundsechzig Jahre.

Achtundsechzig Jahre!, dachte Peter Sympson. Eine Ewigkeit im Leben eines Menschen. Was würde bleiben, wenn Tom einmal nicht mehr lebte? Wer wachte darüber, dass man sich daran erinnerte, wie er jeden Abend auf seinem Platz neben dem offenen Kamin gesessen hatte? Eine fast unerträgliche Vorstellung, aber Tom würde lediglich eine Lücke hinterlassen, den Eindruck, dass jemand, vielleicht auch nur etwas fehlte. Aber wer oder was?

»Schön, Sie heute Abend hier zu sehen, Mr Sympson!«, sagte Tom und klopfte Peter Sympson mit dem Stock leicht aufs Knie.

»Gleichfalls!«, antwortete Peter Sympson und bemühte sich zurückzulächeln.

»Dreiundsechzig Weihnachtsabende hab ich in der Tap Tavern miterlebt«, sagte Tom, »und keiner war wie der andere.«

»Dann sind Sie wohl das Einzige, was sich nicht verändert hat?«, fragte Peter Sympson.

»Da täuschen Sie sich«, antwortete Tom. »Ich bin ja nicht immer vierundachtzig gewesen, obwohl man sich das bei mir kaum noch vorstellen kann, ich gehöre ja schon fast zur Einrichtung. Aber ich war jung damals, jünger als Sie jetzt, als ich mit meinen Bräuten in die Tap Tavern gekommen bin. Das war immer das Erste. Wenn eine sich hier nicht wohlgefühlt hat und wenn die Leute sie nicht gemocht haben, dann hab ich mir eine andere genommen. Das war mein Prinzip. Und am Samstagabend mussten sie hier singen. Meine Frau hat von all meinen Bräuten am besten gesungen. Darum hab ich sie geheiratet. Wenn sie erst mal losgelegt hat, hat hier drin keiner mehr einen Muckser gemacht, Mr Sympson. Keiner. Eine Stecknadel hätte man fallen hören, wenn sie nicht gesungen hätte natürlich. Seit sie tot ist, hat in der Tap Tavern niemand mehr so schön gesungen. Aber das ist vierzig Jahre her, und ich bin wahrscheinlich der Einzige, der sich noch an ihre Stimme erinnert. Mary hinter dem Tresen, die war damals noch ein Kind. Meine Frau hat immer auf sie aufgepasst, und ich hab Mary auf dem Arm gehabt, können Sie sich das vorstellen? Wissen Sie, wir hatten keine eigenen Kinder, also hat meine Frau sich um jedes Kind gekümmert, das in ihre Nähe kam. Sie hatte ein genauso gutes Herz wie Mary, Mr Sympson, aber eigene Kinder hat sie nicht bekommen. Und als sie dann doch schwanger geworden ist, sind sie und das Kind im Kindbett gestorben. Das ist doch nicht gerecht! Seitdem, ich sags ehrlich, hab ich mit dem da oben so meine Schwierigkeiten. Meine Frau und ich, wir haben keiner Fliege etwas zuleide getan. Warum haben wir dann nicht ein bisschen mehr Zeit zusammen bekommen? Können Sie mir das sagen, Mr Sympson?«

»Wir haben Weihnachten!«, sagte Peter Sympson.

»Gerade deshalb«, sagte Tom, »ist die Frage doch berechtigt.« Peter Sympson sah Tom an, und vermutlich merkte Tom, dass etwas nicht in Ordnung war, denn er entschuldigte sich sofort. »Tut mir leid«, sagte er und klopfte Peter Sympson wieder mit dem Stock leicht aufs Knie. »Es heißt ja, wenn man alt wird, wird man wieder zum Kind. Aber so einfach ist das nicht.«

»Ich versteh schon«, sagte Peter Sympson.

»Wissen Sie«, erklärte Tom, »ich hab tagsüber nicht mehr so viel zu tun, da versenke ich mich in Erinnerungen, heitere und dunkle. Jeden Morgen, wenn ich aufwache, suche ich mir ein Jahr heraus und dann zwei Wochen meines Lebens in diesem Jahr. Und dann versuche ich den ganzen Tag, mich an all das zu erinnern, was in diesen zwei Wochen passiert ist. Gestern ist sozusagen meine Frau gestorben. Ich hoffe, Sie sehen mir nach, was ich eben gesagt habe.«

»Ja«, sagte Peter Sympson, »ich weiß, wie das ist.«

Tom sah ihn fragend an, aber Peter Sympson drehte sich weg, obwohl er an diesem Abend doch ein Mensch sein wollte wie alle anderen.

In diesem Augenblick schlug der Sänger Michael einen Akkord auf der Gitarre an. Jetzt würden sie singen und sich einfach freuen, dass sie zusammen waren.

Diese Freude sah Peter Sympson nun überall. Alle

Gesichter strahlten, überall Lächeln und Lachen. Gläser wurden erhoben, man prostete in alle Richtungen. Menschen knufften und drängten sich, als müssten sie unbedingt auch körperlich spüren, wie nahe sie einander in jeder Hinsicht standen. Mary ging im Lokal herum, hatte für jeden ein gutes Wort, lud auf ein Glas ein, der Weihnacht und Jesus Christus zu Ehren, schob einen Hocker beiseite, damit ein älterer Gast einen ordentlichen Sitzplatz bekam oder auch nur seine steifen Beine ausstrecken konnte.

In diesem ganzen Durcheinander aus Freude und Wohlwollen saß nur ein einziger Gast auf seinem Stuhl wie auf einer einsamen Insel. Joe, der so viel von einem Dorftrottel hatte, wie das überhaupt noch möglich war, selbst in Irland. Alle zwei Tage kam Joe in die Tap Tavern, setzte sich an den Tresen und bestellte immer das Gleiche, *a double bubble,* womit zwei kleine Gläser Limonade gemeint waren. Den Blick unerschütterlich auf den Tresen geheftet, trank er die beiden Gläser aus, wobei er ununterbrochen leise und unverständlich vor sich hin brummte. Wenn Joe wieder ging, hatte er kein einziges Mal aufgeschaut, ob zum Bestellen, Bezahlen oder um das einzige verständliche Wort des ganzen Abends von sich zu geben, nämlich *goodbye.* Ein ganzes Jahr lang hatte niemand in der Tap Tavern Joes Blick erwidert, und niemand hatte Joe auch je ohne seine Strickmütze gesehen, die so eng anlag, dass sie seinem Kopf das Aussehen eines runden Apfels verlieh.

Diese Strickmütze war auch das Erste, was Peter Sympson an diesem Weihnachtsabend sah. Joe saß auf einem Hocker und starrte unverwandt zu Boden. Als Peter Sympson Joes traurige Gestalt einmal bemerkt hatte, konnte er ihn kaum noch aus den Augen lassen. Ein Mensch, der offenbar lebte, ohne jemals den Blick eines anderen Menschen erwidert zu haben, ohne jemals ein Wort mit anderen zu wechseln, ein Mensch, der nicht einmal eine Leere hinterlassen würde, wenn es ihn nicht mehr gab, sondern vielleicht sogar eine gewisse Erleichterung, so wie die Dinge in dieser Welt nun einmal lagen.

Aus dem Augenwinkel beobachtete Peter Sympson, wie Connell, der neben Joe saß, seine Pfeife weglegte, den Rücken straffte und sich nach allen Seiten umsah. Connell hatte die Eigenheit, sich beim Umschauen immer den Anschein zu geben, als suche er nach jemandem oder nach etwas – wobei er nie fand, was er suchte. Das bildete einen starken Gegensatz zu seinem ständig wohlwollenden Lächeln, das er geradewegs ins Blaue abschoss, ohne es an jemand Besonderen zu richten. Man hatte fast den Eindruck, er lächle sicherheitshalber.

Wenn Connell aber gleichzeitig lächelte, den Rücken straffte und die Pfeife weglegte, verband er damit eine Absicht. Jeden Samstag, das ganze Jahr hindurch, bereitete er sich auf diese Weise darauf vor zu singen. Und jeden Samstag stimmte er dasselbe tragische Lied an, eine lange Geschichte vom Elend und vom Leid einer irischen Familie zu Beginn dieses Jahrhunderts. Am Ende des Lieds waren die Frau und alle Kinder tot, und der Sänger selbst fror und hungerte. Wenn Connell mit seiner unmusikalischen Stimme zum Refrain kam, stimmte die ganze Tap Tavern lebhaft und lustvoll ein, und Connell strahlte die kurze Spanne Zeit, die sein trostloses Lied in Anspruch nahm, vor Glück.

Wenn er fertig war, wurde frenetisch applaudiert.

Dann schwoll der Kneipenlärm wieder zu seiner früheren Stärke an.

Gespannt beobachtete Peter Sympson Joe, denn er hatte das Gefühl, nun sei der große Augenblick gekommen. Und richtig, gleich darauf hörte er, wie Michael leise zu Joe sagte: »Joe, willst du nicht auch ein Lied singen?«

Zum ersten Mal an diesem Abend, ja überhaupt zum ersten Mal seit dem vorigen Weihnachtsabend hob Joe den Blick. Laut und deutlich gab Michael bekannt, dass Joe nun singen werde. Gespräche und Lachen verstummten, und sogar diejenigen, die sich mit alkoholischen Getränken unverkennbar ein wenig zu stark erfrischt hatten, wurden still. Peter Sympson spürte ein pochendes Gefühl der Liebe zu Michael, zu Joe, zu diesen Menschen, die Joe das Gefühl gaben, er gehöre dazu, und sei es auch nur für den kurzen Augenblick, in dem er sein Lied sang.

Als Joe schließlich die Augen hob und mit klarer, frischer Stimme – einer Stimme, die von den Klippen im Westen Irlands zu kommen und sich an die grenzenlose Weite des Horizonts zu wenden schien – sein unschuldiges Lied von der unschuldigen Liebe zweier Menschen sang, begann Peter Sympson zu weinen. Ob er wirklich Tränen in den Augen hatte, wusste er nicht, das war auch gleichgültig. Denn als Joe sein Lied beendet und seinen Applaus bekommen hatte, und als Mary ihm zwei *double bubble* auf Rechnung des Hauses serviert hatte und er dann wieder zu Boden starrte, da fühlte Peter Sympson, dass er selbst ein Mensch war wie alle anderen und dass es im Grunde gleichgültig war, wenn er nur eine Leere zurückließ und ein paar glitzernde harte Edelsteine. Und er hatte das Gefühl, dass irgendjemand fehlte, aber wer?

13

Es war einer der letzten Tage vor Weihnachten. Der Himmel war unruhig. Vom Atlantik fegten mächtige Zirruswolken herein und kündigten ein umfangreiches Tiefdruckgebiet an. Wie steingraue Felsenformationen tauchten die Wolken hinter den Höhenzügen im Westen auf und rollten über Tréguier nachmittägliche Dunkelheit aus.

Weihnachten und vor allem dem Weihnachtsgeschäft zu Ehren hatte der Bürgermeister von Tréguier beschlossen, dass dieser Wintermittwoch mit ein wenig Musik belebt werden sollte, wie im Sommer.

Im Winter vermisste Madame Le Grand diese sommerlichen Mittwochsfestlichkeiten. Tatsächlich war der Mittwoch der einzige Tag, an dem sie sich unter Menschen begab. Nicht, dass sie es an den anderen Tagen aus freien Stücken vermieden hätte, aber es schien, als hätten sich die Einwohner von Tréguier nach Yanns Tod allmählich von Madame Le Grand zurückgezogen. Vielleicht hatten sie Angst, einem Kummer, der so groß war wie ihrer, zu nahe zu kommen. Aber vielleicht waren die Gründe noch viel einfacher: Die Frau eines Reeders stellte etwas dar, die Witwe eines Reeders konnte man getrost vernachlässigen. Es war auch allgemein bekannt, dass sie den Tod ihres Mannes nie verwunden hatte, aber das erwähnte man nur zur Erklärung, es war kein mildernder Umstand.

Nach und nach hatte Madame Le Grand ihren gesellschaftlichen Umgang also auf den Mittwoch beschränkt. Morgens ging sie über den Markt. Hie und da wechselte sie ein paar Worte, unterhielt sich über das Wetter, erkundigte sich nach dem gesundheitlichen Befinden und nach Kindern und Enkelkindern, wollte wissen, wie sich das neu eröffnete Restaurant am Markt entwickelte, nahm Stellung zu einem Vorschlag des Bürgermeisters, den Marktplatz in den Sommermonaten für den Autoverkehr zu sperren, diskutierte über das Touristenaufkommen, ob es weniger oder mehr Touristen gab als im vorangegangenen Jahr und ob die Deutschen die Engländer nicht schon überflügelt hätten, äußerte sich empört über den Beschluss der SNCF, den TGV nicht in Guingamp halten zu lassen. Mit anderen Worten, sie machte dasselbe wie alle, *parler pour ne rien dire,* reden, um nichts zu sagen.

Wenn sie in der kleinen Crêperie zu Mittag gegessen hatte und nach Hause zurückkam, war sie müde und verzagt. In besseren Augenblicken versuchte sie, sich einzureden, es sei besser, dass die Leute überhaupt den Mund aufmachten, statt nur zu schweigen, denn leere Worte seien besser als überhaupt keine. Aber zugleich fürchtete sie, solches Gerede sei nichts als ein Echo: das Echo eines Menschen, der vor langer Zeit einmal auf einer Klippe gestanden und seine schreckliche Angst herausgebrüllt hatte, er könne der einzige Mensch auf der Welt sein.

Später am Nachmittag ging sie wie jeden Mittwoch zum ehemaligen Franziskanerkloster, wo die Stadt ihre geistig Behinderten untergebracht hatte – so nannte man sie jetzt, ohne dass es den Betreffenden deshalb auch nur eine Spur besser ergangen wäre. Zwar hatte es in Tréguier lobenswerte Bestrebungen gegeben, für die ortsansässigen Idioten mehr zu tun, als ihnen eine andere Bezeichnung zuzugestehen. Sie hatten eigene Wohnungen erhalten und durften sich in der Stadt frei und unbeaufsichtigt bewegen. Und alles wäre womöglich gut gegangen, wären es normale Schwachsinnige gewesen, die von den Kindern gehänselt und von den Erwachsenen übersehen wurden, kurz Wesen, mit denen man nicht weiter rechnen musste.

Leider verhielt es sich aber so, dass die geistig Zurückgebliebenen von Tréguier an einem außergewöhnlichen Zärtlichkeitsbedürfnis litten, was sich im günstigen Fall so ausdrückte, dass sie irgendeine der ehrenwerten Frauen dieser Stadt mit Liebesbezeugungen überfielen. Es dauerte also nicht lange, und die Schwachsinnigen wurden wieder in einer Behandlungsstätte, und zwar in dem ehemaligen Kloster, verwahrt und durften sich in der Stadt nur noch in Begleitung bewegen, wobei der zunehmende Personalmangel bewirkte, dass sie im Stadtbild immer seltener auftauchten und schließlich nur noch eine Erinnerung waren, und auch das nicht immer.

Madame Le Grand war eine der wenigen, die sich weigerte, sie in Vergessenheit geraten zu lassen. Jeden Mittwoch ging sie mit ein paar Leckereien, die sie am gleichen Vormittag auf dem Markt gekauft hatte, zum Kloster, teilte das Mitgebrachte aus und gestattete den armen Teufeln, ihrem in der zurückliegenden Woche angestauten Liebesbedürfnis freien Lauf zu lassen. Sie umgarnten sie wie Lianen, streichelten und küssten sie, drückten ihr krampfhaft die Hände und umarmten sie so fest, dass sie kaum mehr Luft bekam.

Madame Le Grand ließ sie gewähren, bis sie müde

wurden. Wenn sie wieder ging, fühlte sie sich geläutert, als habe sie es sich verdient, eine Weile ohne Selbstvorwürfe zu leben, oder habe zumindest ihr Bestes getan.

Ein letztes Mal verließ sie dann im Halbdunkel der Abenddämmerung das Haus, um im Schatten der Kathedrale der Musik zu lauschen.

An eine der riesigen Platanen auf dem Marktplatz gelehnt, stand Madame Le Grand vor der Kathedrale. An diesem Abend schien die Dunkelheit früher hereinzubrechen als sonst, und die Musik schien wehmütiger und älter als gewöhnlich, als wollten die großen Wolken sie in sich aufsaugen und sie für immer verstecken. Warum war die bretonische Musik so traurig? Man hätte glauben können, sie würde am äußersten westlichen Rand der bretonischen Klippen gespielt, in der Hoffnung, jenseits des Horizonts würde jemand ihre Klage hören. Madame Le Grand glaubte, es liege wohl an der bretonischen Seele und an der Gewissheit, dass man Teil einer zweitausend Jahre alten Kultur war, die allmählich in Vergessenheit geriet. Seit Kriegsende war die Zahl der muttersprachlichen Bretonen von hunderttausend auf einige Zehntausend zurückgegangen. Eine ganze Kultur, eine Sprache und ein ganzes Volk befanden sich am Rande der Auslöschung, und sie selbst gehörte dazu. Was konnte es Traurigeres geben?

Madame Le Grand blieb noch lange stehen, nachdem die letzten Töne der wehmütigen Musik von Barzaz sich im sternenlosen Himmel verloren, an dem man im Schein der beleuchteten Turmspitze, die zu Ehren Gottes mit Geldern aus dem Glücksspiel errichtet worden war, die niedrigen, zerfetzten Wolken erahnen konnte.

14

Jacob Nielsen hatte beschlossen, einen letzten Versuch zu unternehmen, die abgebrochenen Beziehungen zu seinen beiden Söhnen wieder aufzunehmen. Zum ersten Mal nach langer Zeit hatte er sie wieder angerufen, und der eine von ihnen hatte versprochen, man werde Weihnachten gemeinsam feiern, während der andere für Silvester zugesagt hatte. Einige Wochen später wollte Jacob Nielsen dann auch noch seine Bürgerpflicht tun und für Europa stimmen.

Mit einiger Erwartung bestieg er in Marstal die kleine Fähre. Es war mehrere Jahre her, seit er seine Söhne das letzte Mal gesehen hatte, und die europäische Frage lag ihm persönlich am Herzen. Grenzen mussten beseitigt werden, man würde keine Pässe mehr brauchen und sich endlich frei auf der Welt bewegen können, einer Welt, auf der alle Teil eines Ganzen waren. Europa war nur ein Anfang, der Beginn einer zusammenhängenden Welt ohne Grenzen, auf der die Menschen in einem riesigen Netzwerk miteinander verbunden waren und auf der es nirgends eine Endstation gab, wo die Verbindungen endeten, kein schwarzes Loch, das Informationen schluckte und nie mehr freigab.

Was hielten seine Söhne von Europa? Zu seiner Schande hatte Jacob Nielsen keine Ahnung. Aber zumindest war das nicht nur sein Fehler. Keiner seiner Söhne hatte begriffen, wie man sich in einem Nest wie Marstal niederlassen konnte, nur mit einem Rechner – er mochte noch so leistungsfähig sein – als einziger Gesellschaft. Seine Söhne waren mit Leib und Seele Großstadtmenschen, so unterschiedlich sie sonst auch waren. Jens, der Ältere, war ein Karrieremensch mit Schlips, der bei einem der angesehensten Kopenhagener Wirtschaftsprüfungsunternehmen beschäftigt war. Mads bewegte sich als politischer Aktivist am äußeren Rand des linken Spektrums, lebte von Gelegenheitsjobs und studierte Soziologie. Jens war verheiratet, Mads hatte wechselnde Freundinnen und weigerte sich zu heiraten. Ihre vermutlich einzige Gemeinsamkeit war, dass keiner von ihnen Kinder wollte.

Für Jens hing das mit seinen Zukunftsaussichten zusammen. Ein Kind wäre der Karriere hinderlich. Für Mads war es eine ideologische Frage, er hielt es für falsch, Kinder in eine Welt zu setzen, der Kinder gleichgültig waren und die jeden Tag am Krieg, an der Bevölkerungsexplosion und an der Zerstörung der Umwelt zugrunde gehen konnte.

Im tiefsten Innern ahnte Jacob Nielsen, dass das alles Ausflüchte waren. Im Grunde hatten seine Söhne Angst, dass ihre Kinder ebenso zu Opfern ihrer Familie würden wie sie selbst. In den letzten Jahren hatte Jacob Nielsen begriffen, dass er und seine Frau den Anforderungen, die ein Kind an seine Eltern stellt, nicht gerecht geworden waren.

Er selbst hatte vollauf damit zu tun gehabt, seine Firma aufzubauen, die ihm den Weg in die Freiheit eröffnen sollte. Das halbe Jahr über befand er sich auf Geschäftsreise, die andere Hälfte arbeitete er sechzig Stunden in der Woche.

Sein schlechtes Gewissen hatte er mit der Vorstellung beruhigt, auf diese Weise blieben seiner Familie zumindest wirtschaftliche Entbehrungen erspart. Und er hatte geglaubt, um die liebevolle Betreuung seiner Kinder werde sich schon seine Frau kümmern. Zu spät erkannte er dann, dass ihr Aussehen, ihr Make-up, die neueste Mode, der Umgang mit der Kopenhagener Prominenz und nicht zuletzt auch mit ihren Liebhabern sie viel mehr interessierten.

Jacob Nielsen verstand also, wenn auch widerstrebend, dass seine Söhne wenig Interesse daran hatten, sich mit ihm zu treffen. Hinzu kam, dass er sich, seit er sich nach Marstal zurückgezogen hatte, auch nicht übermäßig bemüht hatte, den Kontakt aufrechtzuerhalten. Die erste Zeit in völliger Freiheit hatte er nur ein großes Bedürfnis nach Einsamkeit gehabt, danach, zum ersten Mal in seinem Leben ganz für sich allein zu sein, ohne jemandem Rechenschaft zu schulden.

Nun aber, nach Marcels Erzählung über Maman in Tréguier und nach seinem eigenen Sturz in den virtuellen Raum, hatte er erkannt, dass es vielleicht nicht genug war, wenn man digitale Spuren hinterließ. Man brauchte auch Antworten. Für Jacob Nielsen hatte die Bestätigung der Tatsache, dass er überhaupt wahrgenommen wurde, größtes Gewicht bekommen.

So waren ihm seine Söhne eingefallen. Hatten sie Ähnlichkeit mit ihm, dachten sie gelegentlich mal an ihn, kam ihnen überhaupt je die Idee, dass sie schließlich trotz allem einen Vater hatten? Denn musste er nicht letztlich in seinen Söhnen die deutlichsten Spuren hinterlassen haben, im Guten wie im Bösen?

Am Tag vor Heiligabend traf Jacob Nielsen um drei Uhr auf dem Kopenhagener Hauptbahnhof ein und stieg im gegenüberliegenden Hotel Plaza ab. Er empfand eine gewisse Genugtuung darüber, dass er sich über die Kosten – wie sie ein Zimmer in einem besseren Kopenhagener Hotel verursachte – keine Sorgen zu machen brauchte. Der simple Umstand, dass er als Konkurrent vom Markt vertrieben werden sollte, hatte ihm beim Verkauf seiner Firma die unglaubliche Summe von dreißig Millionen eingebracht – für diese Summe hatte man ihm die Zusage abgekauft, für einen Zeitraum von fünf Jahren auf jede gewerbliche Tätigkeit in der Computerbranche zu verzichten. Ein Abkommen, das ihn nicht weiter berührte. Schließlich hatte er sein ganzes Leben darauf eingerichtet, ein Vermögen zusammenzutragen, mit dem er sich zurückziehen konnte, um endlich sein eigener Herr zu sein. Sich freizukaufen, war immer sein höchstes Ziel gewesen, und er hatte es über Erwarten gut verwirklichen können.

Man hatte ihm viel Geld gegeben, er war wirtschaftlich weitgehend unabhängig, wenn er auch teuer dafür hatte bezahlen müssen. Einmal für die Scheidung, mochte sie auf seinem Konto auch wenig bedeuten. Und dann war da die gestörte Verbindung zu seinen Söhnen – wie sollte er sie bewerten? Wie viele seiner Millionen hätte er gerechterweise auf die Konten seiner Söhne überweisen müssen? Keine leichte Frage. Glücklicherweise war es nie zu spät, das Verhältnis zu anderen Menschen neu zu beleben, wenn man nur genug guten Willen hatte. Und den hatte Jacob Nielsen und wollte ihn in diesen Weihnachtstagen richtig zur Entfaltung bringen.

Im strömenden dänischen Winterregen, der jeden, der

sich hinauswagte, bis auf die Knochen durchweichte, ging er in die Stadt. In einer Nebenstraße der Fußgängerzone Strøget betrat er einen Laden, in dem er schon seit Langem die Weihnachtsgeschenke für seine Söhne bestellt hatte: zwei Laptops, dazu je ein Handy, mit anderen Worten alles, was seine Söhne benötigten, um Verbindung zu halten, wo immer sie sich befanden. Guter Wille in Ehren, dachte Jacob Nielsen, aber es konnte nicht schaden, wenn man über die notwendigen Geräte verfügte, um sich vor technischem Versagen zu schützen – vor allem, wenn Menschen im Spiel waren.

Am nächsten Tag, an Heiligabend, unternahm er im Grunde nichts und wartete, bis es Zeit wurde und er zu Jens gehen konnte. Er lag auf seinem Bett und sah zur Decke, als Jens anrief und fragte, ob er nicht schon um vier Uhr vorbeikommen könne.

»Um vier Uhr?«, fragte Jacob Nielsen.

»Es tut mir leid, Papa. Meine Frau und ich wollen den Weihnachtsabend zwischen den verschiedenen Eltern aufteilen.«

»Ich dachte, wir hätten schon lange abgemacht, dass ich Weihnachten bei euch feiere?«

»Das haben wir auch. Aber wir haben es uns jetzt doch anders überlegt. Ursprünglich wollten wir morgen die Eltern meiner Frau besuchen, aber in der Firma ist so viel zu tun, dass ich morgen arbeiten muss. Das verstehst du doch?«

Er verstand es. »Aber können wir Weihnachten denn nicht alle zusammen feiern? Ich bin trotz allem ein soziales Wesen«, versuchte er zu scherzen.

»Tut mir leid, Papa. Ich hab da ein paar heikle Geschäfte mit den Schwiegereltern. Und du weißt ja, wie wichtig es ist, dass man seinen Kunden ungeteilte Aufmerksamkeit widmet.«

Ja, das wusste er. Er fühlte, wie die frohe Erwartung in seiner Brust zusammenfiel.

»Ich verstehe«, sagte er.

»Vielen Dank, Papa. Ich wusste doch, dass ich auf dich zählen kann.«

Bereits um sechs Uhr war er wieder in seinem Hotelzimmer. Bevor er schließlich aufgebrochen war, war er einige Male nahe daran gewesen, bei Jens anzurufen, um abzusagen. Aber er wollte nicht, dass es wie eine Trotzreaktion aussah, was es wohl auch gewesen wäre. Außerdem wollte er sein Weihnachtsgeschenk überreichen.

Hätte er es nicht wissen müssen? Sein Sohn besaß bereits alles, was er brauchte. Wenn er aber dieses Weihnachtsgeschenk gegen Geld umtauschen dürfe, würde er es gerne annehmen, denn er wolle sich ein neues Auto anschaffen.

Sein Vater hatte natürlich Verständnis für diesen Wunsch. Immerhin war Heiligabend. »Meine E-Mail-Adresse hast du ja – du kannst mir immer schreiben.«

»Na klar, Papa. Aber du weißt doch, wie das ist. Ich habe einfach so viel zu tun.«

Jacob Nielsen nickte. Und wusste dabei genau, dass ihm sein Sohn ins Gesicht log. Aber schließlich war Heiligabend.

Und das war im Großen und Ganzen alles, das heißt, es war eigentlich überhaupt nichts, was bei diesem Besuch herauskam. Wieder in seinem Hotelzimmer angekommen, starrte er lange aus dem Fenster. Weihnachtsabende hatte er noch nie gemocht, also konnte er jetzt nicht mit Vorwürfen anfangen. Trotzdem empfand er Bitterkeit. Sein Sohn hatte ihm die Tür vor der Nase zugeknallt, anders ließ sich das nicht sagen. Sein eigener Sohn hatte ihm gezeigt, dass er ihn nicht brauchte. Wie eine Wegwerfverpackung hatte sein Sohn ihn behandelt, oder wie veraltete Software, die ein Upgrade nicht lohnte. Aber durfte er, der Vater dieses Sohnes, ihn denn verurteilen?

Später an diesem Abend ging Nielsen ins Internet. Eine ganze Nacht lang kroch er durch alle entlegenen Winkel dieser Welt, auf der Suche nach anderen einsamen Seelen, Datenfreaks, die lieber vor ihrem Bildschirm hockten, als sich im Schoß der Familie zusammenzurollen. Er fand sie ohne Schwierigkeiten. Über die Unerträglichkeit des Weihnachtsfests hatte jemand geschrieben: »Wenn Noah mit seiner Arche vorbeikäme, um einsame Seelen zum Fest einzusammeln, dann würde ich ihm sagen, er soll sich seinen ganzen verdammten Zoo in den Arsch stecken.« Jacob Nielsen schrieb selbst einen langen Beitrag zu dieser Debatte. Eine Antwort erhielt er nicht.

15

Rosa Moreno wachte mit einem Ruck auf und hielt sich die Ohren zu. Dem Echo eines lauten Knalls folgten rasch weitere. Erst bei der fünften Detonation erinnerte sie sich daran, dass es Silvestermorgen war. Wie immer, wenn in Galizien gefeiert wurde, begann es mit vier Krachern, die in den stillen Himmel gefeuert wurden. Im Sommer gab es kaum einen Tag, ohne dass man es von nah und fern aus den Dörfern knallen hörte, die ihre verschiedenen Hafenfeste feierten. Rosa Moreno hasste diese Knallerei. Als versuchten die Menschen, den Himmel in die Luft zu sprengen, als wollten sie Löcher in die Sterne schießen, als ertrügen sie es einfach nicht, dass es da ein unermessliches Universum gab, das sie weder anfassen noch begreifen konnten.

Erst als sie sicher war, dass die Detonationen aufgehört hatten, nahm sie die Hände von den Ohren.

Am Abend desselben Tages war Rosa Moreno eine von Tausenden, die sich am Hafen versammelt hatten. Um die Hafenbecken standen Menschentrauben, Familien, Teenagercliquen. Rosa Moreno ging ihnen aus dem Weg. Sie verabscheute die Manie der Spanier, stets Gruppen und Blöcke zu bilden, als könnten sie es nicht ertragen, auch nur einen Augenblick allein zu sein. Manchmal fragte sie sich, ob in ihren Adern nicht fremdes Blut floss und ob ihr Vater nicht ein Seemann aus irgendeinem unbekannten, exotischen Land gewesen war. Vielleicht ein Portugiese. Die Portugiesen waren keine Herdenmenschen wie die Spanier. Außerdem waren sie ernster. Das hatte sie von Portugiesen selbst gehört. Dass sie nach Spanien fuhren, um zu feiern, weil die Spanier sich einfach auf alles verstünden, was man gemeinsam machte. Wollten sie für sich sein, dann blieben sie in Portugal.

Rosa Moreno setzte sich auf den östlichen Pier, von der Menschenansammlung auf den südlichen Hafenkais so weit entfernt wie nur möglich. Dort draußen war sie ganz allein. Dass sie das Feuerwerk aus der falschen Richtung sah, war ihr gleichgültig. Nur der Goldregen, der auf einem Gerüst vor dem Jachtklub angebracht war, würde ihr entgehen. Alles andere würde sie ebenso deutlich wie die anderen sehen, aber ohne dabei ihre Rufe und ihr Gelächter hören zu müssen.

Um zwölf Uhr entfalteten sich die ersten drei Fallschirmraketen und verströmten Hunderte herabschwebende Lichtpunkte von intensiv blauer Farbe. Gleich darauf folgten Rot, Gelb und Grün. Anfangs stiegen sie in Gruppen auf, deren Form und Farbe zueinanderpassten. Dann wurde es am Himmel zunehmend chaotischer, ein schimmerndes Durcheinander von farbigen Funken, die aufstiegen und herabsanken, geboren wurden und abstarben, aufflammten und verblassten, jäh entzündet wurden, um langsam und unerbittlich zu verlöschen wie das Leben.

Rosa Moreno legte den Kopf in den Nacken und stützte sich auf die Ellbogen. Ihr Blick verlor sich im Weltraum, wo das Funkeln der Sterne und das Glitzern des Feuerwerks einen Teil desselben unendlichen Universums bildeten wie sie selbst, die wie eine Feder war, eine Staubflocke, ein Sandkorn, ein Tautropfen, eine unfassbar unwichtige Existenz, deren ganze Größe es vermutlich war, dass sie das alles sehen und es schön finden konnte.

Als schließlich der gesamte Nachthimmel in Brand zu stehen schien und alles nur noch ein Chaos aus Lichtblitzen und Farben war, wurde Rosa Moreno von einem maßlosen Schwindel erfasst. Sie dachte, sie wäre schon auf dem Weg in ein anderes Leben, wo die Sterne alles zum Besten richteten und sie wieder mit ihrem Bruder Cecilio vereint wäre, mit ihrer Mutter und sogar mit ihrem Vater, ein anderes Leben, in dem sie etwas zählte, wo sie Gewicht hatte, wo ihre Mutter sie in die Arme nahm und wo sie nie mehr fragen musste, ob sie wirklich existierte oder ob sie lächelte wie Ingrid Bergman.

Langsam, unendlich langsam, aber erfüllt von einer Zuversicht und Freude, wie sie sie lange nicht mehr empfunden hatte, ließ sie sich über den Rand des Kais gleiten.

Im selben Augenblick stieß die Menschenmenge ein begeistertes Gebrüll aus: Der Goldregen beendete das Silvesterfest von Villagarcía und das größte Feuerwerk der Stadt seit Menschengedenken. Rosa Moreno fuhr zusammen und begriff, was sie tat. Furcht packte sie. War das Leben in ihr denn so schwach?, fuhr es ihr durch den Kopf. Hatte sie sich ihre Schwangerschaft etwa nur eingebildet? Langsam schob sie sich auf den Kai zurück. Erst nachdem sie ein paar Meter auf allen vieren gekrochen war, stand sie auf und begann zu laufen. In ihrem Inneren hallte das begeisterte Gebrüll der Menschenmenge auf dem Kai noch lange wie höhnisches Gelächter nach.

16

Die Luft war so klar, dass sie fast gar nicht vorhanden schien. Die hohe, einsame Gestalt Peter Sympsons zeichnete sich messerscharf vor dem tiefblauen Himmel ab, als er allein und majestätisch über die höchste Erhebung des Felsplateaus südlich von Kinsale schritt. Zu seiner Linken glänzte in der Ferne der Atlantik. Im Norden erstreckten sich, so weit das Auge reichte, wie ein eingefrorenes Meer hellgrün wogend, die irischen Weiden.

Dichter bei ihm lagen ringsum zahllose von Steinmauern umgebene Viehweiden. Peter Sympson senkte den Blick, doch nicht wegen der Steine, sondern wegen der unzähligen Kuhfladen, die überall auf dem Weg lagen. Wären sie nicht gewesen, hätte er ausnahmsweise einmal einfach in die glasklare Luft gucken können.

So wie jedes Jahr war er auf dem Weg nach Ballingspittle, um die berühmte Madonna zu besuchen. Irgendjemand sollte irgendwann einmal gesehen haben, wie sie sich geschmeidig bewegte. Nicht, dass Peter Sympson an Gott glaubte oder daran, dass die Madonna wirklich zu tanzen angefangen hatte, es sei denn vor den Augen eines ordentlich angetrunkenen Iren auf dem Heimweg von seinem Pub.

Im Gegenteil, er war sich bewusst, dass die Menschen aus seiner Umgebung seine Teilnahme an dieser jährlichen religiösen Feier für pure Heuchelei halten würden, hätten sie gewusst, dass er an ein Leben nach dem Tod einfach nicht glauben konnte, auch wenn er es gewollt hätte. Peter Sympson wusste, dass ihm die ruhige Sicherheit des gläubigen Menschen fehlte. Wer überzeugt war, dass das irdische Leben im Paradies seine Fortsetzung fand, brauchte auch von nichts anderem mehr zu träumen, etwa von einer Frau, die die Farbenpracht eines Bergkristalls entdecken und sich von ihm verführen lassen würde.

Peter Sympson nahm gerade deshalb an solchen Feierlichkeiten teil, weil er hoffte, das Wunder werde sich trotz allem ereignen – nicht die Madonna in Ballingspittle sollte sich rühren, sondern dieses Fantasieprodukt namens »Gott« sollte seine Hand ausstrecken und es ihm schwarz auf weiß geben, dass der Mensch zumindest die Zähigkeit des Jadeits besaß oder mehr Härte als Quarz, weshalb er auch zu Lebzeiten nicht zu Staub zerfiel.

Doch war Peter Sympson nicht der Einzige, der zweifelte. Nach jenen ersten Jahren, in denen Zehntausende kamen und die Hotels von Kinsale zum Bersten füllten, hatte das Interesse merklich abgenommen. Damals hatte man in jedem Andenkenladen Madonnenbilder kaufen können, die örtliche Hamburgerverkaufsstelle hatte sogar einen Madonnaburger kreiert. Leider hatte die Madonna sich als der Steinklotz erwiesen, der sie war, und der Umsatz der beiden Pubs von Kinsale war ebenso dramatisch zurückgegangen wie der Absatz von Madonnaburgern, die man zuletzt aus dem Sortiment nehmen musste.

Ein paar Pilger zu Fuß konnte Peter Sympson allerdings auf den schmalen Bergwegen ausmachen. Auch wenn es wenige waren, gaben sie ihm ein Gefühl der Gemeinsamkeit. Außer ihm hatten noch andere Menschen dasselbe Ziel, sie strebten in dieselbe Richtung.

Peter Sympson ging langsam. Und so wie jedes Jahr nutzte er die Zeit, um über sein Leben nachzudenken und darüber, wie die Dinge so gekommen waren, wie sie waren.

Die Fakten waren einfach. Sein Vater war in der IRA gewesen, obwohl mit einer Protestantin verheiratet. Als Peter Sympson fünfzehn Jahre alt war, wurde sein Vater von der UFF erschossen. Die Mutter verlor darüber den Verstand. Peter Sympson kehrte alldem den Rücken und trat eine Lehre bei einem Dubliner Juwelier an. Schon bald entwickelte er ein leidenschaftliches Interesse für edle Steine. Sie gehörten zu den härtesten und kostbarsten Materialien der Erde. Später lernte er dann, dass die Kristallgitter nicht so starr waren, wie man lange angenommen hatte, und dass sich die Kristallatome sogar in einer Art Bewegung befanden. Nach Erkenntnissen der Quantenmechanik lag in den mikroskopischen Tiefen der Kristalle eine Unsicherheitsrelation, eine völlig unbekannte Größe. Aber als Mensch musste man das nicht allzu ernst nehmen, die Kristalle waren und blieben für alle Zeiten, was sie waren. Ihre Härte und ihr Glanz machten sie zu etwas, auf das man bauen konnte.

Das waren die harten Fakten in Peter Sympsons Leben. Dass er den Glauben an Gott verloren hatte, sowohl den katholischen wie den protestantischen, war in seinen Augen völlig normal. Auch dass er Menschen ganz allgemein misstraute und andererseits so hohe Ansprüche an sie stellte wie an vollendete Edelsteine, war aus seiner Sicht natürlich und verzeihlich, um nicht zu sagen, menschlich. Nicht begreifen konnte er hingegen, warum er nicht verrückt geworden war wie seine Mutter. Oder warum er nicht der IRA beigetreten war, um den Mord an seinem Vater zu rächen. Oder auch, warum er geflohen war und nie mehr einen Fuß nach Nordirland gesetzt hatte. Oder schließlich, wie es ihm trotz allem gelungen war, sein Leben einigermaßen sinnvoll zu verbringen.

Auch in diesem Jahr erhielt er auf seine Fragen keine Antwort, ehe er den Abhang erreichte, der hinunter nach Ballingspittle führte, den Ort, an dem er stets aufhörte, über sich selbst nachzudenken. Je tiefer er ins Tal kam, umso mehr Menschen strömten von den kleinen Bergwegen herbei. Er schätzte ihre Zahl auf je ungefähr hundert vor und hinter ihm. Ganz unten wurde die Straße von der Polizei abgesperrt und bewacht. Die Madonna stand in einer Felsnische in ungefähr zehn Metern Höhe. Der Kiesplatz darunter war mit einem Zaun abgesperrt. Auf dem Zaun stand in halbmeterhohen Buchstaben

DIE UNBEFLECKTE EMPFÄNGNIS

Für den heutigen Festtag hatte man eine provisorische Bühne errichtet, von der der Priester seine Predigt halten würde. Die riesigen Lautsprecher dagegen hingen das ganze Jahr dort. Man musste gewappnet sein, falls die Madonna sich plötzlich in Bewegung setzte.

Peter Sympson kletterte den Abhang auf der gegenüberliegenden Seite der asphaltierten Straße hinauf. Wie jedes Jahr machte er sich die Mühe, die genaue Anzahl der Zuhörer zu errechnen. Er kam auf 347, zwanzig weniger als im vorangegangenen Jahr, was er als Zeichen der Zeit deutete. Die Unbefleckte Empfängnis besaß keine Anziehungskraft mehr. Man war auf Spektakel, Leben und Betrieb aus, etwas in der Art einer tanzenden Madonna aus Stein.

Der Priester tat sein Bestes, um den wenigen Seelen Hoffnung einzuflößen. Peter Sympson blieb unbeeindruckt. Der Priester sprach nicht über die Wirklichkeit, die Härte, die Beständigkeit, die Widerstandsfähigkeit. Seine Predigt war ein Gedankenspiel, und was aus ihr sprach, war Wunschdenken. A: Nehmen wir an, es gibt einen Gott. B: Nehmen wir gleichfalls an, dieser Gott verfüge über ein Paradies. C: Nehmen wir schließlich an, dass alle Menschen dorthin kommen können, wenn sie sich anständig benehmen – oder gründlich bereuen, dass sie es nicht tun. D: Gibt es also einen Grund, nicht zu glauben?

Was bedeutete dieser Gedankengang angesichts einer verrückten Mutter und eines ermordeten Vaters? Angesichts der dreitausend Toten im Norden, die im Namen Gottes für nichts gelebt hatten?

Peter Sympson hätte seine Enttäuschung und seinen Zorn herausschreien wollen. Da er aber ein kultivierter Mann war, der ungern Aufsehen erregte, verhielt er sich ruhig. Sein einziger Protest bestand darin, dass er seinen gelben, walnussgroßen Diamanten hervorzog und ihn in der kalten, grellen Januarsonne funkeln ließ. Jemand drehte sich um, andere taten es ihm nach. Schließlich sah die ganze Versammlung in Peter Sympsons Richtung und fragte sich, was das zu bedeuten hatte und ob sich hier vielleicht ein neues Wunder ankündigte.

Bis heute, dachte Peter Sympson, ist die unbefleckteste

Empfängnis immer noch die des Diamanten. Die Worte des brasilianischen Edelsteinhändlers Sauer fielen ihm ein: »Mit seinem eigenen kurzen Leben zwischen Himmel und Erde findet der Mensch in der Schönheit eines seltenen Diamanten, Smaragds oder Aquamarins jene Eigenschaften, die ihm selbst verwehrt wurden. Das innere Feuer ist nicht das Werk des Menschen. Es hat die Aufgabe, dem, was ewig ist, Glanz zu verleihen.« Gott sei gut und allmächtig, hieß es. Aber hatte sich je jemand gefragt, ob er auch schön war? Konnte sich Gott beispielsweise mit einem der beiden einzigartigen Steine von Peter Sympson messen?

17

Den ganzen Morgen waren Autobusse in Tréguier angekommen und hatten einen nicht versiegenden Strom von Anwälten abgesetzt, so mochte es jedenfalls ungeschulten Augen erscheinen. In diesem Jahr rechnete man mit der Anwesenheit von vierhundert Anwälten katholischen Bekenntnisses aus allen Winkeln Europas, die kamen, um ihrem Schutzheiligen, dem heiligen Yves, die Ehre zu erweisen. Im Kielwasser der Anwälte schwammen Tausende Pilger und bestimmt die doppelte Menge normaler Touristen.

So war es, abgesehen von den modernen Transportmitteln und dem Vergnügungspark mit seiner hämmernden Rockmusik und seinen Schießbuden, seit 1347 immer gewesen, als Yves de Kermatin dreißig Jahre nach seinem Tod von Clemens VI. heiliggesprochen worden war, eine Heiligsprechung, die für die damalige Zeit ungewöhnlich rasch erfolgte. So war es gewesen, und so würde es bleiben, zumindest, wenn die letzte Großinvestition des Fremdenverkehrsvereins Früchte trug, denn leider begann das Interesse am heiligen Yves abzukühlen, sein Heiligenschein verblasste.

Und das war, wie Madame Le Grand glaubte, ebenfalls ein Zeichen der Zeit. Denn warum hatte man Yves heiliggesprochen? Weil er sich selbstlos für die Verteidigung der Schwachen einsetzte. Beim Tod seiner Eltern hatte

Yves de Kermatin eine Herberge geerbt, und dort hatte er sich selbst um die Unglücklichen und Ausgestoßenen gekümmert. In seinem Beruf war er ein Anwalt der Armen. Ohne Honorar nahm er sich verarmter Klienten an, von denen niemand sonst etwas wissen wollte.

Wer würde wohl heute so etwas tun?, dachte Madame Le Grand. Wer würde sein Vermögen dazu verwenden, für diejenigen zu sorgen, die nicht für sich selbst aufkommen konnten? Wer würde sich zum Anwalt anderer Menschen machen, ohne dafür eine Bezahlung zu fordern? Wer nahm sie denn heute überhaupt wahr, die Schwachen und Namenlosen, die man vergaß, als hätten sie niemals gelebt?

Genau genommen niemand. Und ebendarum nahm Madame Le Grand an der Prozession zum Gedenken an den Heiligen teil. Yves de Kermatin war nicht nur ein Sohn Tréguiers, der Größte von allen. In ihren Augen war er ein wirklicher Heiliger, dessen Wundertaten einfach darin bestanden, dass sie sein gutes Herz offenbarten.

In ihrer Jugend, als sie Gott noch vertraute, war Madame Le Grand an der Spitze der Prozession gegangen, hatte stolz die weiße Fahne mit dem blauen Kreuz getragen und damit den Reliquienschrein angekündigt, der ihr unmittelbar folgte, wiederum gefolgt von Bischöfen und Advokaten. Nun ging sie ganz hinten, war grau gekleidet und versuchte, sich so unsichtbar wie möglich zu machen. Auch während der Zeremonie in der Kapelle stand sie ganz hinten, wo niemand sehen konnte, dass sie weinte.

Madame Le Grand war sonst nicht so nah am Wasser gebaut. Es schien, als seien ihre Tränen etwa ein Jahr nach Yanns Tod versiegt. Doch sie weinte für den Heiligen

Yves. Nichts schien ihr trauriger als diese Verehrung, die einer so offensichtlich verlorenen Sache galt.

Nach dem Ende der Zeremonien ging Madame Le Grand nach Hause und zog sich um. Statt am großen Bankett teilzunehmen und sich die scheinheiligen Reden des Bürgermeisters und anderer Honoratioren zu Ehren des Heiligen anzuhören, ging sie in den Vergnügungspark.

Ebendort, im Vergnügungspark von Tréguier, hatte sie Yann kennengelernt. Achtzehn Jahre war sie alt gewesen, er war neunzehn und war die dreißig Kilometer von Paimpol nach Tréguier zu Fuß gegangen, um an diesem Fest teilzunehmen. Dreißig Kilometer zu gehen, war damals nicht ungewöhnlich. Es gab stets einen Verwandten oder Bekannten, bei dem man eine Nacht unterkam, sodass man nicht gezwungen war, am Abend noch den Rückweg anzutreten. Häufig war sie mit ihren Freundinnen nach Paimpol zum Tanzen gegangen. Natürlich wurden sie oft auf Karren mitgenommen, denn sie waren hübsch. Später hatten sie Fahrräder, das erleichterte die Sache deutlich. Als dann die Autos kamen, konnte man an einem Tag hin- und zurückfahren. Alles ging plötzlich sehr schnell. Die Besuche bei Verwandten und Freunden fielen viel kürzer aus. Und über Nacht blieb man nur noch selten. Das Auto und das Fernsehen hatten jedem wirklichen Umgang den Todesstoß versetzt.

Aber da war Madame Le Grand schon Madame Le Grand und ging nicht mehr zum Tanzen nach Paimpol.

Alles kam ganz plötzlich. Sie war in Yann buchstäblich hineingerumpelt, ihre Autoscooter waren zusammengestoßen. Genau genommen hatte er sie seitlich gerammt. Sie, eher eine Träumerin, wäre fast aus dem

Wagen geschleudert worden. Yann hatte sofort angehalten und sie unter großem Gelächter zu sich auf den Sitz gezogen. Sie erinnerte sich noch, was sie empfunden hatte, als ihre Blicke sich trafen: eine unendliche Vertrautheit und Sicherheit.

Als sie aus ihrem Wagen stiegen, lud Yann sie zu einer Fahrt mit dem Riesenrad ein. Dort hatten sie sich zum ersten, zum zweiten und zum dritten Mal geküsst, ohne auch nur ein weiteres Wort gesprochen zu haben.

Am folgenden Tag hatten sie sich zwei Fahrräder geliehen und waren bis nach Sillon Talbert gefahren, eine Landzunge, die sich mehrere Kilometer lang halbmondförmig ins Meer erstreckte. Sie waren bis hinaus zu ihrer Spitze gegangen, hatten auf die Ebbe gewartet und waren dann zu der kleinen Insel ganz draußen gelaufen, hatten dort auf die Flut gewartet, die sie vom Festland abschnitt, und dann hatten sie sich geliebt, als hätten sie nie etwas anderes getan, auch wenn es für sie beide das erste Mal war.

So war es viele Jahre weitergegangen. Ihre Beziehung war ein Abenteuer gewesen, ein Märchen. Yann hatte sie fühlen lassen, dass sie der wichtigste Mensch auf der Welt war.

Er war ein Visionär. Wie viele andere in Paimpol war er ursprünglich Fischer gewesen. Als sie sich kennenlernten, hatte er schon vier Jahre als Fischer gearbeitet und fast seinen gesamten Verdienst gespart. Bereits mit zwanzig Jahren hatte er sein erstes Schiff. Kein Fischerboot, einen Lastkahn. Sie hatte ihren Augen nicht getraut, als er sie an Bord herumführte.

Als Kapitän hatte Yann einen alten Fischer aus Paimpol

angestellt, der sich mit den Gezeiten und Strömungen in den bretonischen Fahrwassern auskannte. Auch das war eine glückliche Entscheidung gewesen, denn der alte Fischer ersparte Yann und seiner neu gegründeten Reederei Tausende Francs für Brennstoff. Yann kam dann auf die Idee, dass man die großen, teuren Häfen meiden konnte, wenn man mit dem Schiff bei Flut in die Flüsse einfuhr und es während des Ladens oder Löschens auf dem Trocknen liegen ließ. Und da es Lastwagen gab, konnte man ebenso gut Tréguier wie Saint-Malo oder Brest anlaufen.

Dann war es Schlag auf Schlag gegangen. Fünf Jahre später besaß Yann schon drei Schiffe und einen Saugbagger. In den kleinen bretonischen Hafenstädten, die immer im Schatten von Brest, Saint-Malo, Concarneau und Nantes gestanden hatten, wurde sein Name respektvoll genannt. Yann war anfangs ein Projektemacher, später ein Unternehmer. Er verdiente Geld, und noch mehr Geld brachte er den kleinen, verschlafenen Küstenstädten ein. Ohne ihn hätte es in Tréguier keinen Kran gegeben, und auch keinen Kranwärter.

Trotz dieser Aktivitäten hatte Yann aber immer Zeit für sie gehabt. Das große Haus in der Rue de Renan hatte er zu ihrem zehnjährigen Hochzeitstag gekauft. Im Erdgeschoss hatte er sein Kontor, und oben unter dem Dach lagen Zimmer für die Angestellten seiner Firma. Die Hausbar im Erdgeschoss war der Mittelpunkt des Hauses. Dort machte Yann seine Geschäfte, häufig einfach per Handschlag. Sie selbst war die Herrin des Hauses und half bei der Buchhaltung. Sie sorgte dafür, dass die Angestellten ihre Löhne bekamen und ihren Urlaub nahmen. Auch um die Formalitäten bei einer Abmusterung und wenn jemand bei der Reederei kündigte, kümmerte sie sich. Aber solange Yann lebte, hatte niemand seinen Hut genommen.

Ihr einziger Kummer war, dass sie keine Kinder hatten. Auch wenn sie einander sagten, bei so viel Glück seien Kinder gar nicht nötig, wussten sie, dass ein Kind die Summe ihres Lebens, die Bestätigung ihrer Liebe gewesen wäre. Anfangs hatte Yann häufig gesagt, alles, was er tue, tue er für ihre Kinder. Sie selbst brauchten schließlich nicht mehr als das, was sie schon besaßen. Und es bedeutete ihm gar nichts, Geld zu verdienen und eine gesellschaftliche Rolle zu spielen. So wie er wirklich war, kannte ihn sowieso keiner. Und er hatte immer alle Arten von Auszeichnungen und Einladungen abgelehnt. »Es zählt nur, was weiterleben wird«, sagte er oft, »und nicht, was die Leute denken oder glauben.«

Als die Jahre vergingen, hatten sie schließlich einsehen müssen, dass sie vielleicht keine Kinder haben würden, was sie nur noch enger aneinanderband und ihre Liebe noch intensiver und glühender werden ließ. Gerade deshalb hatte Madame Le Grand sich gefragt, ob sie nicht irgendwann erkalten musste. Plötzlich, ohne dass sie gewusst hätte, wie es gekommen war, hatte sich in ihr ein Gefühl eingenistet, jeder Tag könnte der letzte sein.

Und eines Tages war er da, der unwiderruflich letzte Tag.

Yann glühte nicht mehr, er hatte nicht mehr die Kraft dazu und nahm sich das Leben. Er war wieder nach Sillon Talbert gegangen, wo sie sich zum ersten Mal geliebt hatten, und dann ging er immer weiter hinaus, bis die Flut ihn für immer ins Meer trug.

Es dauerte mehrere Jahre, bis Madame Le Grand ihre Verzweiflung überwand. Die Reederei hatte sie verkauft. Ihr Haus öffnete sie den Seeleuten, die nach Tréguier kamen. Sie begann, beharrlich daran zu arbeiten, dass niemand vergessen wurde. Ein Mensch, das hatte Madame Le Grand nach Yanns Tod beschlossen, dürfte niemals wie ein Tautropfen sein, der in der ersten Morgensonne verdunstet.

Sie hatte ihr Bestes getan, ihre Liebe in Güte umzuwandeln. Einen neuen Lebensgefährten nahm sie sich nicht, auch wenn so mancher, vielleicht sogar viele sich für sie interessierten. Schließlich war sie für alleinstehende oder geschiedene Männer zwischen vierzig und fünfzig eine recht gute Partie. Sie war schön, vom Kummer mild gezeichnet, kinderlos und wohlhabend.

Noch weniger dachte sie noch daran, Kinder in die Welt zu setzen, sich etwa einen Mann zu suchen, der ihr ein Kind schenken konnte, das sie dann aufzog, als wäre es Yanns und ihr Kind. Ihr brennender Wunsch nach einem Kind war im selben Augenblick erloschen, in dem sie von Yanns Tod erfahren hatte.

Das Einzige, was sie sich zugestand, war, dass sie einmal im Jahr in den Vergnügungspark ging und so tat, als wäre nichts geschehen, als begänne ihr Leben wieder von vorn.

Madame Le Grand hatte ihre feste Route und ihre festen Zeiten. Zuerst sah sie sich alle Stände an. Sie warf Bälle, nahm Gewehre in die Hand und schoss – zwar immer daneben, aber so war es schon gewesen, als sie noch jung war. Sie hatte nie einen Volltreffer gehabt, nie einen Teddybären oder ein Kaninchen gewonnen. Sie aß *merguez* und Pommes frites, die von altem Fett trieften.

Hinter einer Eisbude rauchte sie heimlich eine Zigarette. Sie sah sich die Männer an, nur um festzustellen, dass sie für sie nicht infrage kamen.

Dann raste sie in kreisenden Gondeln durch die Luft und schrie mit anderen Menschen um die Wette. Um Punkt sechs Uhr setzte sie sich in einen Autoscooter und fuhr mit halb geschlossenen Augen im Zickzack los. Nach einer Weile wurde sie seitlich von einem anderen Auto gerammt. Überrascht ließ sie sich gegen die Tür fallen, wurde aber von zwei Armen aufgefangen, die sie zurück in den Wagen setzten. Sie öffnete die Augen und sah den lächelnden Blick von Robert. Dann fuhren sie umeinander herum, ohne zusammenzustoßen, und schielten verstohlen nacheinander.

Wenn sie durch das Drehkreuz kam, stand dort Robert und wartete schon auf sie. Ob er sie nicht zu einer Fahrt im Riesenrad einladen dürfe? Auf dem Riesenrad, nach exakt zwei Umdrehungen, küssten sie sich einmal, zweimal und dreimal.

Am nächsten Morgen stand Robert mit zwei Fahrrädern vor ihrem Haus. Gemeinsam fuhren sie hinaus nach Sillon Talbert, gingen die zwei Kilometer bis an die Spitze der Landzunge, warteten auf die Ebbe und spazierten dann trockenen Fußes hinüber zu der kleinen Insel in der Bucht. Dann, wenn sie bei Flut vom Festland abgeschnitten waren, liebten sie sich. Auf dem Nachhauseweg weinte Madame Le Grand, aber nicht vor Freude, sondern aus Kummer und abgrundtiefer Sehnsucht. So, wie in jedem der letzten fünfzehn Jahre.

Sie weinte, aber zugleich war sie Robert zutiefst dankbar, weil er ihr den Gefallen wie jedes Jahr getan hatte. Er behauptete, es sei kein Opfer für ihn. Ihr war bewusst, dass Robert sich mehr gewünscht hätte, vielleicht sogar viel mehr, aber sie wusste auch, dass er diesen Gedanken gar nicht zu fassen wagte. Und sie schätzte seinen Takt.

In jeder anderen Hinsicht waren sie so verschieden, wie es zwei Menschen nur sein konnten. Robert war auf der Flucht, er war auf der Flucht vor der modernen Gesellschaft und diesen Menschenhorden, die nach seinen Worten einfach nicht wussten, wie man lebte. Und vor allem war er vor Frauen auf der Flucht, denn sie machten ihn verwundbar.

»Niemand«, so hatte er Madame Le Grand mit einem verlorenen Lächeln erklärt, »verliebt sich so leicht wie ich. Das ist ein chronisches Leiden. Es genügt schon, wenn ich ein nettes Mädchen sehe. Sofort bekomme ich weiche Knie. Die Frauen lieben es, wenn man ihnen den Hof macht, und so schlecht sehe ich auch nicht aus. Aber ich kenne meine Schwäche. Ich weiß nicht, wie oft ich schon enttäuscht und verlassen wurde. Mein einziger Trost ist, dass ich mich sofort wieder verliebe. Sie verstehen sicher, Madame, dass man nicht lange so leben kann. Irgendwann wird man verrückt.«

»Die Gesellschaft ist verfault«, sagte er ein andermal. »Die Welt ist eine Eiterbeule, die aufplatzen muss, damit etwas Neues entstehen kann. Auf der Flucht vor dem Egoismus und der Oberflächlichkeit bin ich immer weiter nach Westen gezogen. Fünf Jahre lang habe ich in Saint-Malo gewohnt, bis es von Touristen überschwemmt wurde. Jetzt wohne ich in Tréguier, in diesem unentdeckten Nest, diesem noch unversehrten Idyll. Mal sehen, wie lange es noch so bleibt. Wenn ich einmal sterbe, wohne ich bestimmt in Quessant, diesem windzerzausten Nest, denn weiter nach Westen kann man in diesem Land gar nicht kommen.«

»Robert, wir haben alle unsere Probleme. Es ist gar nicht sicher, dass Ihre schlimmer sind als die anderer Leute.«

»Tut mir leid. Es soll nicht wieder vorkommen.«

Das tat es auch nicht. Madame Le Grand und Robert trafen sich einmal jährlich im Vergnügungspark von Tréguier, das war alles. Begegneten sie sich zu anderen Gelegenheiten, dann nickten sie einander zu und plauderten ein wenig über Wind und Wetter.

Aber in diesem Jahr erkannte Madame Le Grand, dass sie in ihrem Autoscooter lieber mit Marcel zusammengestoßen wäre.

18

Am Morgen des ersten Weihnachtstages, rotäugig und übernächtigt, rief Jacob Nielsen seinen anderen Sohn an. Am anderen Ende meldete sich ein, nach der Stimme zu schließen, sehr junges Mädchen. Sofort sagte sie, Mads sei nicht zu Hause.

»Ich bin sein Vater«, sagte Jacob Nielsen.

»Spielt keine Rolle.«

»Aber wo kann ich ihn denn treffen?«

»Ich kann Ihnen nichts sagen.«

»Worüber?«, fragte Jacob Nielsen.

»Darüber kann ich auch nichts sagen.«

»Was sagen Sie da?«

»Sie haben doch gehört, was ich gesagt habe. Woher weiß ich überhaupt, dass Sie sein Vater sind?«

Jacob Nielsen versuchte weiter, dieses Mädchen davon zu überzeugen, dass er wirklich Mads' Vater war und dass er seinen Sohn unbedingt treffen wollte. »Vor allem, wenn er in Schwierigkeiten ist«, fügte Jacob Nielsen noch hinzu.

»Schwierigkeiten?«, sagte das Mädchen. »Er ist nicht in Schwierigkeiten.«

»Und warum kann ich ihn dann nicht sprechen?«

»Das hab ich Ihnen doch gesagt.«

Schließlich musste irgendetwas das Mädchen doch zum Nachgeben bewegt haben, etwas in seiner Stimme, die Müdigkeit vielleicht oder die Enttäuschung vom vorangegangenen Tag.

»In einer Stunde, am Hauptbahnhof, unter der großen Uhr«, sagte sie. »Sie können mir eine schriftliche Nachricht für ihn geben.« Sie legte auf.

Was ist da los?, dachte Jacob Nielsen besorgt. Er hatte einen vagen Verdacht, das alles könnte mit Mads' politischen Aktivitäten zusammenhängen. Wenn ja, dann mussten sie radikaler und vielleicht auch ernster sein, als er sich das bisher vorgestellt hatte.

Genau eine Stunde später stand er unter der großen Uhr über dem Haupteingang des Bahnhofs. Lange brauchte er nicht zu warten. Ein Mädchen sprach ihn an, ihr Gesicht war zum größten Teil von einem Schal verdeckt.

»Sind Sie Mads' Vater?«, fragte sie.

»Ja, der bin ich. Ihm ist doch nichts passiert?«

»Nein. Geben Sie mir Ihre Nachricht, ich bringe sie ihm.«

Er gab ihr einen Umschlag.

»Eine Frage noch …« Weiter kam er nicht, denn das Mädchen war schon wieder verschwunden.

Drei Stunden später rief Mads an.

»Was geht hier eigentlich vor?«, fragte Jacob Nielsen scharf.

»Du schuldest mir eine Erklärung.«

»Ach ja? Na, wenn du meinst. Ich hab nichts ausgefressen, falls du das glaubst. Ich wohne zurzeit in einem besetzten Haus, und die Bullen wüssten gern, wer wir sind. Deshalb diese Vorsichtsmaßnahmen.«

»Ist das nicht gegen das Gesetz, Häuser zu besetzen?«

»Nur gegen das Gesetz von Leuten, die sich auf Kosten anderer sanieren.«

»Aber wenn du eine Wohnung suchst, kann ich dir doch helfen. Du weißt doch, dass ich die Mittel habe.«

»Ich brauche deine Hilfe nicht.«

»Gut«, sagte Jacob Nielsen. Es klang versöhnlich. Es machte ihn doch ein wenig stolz, dass Mads eine gewisse Selbstständigkeit anstrebte. Sein Leben stand unter einem guten Stern. »Und was ist mit Silvester?«

»Unmöglich, Papa, wie es jetzt aussieht. Die Bullen können das Haus jeden Augenblick stürmen.«

»Aber wir waren doch verabredet!«

»Ich weiß. Aber wenn du willst, können wir nach der Europawahl miteinander essen. Was hältst du davon?«

»Schön.«

»Wir treffen uns dann um sechs Uhr in der Bananenrepublik.«

»In der Bananenrepublik?«

»Ja, das ist ein Lokal auf der Nørrebrogade.«

»Gut. Du kommst doch bestimmt?«

»Aber ja, keine Angst. Versprochen ist versprochen.«

Jacob Nielsen fuhr nicht zurück nach Marstal. Er blieb weiter in seinem schönen Hotel und verbrachte die meiste Zeit vor dem Laptop. Er durchstöberte Foren, las Zeitungen und Forschungsergebnisse, lud sich kostenlose Programme runter und prüfte, ob sie etwas taugten.

Am Silvesterabend unternahm er den halbherzigen Versuch, sich an der allgemeinen Festlichkeit zu beteiligen, aber ihm stand der Sinn nicht nach Festen, und abgesehen davon, hasste er Feuerwerk. Kopenhagen war für ihn am Silvesterabend eine der schlimmsten Städte der Welt. Zwei Stunden vor und nach Mitternacht lag dichter Pulverdampf über der Stadt. Die Explosionen folgten wie Sperrfeuer aufeinander. Warum, dachte Jacob Nielsen, benutzt man die Geräusche und Lichter des Krieges, um Hoffnung zu symbolisieren? Konnte ihm jemand erklären, warum Feuerwerk nicht in aller Stille abgefeuert wurde, sodass man seine Ruhe hatte?

Eine Woche später las Jacob Nielsen in der Zeitung, dass die Polizei im Stadtteil Nørrebro ein besetztes Haus gestürmt hatte. Ein paar der Hausbesetzer waren verletzt worden, andere hatte man verhaftet. Jacob Nielsen rief sofort bei Mads an. Diesmal ging sein Sohn selbst ans Telefon.

»Alles in Ordnung«, sagte Mads sofort. »Mir gehts gut, und die anderen wurden heute Morgen freigelassen. Wie immer.«

»Und was soll das alles?«, fragte Jacob Nielsen. »Seit zwanzig Jahren werden jetzt schon Häuser besetzt. Als ich jung war, war es genau dasselbe. Es hieß nur anders. Aber geändert hat sich nichts. Bald seid ihr älter, dann schafft ihr euch Kinder an, und schon ist es vorbei mit den Barrikaden. Dann kommen andere nach euch, aber auch nicht mehr als beim letzten Mal, und das Ergebnis ist das gleiche.«

»Es ist jedes Mal ein kleines bisschen anders, Papa. Und wenn ich mal Kinder haben würde, könnte ich denen wohl kaum sagen, sie sollen keine Häuser besetzen, oder?«

»Aber du willst doch gar keine Kinder.«

»Wenn ich welche haben würde, hab ich ja auch gesagt. Außerdem bin ich nicht allein.«

»Was meinst du damit?«

»Das siehst du, wenn wir uns treffen.«

Um sechs Uhr am Wahltag betrat Jacob Nielsen das Restaurant namens Bananenrepublik. Er stellte sofort fest, dass er aus dem Rahmen fiel. Ohne sich etwas gedacht zu haben, trug er Jackett und Krawatte. Man musterte ihn mit seltsamen Blicken, vielleicht sogar mit einer gewissen Feindseligkeit. An der Bar sah er Mads' hellblonden Schopf. Wenigstens den hatte er von seinem Vater geerbt. Ihm fiel ein, dass Jens, trotz allem, mehr nach der Mutter kam, Mads hingegen nach ihm. Für Eitelkeit und schickes Getue war sie zuständig gewesen. Unabhängigkeit und blondes Haar, das war er selbst, da gab es keinen Zweifel.

Er drängte sich durch bis zur Bar und legte den Arm um Mads.

»Das ist mein Vater«, sagte Mads zu den Leuten, die neben ihm standen. »Er wohnt in Marstal und ist hier, damit er mitbekommt, wie wir die EU feiern.«

Vereinzelt wurde gegrüßt, auch gelächelt. Nicht herzlich zwar, aber die Feindseligkeit hatte sich gelegt. Jacob Nielsen hatte das Gefühl, man betrachte ihn als eine Art Original oder auch einfach als Landei. Warum nicht gleich als einen ausgestopften Dinosaurier aus dem Museum!

Mads ging mit ihm in den ersten Stock, in das Restaurant. Dort war es etwas leerer, sodass man sich wenigstens in Ruhe unterhalten konnte.

Jacob Nielsen fragte Mads, was sie eigentlich feierten.

»Hängt vom Ergebnis ab. Wenn es mit Nein ausgeht, dann gibts ein Fest. Bei Ja gibt es auch ein Fest, aber eher einen Leichenschmaus.«

»Das heißt, du hast mit Nein gestimmt!«

»Ich bin gar nicht hingegangen. Ich wähle aus Prinzip nicht. Aber ich bin gegen die EU, so viel ist klar.«

»Wieso ist das klar? Ich bin sicher, dein Bruder Jens hat dafür gestimmt.«

»Entschuldige, wenn ich das so sage, aber mein Bruder Jens ist ein Kapitalistenschwein. Er interessiert sich für sich und für Geld, und sonst für nichts.«

»Und ich?«

»Du bist immerhin ausgestiegen. Und soweit ich weiß, bist du immer ehrlich gewesen.«

»Aber in den dreißig Jahren, in denen ich das Geschäft hatte, war ich dann wohl auch ein Schwein?«

»Können wir nicht über etwas anderes reden, wenn wir uns schon mal treffen?«

Aber obwohl Jacob Nielsen tat, was er konnte, es war alles vergebens. Er wollte, dass Mads und er sich näherkamen, stattdessen entfernten sie sich mit jedem neuen Thema weiter voneinander. Als sie über die EU sprachen, endete es damit, dass er seinen Sohn als bornierten Nationalisten beschimpfte. Warum seien denn Le Pen, Thatcher, die Neonazis, die Kommunisten und alle möglichen Extremisten gegen die EU? Gerade Mads müsse doch begreifen, dass der Nationalstaat das Schlimmste von allem sei.

»Du bist naiv und ein Idealist, Papa«, antwortete Mads.

»Und warum, bitte?«

»Kapierst du denn nicht, dass du und ich in Europa noch viel weniger zu sagen hätten als jetzt?«

»Und du bildest dir ein, du hättest was zu sagen, weil Dänemark ein kleines, gemütliches Land ist, wo man den

Ministerpräsidenten morgens mit dem Fahrrad zur Arbeit fahren sieht. Was meinst du denn, wie es den Schotten in Großbritannien oder den Bretonen in Frankreich geht? Und was meinst du, wie sich ein Tscheche fühlt? Im Schatten Russlands?«

Und so weiter, in einem ununterbrochenen Strom von Missverständnissen. Nicht einmal darüber erzielten sie Einigkeit, dass man in einer Demokratie wie Dänemark anderer Leute Meinung respektieren müsse, vor allem dann, wenn sie sich in einer Volksabstimmung ausdrückte, was für Jacob Nielsen das geeignete Instrument war, um unterschiedliche Meinungen gegeneinander abzuwägen. In Mads' Augen war dagegen diese ganze Demokratie durch Propaganda und Geld ausgehöhlt wie ein Schweizer Käse.

Als sie gegessen hatten, überreichte Jacob Nielsen seinem Sohn das mitgebrachte Päckchen. »Das ist mein Weihnachtsgeschenk«, sagte er, »etwas verspätet. Lass uns doch öfter mal telefonieren. Das Wichtigste ist, dass man miteinander spricht.«

Mads öffnete das Paket. Jacob Nielsen erklärte ihm die Finessen von Handy und Laptop

Mads sah ihn abwesend an. »Demnächst brauchen wir uns gar nicht mehr zu treffen. Hauptsache, alle haben ihr Handy.«

Einer von Mads' Freunden kam.

»Die ersten Hochrechnungen sind da. Das geht mit Ja aus. Das Fest hat schon angefangen.«

»Was für ein Fest?«, fragte Jacob Nielsen.

»Komm mit, dann siehst dus!«, sagte Mads.

Auf der Straße herrschte Chaos. Eingeworfene Schaufenster, Glassplitter überall, brennende Mülltonnen. Auf dem Fælledvej, am Sankt Hans Torv, wurde eine Barrikade errichtet. Ungefähr hundert maskierte Jugendliche waren dabei, einen Vorrat an Pflastersteinen anzulegen. Einige waren mit Stöcken und Schlägern bewaffnet. Alle trugen die neuesten Turnschuhmodelle, wahrscheinlich um schneller laufen zu können. Auch ein Fortschritt, dachte Jacob Nielsen, dass sich die Revolutionäre jetzt mit hoch technologischen, fußfreundlichen Joggingschuhen ausrüsten konnten.

Mads zog eine wollene Strumpfmaske aus der Tasche und zog sie über den Kopf.

»Was machst du denn da?«

Jacob Nielsen musste schreien, weil er entsetzt war und weil er sich in diesem Getöse Gehör verschaffen wollte.

»Das ist die Beerdigung, Papa. Wenn du mitmachen willst, leiht dir bestimmt wer eine Mütze.«

»Du bist wohl verrückt! Ich verbiete dir, dich an einem solchen Schwachsinn zu beteiligen!«

»Du kannst mir gar nichts verbieten! Du hast doch immer nur an deine wirtschaftliche Unabhängigkeit gedacht! Bisschen spät, um jetzt den Vater zu spielen.«

»Mads!«

»Versuch lieber gar nicht, an mein Familiengefühl zu appellieren. Ich hab nämlich keins.«

»Ich appelliere an deinen Anstand. Gewalt ist Unterdrückung, gleichgültig, von wem sie kommt. Begreifst du das nicht?«

»Von Notwehr hast du wohl noch nie gehört?«

Jacob Nielsen packte Mads am Arm und versuchte, ihn zurück ins Restaurant zu zerren, aber Mads riss sich los.

Und während er sich mit schnellen Schritten entfernte, hob er den Laptop mit beiden Händen hoch in die Luft und schmetterte ihn dann mit voller Kraft auf das Straßenpflaster, wo er in tausend Einzelteile zersprang.

Das hat er eiskalt geplant, war der erste, bestürzte Gedanke von Jacob Nielsen. Warum hatte Mads den Laptop sonst mit hinaus auf die Straße genommen?

Er blieb an seinem Platz, während Mads zu seinen Leuten am entgegengesetzten Ende der Straße lief. Kurz darauf hörte man die ersten Sirenen, und Jacob Nielsen sah, wie sich Polizisten mit Helmen und Schutzschilden vor den Barrikaden versammelten. Über Lautsprecher wurde die Menschenmenge aufgefordert weiterzugehen. Parolen, Schimpfworte und Pflastersteine antworteten.

Jacob Nielsen begriff nichts. Wie war so etwas in Dänemark bloß möglich, in dem kleinen liebenswerten Dänemark, das immer mit seinem Lächeln und seiner Liebenswürdigkeit kokettierte und wo man die Deutschen für ihre Großmannssucht hasste und die Schweden verachtete, weil sie kein Bier trinken konnten, ohne zu grölen und zu kotzen, und wo man keine Flüchtlinge aus Bosnien aufnehmen wollte, weil man Angst hatte, sie könnten der dänischen Gemütlichkeit schaden. Wie konnte so etwas bloß geschehen, in einem so selbstzufriedenen Land?

Plötzlich hörte Jacob Nielsen Schüsse. Es wurde geschossen!

Die Polizei schoss scharf auf ein paar Wirrköpfe und jugendliche Revolutionäre, die von ihren viel zu sehr mit sich und ihrer Karriere beschäftigten Eltern nicht richtig erzogen worden waren.

In Jacob Nielsen musste in diesem Moment irgendetwas passiert sein, denn er fing an zu rennen. Er drängte sich durch die Jugendlichen, kletterte über die Barrikade und ging in Krawatte, Anzug und italienischen Lederschuhen zum Angriff auf die schießwütigen Polizisten über. Er kam nicht sonderlich weit, erhielt einen Schlag auf die Schläfe und verlor das Bewusstsein.

19

Es gab auf See Morgendämmerungen von seidiger Sanftheit. Morgendämmerungen, bei denen das Meer sich im sanften Puls der Dünung bewegte und nur der Fahrtwind des Schiffs zu spüren war. Unter solchen Umständen konnte ein erfahrener Seemann sicher sein, dass der neue Tag ruhig und wolkenlos sein und dass vom klaren Himmel eine wärmende Sonne scheinen würde. In solchen Morgendämmerungen veränderte sich der sichere Kokon der Nacht zunächst in eine dunstige Sphäre vom bläulichen Glanz des Mondsteins, dann öffnete sich eine blaugraue Weite, ein endloses Meer, während der flordünne Morgentau, der das Schiff bedeckte, in wenigen Minuten von der Sonne aufgeleckt wurde.

An einem solchen Morgen sichteten Marcel und Sundgren auf der Fahrt nach Kinsale in Irland den sieben Seemeilen südwestlich von Cape Clear gelegenen Fastnet Rock. Gewaltige Schaumkaskaden stiegen an dem granitgrauen Leuchtturm auf, der die ganze Kraft der wilden Dünung zu ertragen hatte.

»Zehn Grad West!«, sagte Marcel.

Sundgren sah ihn erstaunt an.

»Ich will nur dem Leuchtturmwärter zuwinken«, sagte Marcel. »Muss ziemlich einsam sein, wenn man Tag für Tag auf so einer Klippe hockt.«

Das ist wieder typisch, dachte Sundgren und setzte den

neuen Kurs ab. Um einem einsamen Leuchtturmwärter zuzuwinken, änderte Marcel den Kurs und nahm einen Umweg von zehn Seemeilen in Kauf. Wegen einer großartigen Aussicht fuhr er mit dem Schiff in einen galizischen Fluss ein, auf dem er überhaupt nichts zu suchen hatte. Sundgren wagte kaum daran zu denken, was Marcels Umwege die Reederei schon an Treibstoff gekostet haben mochten. Dies war nun bereits das zweite Mal, allein auf dieser Reise. Bei der Abreise aus Ferrol hatte Marcel einen Kurs gewählt, der ihn dicht an der Todesküste vorüberführte, und das nur wegen der Aussicht. Dann hatte Marcel das Schiff höchstpersönlich durch die schmale, hinreißend schöne Einfahrt nach Cedeira gesteuert. Auf der Lagune, die jeder Karibikinsel Ehre gemacht hätte, hatte er zwei Runden gedreht, und als er sich sattgesehen hatte, war er wieder hinausgefahren. Mit einem Stückgutfrachter! Als wären sie hier auf einem Vergnügungsdampfer!

Marcel ist unverbesserlich, dachte Sundgren, das trifft es. Ein großes Kind mit einer seltenen Fähigkeit, die Reederei zu seinem eigenen Vergnügen und dem der Mannschaft an der Nase herumzuführen. Ihn selbst, Sundgren, ausgenommen, der immer besorgt an die Folgen dachte, falls Marcels Einfälle irgendwann doch ans Licht kämen, jetzt wollte er also einem Leuchtturmwärter zuwinken? Schön, wenn er nur nicht zu dicht heranfuhr! Mit dieser Dünung war nicht zu spaßen.

»Mach dir keine Sorgen«, sagte Marcel, als hätte er Sundgrens Gedanken gelesen.

»Ich mach mir keine Sorgen«, antwortete Sundgren.

Marcel rief über Funk den Leuchtturmwärter an und wechselte ein paar Worte mit ihm. Sundgren hörte, wie sehr der Leuchtturmwärter sich über das Gespräch und die freundliche Aufmerksamkeit freute. Eine ganze Woche hätten sie solchen Sturm gehabt, dass man gar nicht hinauskonnte.

»Dass es Leute gibt, die so einen Job aushalten«, sagte Sundgren, als Marcel sich abgemeldet hatte. »Ganz allein auf so einer Scheißklippe zu sitzen und mit niemandem reden zu können. Ich würde verrückt werden.«

Marcel lachte. »Ich würde mich fühlen wie der Fisch im Wasser, wenn ich ganz allein auf so einer, wie du sagst, Scheißklippe sitzen würde.«

»Du? Du kannst doch nicht mal zwei Sekunden auf dem Schiff bleiben, wenn wir festgemacht haben.«

»Das ist etwas anderes. Wir laufen ja wieder aus. Aber du hast recht: Ich interessiere mich für Menschen. Ich möchte wissen, wie sie so leben. Was aber nicht heißt, dass ich sie von morgens bis abends auf dem Hals haben will.«

Sundgren nickte. Er dachte an seine Frau an Land und seine verrückten Teenager-Kinder und glaubte zu verstehen, was Marcel meinte.

»Nein, Sundgren, an dem Tag, an dem ich es satthabe, Kapitän auf diesem Boot zu sein und wie ein Kugelblitz durch die Welt zu schießen, an dem Tag bewerbe ich mich als Leuchtturmwärter. Wenn es das dann noch gibt. Ich habe gehört, dass sogar Fastnet Rock ein automatisches Leuchtfeuer bekommen soll. Hast du mal daran gedacht, dass es schon fast keine Jobs mehr gibt, wo man alleine arbeitet?«

»Nein, hab ich nicht. Aber wenn es nach mir ginge, dann könnten sie die gleich ganz abschaffen. Einsamkeit ist ungesund.«

»Und mich vergisst du wohl.«

»Überhaupt nicht. Wir kommen doch gut miteinander aus auf diesem Schiff.«

»Ihr seid Seeleute.«

»Und was ist der Unterschied?«

»Wenn wir miteinander auskommen wollen, müssen wir uns gegenseitig in Ruhe lassen. Und uns nicht ständig auf der Pelle hocken wie an Land.«

Sundgren nickte wieder und glaubte, verstanden zu haben.

Zugleich empfand er auch ein wenig Stolz, weil er zu den Auserwählten gehörte, deren Gegenwart Marcel duldete. Hoffentlich automatisierten sie ganz schnell alle verfluchten Leuchttürme, dachte Sundgren egoistisch.

Dritter Teil

20

Um drei Uhr morgens lag der Hafen von Villagarcía leer und verlassen da. Man hörte nur das leise, dumpfe Brummen der Schiffsdiesel. Drei algengrüne Kräne erhoben sich hoch über Rosa Morenos Kopf. Wie ein Schatten schlich sie sich an einem Lagerschuppen entlang und versuchte, dem Schein der Laternen auszuweichen, der zusammen mit der Decksbeleuchtung der Schiffe den Kai in eiskaltes Licht tauchte.

Rosa war zum ersten Mal um diese Zeit am Hafen. Sie hatte Angst, aber jedes Mal, wenn sie zögerte, dachte sie an das Leben, das sie gehabt hatte und das sie auch weiterhin haben würde, wenn sie in Villagarcía blieb. Sie sagte sich, das Leben müsste ein Märchen sein, so wie es die Horoskope beschrieben oder wie Marcels Leben sicher war.

Ein paar Wochen lang hatte sie in der Zeitung die Schifffahrtsnachrichten gelesen und hatte schließlich ein Schiff gefunden, das nach Cork ging, nicht weit entfernt von Kinsale, dem einzigen Hafen, von dem Marcel mit Sicherheit wusste, dass er ihn im kommenden Jahr anlaufen würde.

Ursprünglich hatte sie an Bord gehen und den Kapitän fragen wollen, ob sie bis Cork in der Messe arbeiten konnte. So schnell wie möglich wollte sie wissen, wie es an Bord eines Schiffs war. Aber sie erfuhr bloß, dass es unmöglich war, an Bord angestellt zu werden, wenn man nicht über einschlägige Erfahrungen und ein Seemannsbuch verfügte.

Dann hatte sie erwogen, für die Überfahrt zu bezahlen, aber diese Idee hatte sie sofort aufgegeben, als sie hörte, was das kosten würde. Natürlich hatte sie etwas gespart, aber konnte sie wissen, wie lange es reichen müsste? Wenn sie nicht sowieso schon alles verbraucht hätte, bis sie Marcel wiedertraf.

Am Ende beschloss sie, sich als blinder Passagier auf ein Schiff zu schleichen. Ein Märchen war das zwar nicht gerade, aber abenteuerlich! Sie hatte alles zu gewinnen und wenig zu verlieren.

Lange stand sie da und starrte auf den schwarzen Schiffsrumpf, der vor ihr aufragte. Kein Mensch war zu sehen. Dann wagte sie sich hinaus in das spärliche kalte Licht, das den Hafen beleuchtete. Mit klopfendem Herzen ging sie über den Landungssteg, aber niemand rief sie an, und es bellte auch kein Hund. Alles war still.

Zweieinhalb Tage später ging sie in Cork bei vollem Tageslicht über den Landungssteg an Land, zwei Stunden, nachdem das Schiff festgemacht hatte. Ein paar Seeleute starrten sie mit großen Augen an, als sie aufrecht an ihnen vorbeiging. Keinen Augenblick stellten sie sich vor, dass sie ein so hübsches Mädchen als blinden Passagier an Bord gehabt hatten. Vermutlich hatte sie an Bord nur jemanden besucht.

Rosa Moreno war stolz. Zum ersten Mal in ihrem Leben hatte sie wirklich etwas gewagt. Außerdem war sie sicher, dass es Marcel gefallen hätte. Er machte sich doch auch auf und davon, wenn es ihm in den Sinn kam.

Rosa Moreno bestieg einen Bus, der ins Zentrum von Cork fuhr, wartete eine Stunde auf dem lauten, schäbigen Busbahnhof und nahm dann einen anderen Bus nach Kinsale. Er war voller lärmender Schulkinder und redseliger Erwachsener, die nach der Arbeit nach Hause fuhren. Der Fahrer schien sie alle zu kennen, sodass Rosa Moreno sich in dem überfüllten Wagen fühlte wie in einer Großfamilie.

Dann fiel ihr ein, dass sie nun nicht mehr zu den Menschen gehörte, die immer genau das Gleiche tun, und dass sie sich durch ihre plötzliche Abreise ein wenig von den anderen unterschied. Sie war nicht mehr nur Teil einer anonymen Masse.

In Kinsale suchte sie sich frohen Herzens ein billiges Hotel. Wenn es nicht zu kostspielig war, wollte sie sich ein Zimmer mit Blick auf den Fluss nehmen, damit sie sah, welche Schiffe im Hafen anlegten. Und während sie wartete, würde sie Englisch lernen.

Rosa Moreno bekam ein Zimmer in einer kleinen Pension mit Namen Harbour Bar. Vom Bett aus konnte sie den Bandon River und den Hafen von Kinsale sehen. Als sie den Tisch mit Brot, Butter und einem Glas billigem Rotwein gedeckt hatte, fühlte sie sich wirklicher als jemals zuvor. Auch das war Marcels Verdienst, dachte sie. Ohne ihn wäre das alles nicht möglich gewesen. Ohne ihn hätte sie nie den Schritt ins wirkliche Leben gewagt.

21

Madame Le Grand traf ihre Entscheidung nach einer weiteren Nacht in ihrem Archiv. Auf irgendeiner dieser Tausenden von Karten musste es doch eine Botschaft geben, die ihr verraten konnte, worin der Sinn von alldem bestand. Doch die eine Antwort schien ihr so gut oder so schlecht zu sein wie die andere. Vielleicht hatte Edwards, Marcels Maschinist, genauso recht wie alle anderen. Das Leben war wie ein riesiger Vergnügungspark. Man gab seinen Obolus, stellte sich in eine Schlange, verbrachte ein paar nette Augenblicke und konnte wiederkommen, wenn einem der Sinn danach stand. Oder wie O'Brian sagte: Man trank ein paar Pints in Gesellschaft guter Freunde, sang ein Lied, feierte mit der Familie Weihnachten, sah zu, dass die Kinder einen Beruf und eine Familie bekamen, und durfte als Dreingabe erleben, dass Irland das Fünf-Nationen-Turnier im Rugby gewann. Was brauchte es mehr?

Fünfzehn Jahre lang war Madame Le Grand nicht mehr aus ihrer kleinen Ecke von Frankreich, Le Tréguier, herausgekommen. Fünfzehn Jahre lang hatte sie vielmehr die Arme nach der Welt ausgestreckt und alle Seeleute bei sich aufgenommen, die durch Tréguier kamen. Wie viele hatte sie in ihrem Archiv? Gut fünfzehnhundert. Aber was war das, verglichen damit, dass es Milliarden anderer gab, die den gleichen Anspruch erheben konnten, archiviert und erinnert zu werden? Milliarden von Menschen, die von Gott vor dem Betreten des Paradieses beurteilt würden und sich womöglich abweisen lassen müssten.

Aber hatte Gott es denn leichter als sie? Am Tag des Jüngsten Gerichts hätte er einige Milliarden Seelen zu richten, die alle gleichzeitig zu ihm aufstiegen. Was für ein Gewirr und Gedränge! Und die vielen Grenzfälle, die der Gerechtigkeit halber eine besonders sorgfältige Behandlung verdienten. Und wer war für die Dokumentation zuständig? Für eine solche Aufgabe musste Gott geradezu ein Elefantengedächtnis haben.

Aber natürlich, Gott hatte Zeit, ihm stand die Ewigkeit zur Verfügung, obwohl man sich fragte, ob das auch für die Seelen galt. Wo würden sie warten? Madame Le Grand versuchte, sich ein riesiges himmlisches Aufnahmezentrum vorzustellen, wo die Seelen Nummernzettel erhielten und dann Millionen von Jahren auf den Bescheid warteten, ob sie eine Aufenthaltsgenehmigung für das Paradies bekamen oder nicht. Aber vielleicht war es ungehörig, sich Gott in derart irdischen Begriffen vorzustellen? Gott machte nicht wie Madame Le Grand Eintragungen auf Karteikarten. Gott gab seine Daten auch nicht in einen Rechner ein.

Aber wie sollte man ihn sich vorstellen, diesen Gott, der sich durch Milliarden von Menschen arbeitete, die alle ein ganzes Leben hinter sich gebracht hatten – viele nur so gut es eben ging. Sollte man sich vorstellen, dass Gott eine Art Lackmusstreifen benutzte, die er in jedes einzelne Menschenleben tauchte? Oder existierte eine Standleitung zwischen dem lebenden Menschen und einem himmlischen Registrator (etwa wie die kleinen Sender, die manchen

Straffälligen um die Fußgelenke geschnallt wurden, damit man immer genau wusste, wo sie sich im Augenblick befanden), und jedes Mal, wenn der Mensch sündigte, ohne zu bereuen, wurde es registriert? Dann hätte Gott nur noch das Endergebnis ablesen müssen, wenn der große Tag gekommen war. Was aber würde Gott mit all denen anfangen, die auf der Erde nicht einmal in Erfahrung hatten bringen können, was man eigentlich tun musste, um dem Fegefeuer zu entgehen? Was würde Gott mit einem Menschen wie Madame Le Grand anfangen? Und mit Yann? Wo im Himmel steckte er? Wie sollten sie sich wiederfinden?

Madame Le Grand war sich nur in einem Punkt sicher: Sich Gott in solchen und ähnlichen Begriffen vorzustellen, blieb immer absurd. Um sich Gott überhaupt vorstellen zu können, musste man ihn sich unbegreiflich, unerreichbar und sogar unmenschlich und unwirklich denken. Wer an Gott glaubte – zumindest aber die Katholiken –, glaubte *gegen alle Vernunft,* er glaubte an etwas, das auch die wildesten Fantasien nicht ausmalen konnten.

Sie selbst wusste wenigstens, was sie tat, als sie ihr Archiv einrichtete und seither ständig aktualisierte. Sie sorgte dafür, dass die Seeleute nicht vergessen wurden, sie sorgte hier und jetzt dafür, dass sie Spuren hinterließen und eine Art Leben nach dem Tod hatten. Aber hinterher? Wer kümmerte sich um ihr Archiv, wenn sie selbst nicht mehr da war?

Nachdem sie Marcel begegnet war, hatte sie verstanden: Das, was zählte, war das Hoch, das die Seeleute ausgebracht hatten, und dass Marcel ihr zuprostete und lächelte. Auch sie hatte ein Recht darauf, dass irgendjemand sich an sie erinnerte.

Zum Beispiel Marcel, wenn sie hätte wählen dürfen. Doch sie wollte nicht hier in Tréguier sitzen wie ein x-beliebiges Mädchen in einem x-beliebigen Hafen und darauf warten, dass er zurückkam. Sie war kein x-beliebiges Mädchen in einem x-beliebigen Hafen.

Am selben Tag setzte sie sich ans Steuer ihres schwarzen Citroëns und fuhr auf Nebenstraßen nach Roscoff. Dort stellte sie das Auto ab und ging an Bord der Fähre nach Cork. In Cork nahm sie einen klapprigen Bus nach Kinsale. Beim Aussteigen bat sie den Busfahrer, ihr ein Hotel mit Blick auf den Hafen zu empfehlen.

Er zeigte auf das Ashtons, einen Steinwurf entfernt. »Das beste Hotel von Kinsale«, sagte er. »Für vornehme Gäste wie Sie, gnädige Frau.«

»Ich hatte mir eigentlich etwas weniger Anspruchsvolles und Ruhigeres vorgestellt.«

Der Fahrer deutete auf eine Art Halbinsel, die in den Bandon River hineinragte. »Dann würde ich Ihnen empfehlen, zu Tim zu gehen«, sagte er. »Die Harbour Bar. Er vermietet rund zehn Zimmer, und zu dieser Jahreszeit ist dort immer etwas frei. Außerdem hat er die gemütlichste Bar der Stadt, wenn man es ruhig und friedlich haben will.«

Madame Le Grand nahm den Handgriff ihres Koffers und zog ihn hinter sich her, zuerst durch das Zentrum von Kinsale, dann um den Hafen herum und schließlich auf diese kleine Halbinsel, auf der ungefähr zehn Häuser standen, davon drei Pubs und ein Restaurant.

Sie betrat die Harbour Bar und trank an der Bar eine Tasse Kaffee, dann entschied sie sich. Das Haus gefiel ihr. Von der Bar und dem kleinen Foyer aus konnte sie den Hafen und die Hafeneinfahrt nach Kinsale überblicken.

Sie erkundigte sich, ob es ein Zimmer mit Aussicht für sie gab. Sie habe Glück, sagte der Mann hinter der Bar, er habe nur drei Zimmer, die auf den Hafen hinausgingen, und zwei davon seien besetzt.

Madame Le Grand schrieb sich ein. Im Zimmer angekommen, packte sie ihren Koffer aus und schob das Bett vor das Fenster. Sie setzte sich hin und schaute über das Wasser. Die Sonne ging hinter den Bergen im Westen unter. Kinsale spiegelte sich im abendblauen Wasser.

Wenigstens für kurze Zeit empfand Madame Le Grand großen Frieden. Sie war sich fast sicher, dass ihre Entscheidung richtig gewesen war.

22

Jeweils spät am Vormittag ging Jacob Nielsen hinunter an den Strand südlich von Marstal. An manchen Tagen verbrachte er ein oder zwei Stunden damit, den Horizont mithilfe des perfekten Prismenobjektivs seines Zeiss-Feldstechers zu erforschen.

Jacob Nielsen hielt Ausschau nach Marcels Schiff. Er hoffte, dass dieser schwarze Rumpf irgendwann einmal am Horizont auftauchen werde, und wusste zugleich, dass es eigentlich aussichtslos war.

Seit er aus Kopenhagen zurückgekommen war, ging es ihm nicht gut. Nicht, weil er einen Schlag mit dem Gummiknüppel auf den Kopf bekommen hatte und mit einer leichten Gehirnerschütterung im Krankenhaus wieder aufgewacht war. Im Gegenteil, er war froh, so glimpflich davongekommen zu sein. Zum ersten Mal seit dem Krieg hatte die Polizei scharf geschossen, und es galt allgemein als Wunder, dass niemand ernstlich verletzt oder getötet worden war, als hätte Gott selbst oder die Vorsehung die Finger im Spiel gehabt.

Auch wegen des endgültigen Bruchs mit seinen Söhnen ging es ihm nicht schlecht. Er empfand sogar eine etwas schamhafte Erleichterung darüber, dass die Nabelschnur nun endlich durchtrennt worden war. Zum ersten Mal fühlte er sich nun wirklich frei, ohne jede Einschränkung.

So hätte eigentlich lauter Freude herrschen müssen.

Mit der Freiheit aber hatten ihn die innere Unruhe und der Schwindel, der ihn vor dem Leben erfasste, wieder in den Griff bekommen, und das noch ärger als früher. An Maman zu denken und an ihr Archiv war das Einzige, was Jacob Nielsen einige Linderung verschaffte. Zumindest war es etwas, womit er sich und seine Gedanken beschäftigen konnte.

Er hatte recherchiert, wie man nach Tréguier kam. Das war schwieriger, als er angenommen hatte. Mit dem Zug oder dem Flugzeug nach Paris, dann mit dem Zug nach Guingamp und von dort mit dem Bus nach Tréguier. Die Züge hielten aber selten in Guingamp, und nur einmal am Tag ging ein Bus nach Tréguier. Auch wenn man von Kopenhagen nach Paris flog, konnte man diese Strecke nicht an einem Tag schaffen. Die Reise von Marstal nach Tréguier dauerte mindestens zwei Tage.

Jacob Nielsen war erstaunt. Er hatte sich nicht vorgestellt, dass es in diesem grenzenlosen Europa so lange dauerte, von einem Ort an einen anderen zu reisen, und dass es in Europa überhaupt Orte gab, die so weit voneinander entfernt waren wie Tréguier und Marstal.

Doch war es natürlich nicht die Entfernung, die Jacob Nielsen davon abhielt, nach Tréguier zu fahren. Er war doch frei? Etwas anderes war die Frage, wie Maman eigentlich reagieren würde, wenn er plötzlich vor ihr auftauchte wie ein Springteufel und mit ihr reden wollte. Er war kein Seemann. Würde sie ihn überhaupt empfangen?

Jacob Nielsen dachte, es wäre wohl das Beste, wenn er über Marcel mit Maman in Kontakt kam. Er suchte in Schiffs- oder Reedereiregistern im Internet, aber es war alles zwecklos: Wo sich Marcels Schiff befand und wohin es fuhr, war nicht herauszufinden. Und die Tage vergingen, ohne dass sein Schiff am Horizont aufgetaucht wäre.

Jacob Nielsen kehrte darum zu den Alten auf ihrer Bank zurück und fragte, ob sie etwas gehört hatten. Sie sagten ihm, was er schon wusste, dass Marcels Schiff Marstal nicht regelmäßig anlief.

»Aber wenn ich mich richtig entsinne«, sagte einer von ihnen, »mein Gedächtnis ist ja leider nicht mehr das beste, dann hat er gesagt, er fährt nach Kinsale in Irland.«

Jacob Nielsen ging schnell nach Hause, bestellte Reiseunterlagen und reservierte ein Hotelzimmer. Kinsale war ebenso entlegen wie Tréguier, aber nach Kinsale kam man mühelos an einem Tag, und das sogar von Marstal aus. Zuerst mit dem Flugzeug von Kopenhagen über London nach Cork. Und von Cork fuhren einmal in der Stunde Busse nach Kinsale.

Zwei Tage später nahm Jacob Nielsen die erste Fähre nach Rudkøbing. Er hatte für eine Reise von unbekannter Dauer gepackt. Am selben Abend saß er in einer kleinen Bar, sie hieß Harbour Bar, und der Blick ging von hier auf den Hafen von Kinsale und einen Fluss namens Bandon River. Er war glücklich, dass er dieses Zimmer mit Seeblick bekommen hatte. Von seinem Platz an der Bar aus entging ihm kein Schiff, das ein- oder auslief.

Außerdem fühlte er sich besser als seit vielen Jahren. Dank eines unbekannten Kapitäns, der ihm zufällig von einer Frau in Tréguier erzählt hatte, konnte Jacob Nielsen sich jetzt andere Dinge vornehmen, als nur sich von seinem früheren Leben zu trennen.

23

Es war Sonntag. Peter Sympson saß im Pub The Bull's in Summer Cove, trank langsam ein Guinness und sah durch das Fenster auf die Hafeneinfahrt von Kinsale und auf den Atlantik, der an diesem Tag saphirblau glänzte. Er hatte ein schlechtes Gewissen, diese Geißel der Protestanten. Das hatte er offenbar mit der Muttermilch eingesogen. Warum war nicht seine Mutter katholisch gewesen statt seines Vaters, wenn sie sich schon ineinander verlieben und sich damit in ganz Ulster unmöglich machen mussten?

Seit er Nordirland verlassen hatte, waren seine Sonntage dem Prospektieren vorbehalten. Er bildete sich nicht ein, hier im County Cork, wo der Felsengrund aus Schiefer bestand, einen interessanten Fund machen zu können, meinte aber, ein Juwelier müsse die Mühen des Prospektierens am eigenen Leib erfahren haben, um sein Material genau zu kennen. Ein Juwelier musste wissen, zumindest war das Peter Sympsons feste Überzeugung, wie schwer und wie mühevoll es war, überhaupt einen einigermaßen schönen und wertvollen Stein zu finden.

Er war hiervon niemals auch nur einen Zollbreit abgewichen. Sonntag für Sonntag, fast zwanzig Jahre lang, hatte er die offenen Felsen von County Cork durchstreift. Die östliche Seite der Hafeneinfahrt von Kinsale kannte er wie seine Westentasche, denn dieses Gebiet hatte er schon einige Jahre zuvor durchkämmt.

In diesem Augenblick hätte er sich eigentlich auf der gegenüberliegenden Seite des Bandon Rivers befinden sollen, wo er Quarzadern nachspürte, in denen er auf Bergkristalle von unterschiedlicher Größe und Reinheit gestoßen war. Die größeren waren unrein und rissig, aber ein paar der kleineren waren vollkommen und besaßen sogar einen leichten Schimmer, der fast an Zitrin denken ließ.

Warum saß er also hier in Summer Cove, am falschen Flussufer, und sah auf das Wasser? Peter Sympson war klar, dass es absurd war, aber er saß in The Bull's und wartete. Nach der Begegnung mit Kapitän Marcel hatte Peter Sympson gedacht, wenn je einer den einzigartigen Glanz seines einen, einzigartigen Steins entdecken sollte, dann müsste er wohl vom Meer kommen. In der letzten Zeit war Peter Sympson jeden Tag zum Hafen gegangen und hatte die am Kai liegenden kleinen und die großen fremden Schiffe betrachtet. Es gab dort stählerne französische Fischerboote, die Panzer der Meere sozusagen, Segelboote aus allen Ecken Europas und Frachtschiffe aus der ganzen Welt.

Stundenlang hatte Peter Sympson am Kai gestanden und sich die Frachtschiffe und ihre Besatzungen angesehen. Mit manchen hatte er sogar einige Worte gewechselt, aber niemand hatte reagiert, wenn er sagte, er sei Juwelier und Edelsteinexperte. Niemand hatte sich für ihn interessiert, bis Marcel kam, und von dem war keine Spur zu sehen.

In der Dämmerung, auf dem Nachhauseweg, ging Peter Sympson in die Harbour Bar, um ein wenig mit Tim, dem Wirt, zu plaudern und ein Guinness zu trinken. Um diese Jahres- und Tageszeit war Peter Sympson gewöhnlich mit Tim allein. Darum war er erstaunt, als er sah, dass an der Bar drei Gäste saßen, von denen noch dazu keiner aus dieser Gegend zu stammen schien.

Nur fünf Barhocker gab es in Tims kleiner Bar. Peter Sympson nahm zwischen einer stilvollen Dame auf der einen und einem gut gekleideten Herrn auf der anderen Seite Platz, der wieder neben einem jungen, dunkelhaarigen Mädchen saß. Alle rückten ein wenig auf ihren Hockern, um ihm Platz zu machen, obwohl das eigentlich unnötig war. Es war nur eine Geste, mit der man dem hinzutretenden Gast zeigte, dass man nicht aufdringlich sein wollte, und Peter Sympson nahm sie dankbar zur Kenntnis. Er war hier, weil er ein Glas Bier trinken und ein paar freundliche, nichtssagende Worte mit Tim wechseln wollte, so wie jeden Sonntag.

24

Verstohlen beobachtete Tim seine vier Gäste, von denen drei in seinem Gasthaus wohnten. Seit er den Betrieb von seiner Mutter übernommen hatte, war in dieser Jahreszeit nie mehr als ein Zimmer vermietet gewesen. Nun hatte er nicht nur ganze drei Gäste, sondern obendrein noch Ausländer, eine Französin, eine Spanierin und einen Dänen!

Am meisten wunderte er sich über die Spanierin. Sie war jung, ungefähr zwanzig Jahre, schätzte er, und schön, auch wenn sie sich dessen nicht bewusst zu sein schien. Aber vielleicht kleidete sie sich auch mit Absicht so schlicht. Jedenfalls betonte die einfache Kleidung die Schönheit ihres Gesichts. Tim, der Junggeselle, musste sich beherrschen, um sie nicht anzustarren.

Was sie hier wohl tat? In den zehn Tagen, die sie jetzt hier wohnte, hatte sie meist bei einer Tasse Tee dagesessen und auf den Hafen und den Bandon River gestarrt. Beim Frühstück nahm sie immer reichlich, wobei Tim sich fragte, ob sie nur hungrig war oder ob ihr das englische Frühstück so besonders gut schmeckte. Mehr als ein paar Worte über Wetter und Wind hatte er mit ihr nicht gewechselt. Manchmal hatte er den Eindruck, sie hielte sich regelrecht dazu an, mit ihm zu sprechen, als wollte sie im Grunde vor allem ihr Schulenglisch auffrischen. Sie wartet, dachte Tim, ihre ganze schöne Erscheinung atmet Warten. Aber worauf?

Diskret sah er hinüber zu Madame Le Grand, eine ausgesprochen französische Dame, die vor zwei Tagen eingetroffen war. Auch sie sah nicht übel aus, auch wenn sie bestimmt doppelt so alt war wie Rosa. Im Gegensatz zur Schlichtheit des spanischen Mädchens erklärte sich die Anziehungskraft Madame Le Grands aus ihrer Kleidung und ihrem Make-up. Und Madame Le Grand veränderte sich. Fast jedes Mal, wenn sie die Treppe herunterkam, gab es an ihrem Äußeren eine Veränderung, manchmal war sie kaum wahrzunehmen, ein andermal wieder höchst auffällig und fast provozierend. Zu manchen Gelegenheiten geradezu zwielichtig, so wie Tim, der davon allerdings keine Ahnung hatte, sich etwa eine Edelnutte vorstellte. Dann wieder glich sie einer Karrierefrau, mit streng geschnittenem Kostüm und einem Seidenschal von allerbester Qualität, soweit Tim dies mit seiner begrenzten Erfahrung beurteilen konnte. Einmal hatte ihn Madame Le Grand sogar an eine Nonne erinnert.

Wer war sie? Und was suchte sie hier? Ihm war aufgefallen, dass auch Madame Le Grand wartete – auch sie konnte stundenlang bewegungslos dasitzen und auf das Wasser sehen, während ihr Tee kalt wurde.

Und als er richtig darüber nachdachte, traf das Gleiche auch auf den Dänen zu, der nun schon seit drei Wochen bei ihm wohnte. Aber im Unterschied zu den beiden Frauen war Jacob Nielsen recht gesprächig. Er hatte Tim bereits seine Lebensgeschichte erzählt und vielleicht sogar ein bisschen mehr als das und ihn genau darüber informiert, warum er sich hier in Kinsale aufhielt.

Jacob Nielsen wartete auf ein Schiff, dessen Kapitän mit einer Dame bekannt war, mit der er in Kontakt kommen wollte. Tim hatte die Frage beantworten müssen, ob er womöglich einen Kapitän zur See namens Marcel kenne, einen unbekümmerten, offenen Mann mit asiatischen Gesichtszügen. Das wäre nämlich durchaus möglich, hatte Jacob Nielsen gesagt, denn dieser Marcel verbringe seine Zeit an Land gern damit, dass er in die verschiedenen Lokale ging, um Leute kennenzulernen. Ob Tim etwas über Schiffe wisse, die regelmäßig mit einer Ladung Kunstdünger Kinsale anliefen?

Leider interessierte Tim sich nicht sonderlich für die Seefahrt. Selten sah er nach den Schiffen, die unter seinem Fenster vorbeikamen. Was Jacob Nielsen für merkwürdig hielt. Irland sei doch vom Meer umgeben? Und eine Seenation wie Dänemark?

Nein, hatte Tim geantwortet, die Iren hätten sich nie für die See interessiert, außer wenn es ums Auswandern ging. Und man wanderte aus, aber man tat es, um in ein anderes *Land* zu kommen. Mit der Fischerei war es in Irland nie weit her gewesen. Die Iren übernahmen die alten Trawler, mit denen Franzosen und Spanier nicht mehr fahren wollten. Tim hatte gehört, wie einer seiner Gäste gesagt hatte, Zehntausende Iren hätten die große Hungersnot überleben können, wenn sie sich nur überwunden und sich von Muscheln, Austern und anderen Schalentieren ernährt hätten. Doch nein, ihre Nahrung musste aus der irischen Erde stammen, aus diesem steinigen, feuchten Boden, und nicht aus dem Meer.

»Mit Irland soll sich einer auskennen«, hatte Jacob Nielsen gesagt. »Abtreibung und Scheidung sind verboten, aber es gibt kaum eine Familie, deren Angehörige nicht überall im Ausland verstreut sind. Wie passt das zusammen? Wieso setzt man auf der einen Seite um jeden Preis Kinder in die Welt, bloß um dann dafür zu sorgen, dass sie sich in alle Winde verlieren?«

»Die Arbeitslosigkeit«, sagte Tim. »Irland kann nicht alle seine Kinder ernähren.«

»Natürlich gibt es nicht genug Arbeit, wenn man Kinder in rauen Mengen in die Welt setzt. Haben Sie daran schon mal gedacht?«

»Manche Leute haben das bestimmt, ich nicht.«

Was auf der Hand lag. Tim machte sich keine unnötigen Gedanken. Es genügte ihm völlig, dass er sein Gasthaus und seine Bar hatte, er war zufrieden mit seinem ruhigen Leben und damit, sich mit ein paar Worten über dies und jenes die Zeit zu vertreiben, und zwar rundum zufrieden. Wenn er aber doch einen Wunsch frei gehabt hätte, dann hätte er sich eine Frau gewünscht, die ihm vielleicht einen Sohn schenken würde, der später das Geschäft übernehmen konnte, wenn er selbst alt wurde. Manchmal, in seltenen düsteren Augenblicken, dachte er daran, dass er eines Tages gezwungen sein würde, das Hotel an einen wildfremden Menschen zu verkaufen, der die Bar womöglich in ein schickes Restaurant mit Neonbeleuchtung und anderem modernen Kram verwandelte und alle Spuren von Tims Leben beseitigen würde. Und das tat ihm leid, denn er wusste, seine wenigen Gäste kamen zu ihm, weil es ihnen gefiel, dass es bei ihm so und nicht anders aussah.

Wie zum Beispiel Peter Sympson, der Juwelier, einer seiner treuesten Gäste. Jeden Sonntag seit fast fünfzehn Jahren kam er, wenn er genug nach seinen Mineralien und Steinen gesucht hatte, und trank ein paar Pints. Warum kam Peter Sympson ausgerechnet zu ihm, wo es in Kinsale doch über dreißig Pubs gab? Vielleicht, weil Peter Sympson ein Sonderling war, der nicht zu viele Menschen um sich herum haben wollte.

Aber vielleicht bildete Tim sich das auch nur ein. Manchmal dachte er, Peter Sympson müsse ein Geheimnis haben. Tim wusste, dass er in Nordirland aufgewachsen war und seine nächsten Angehörigen verloren hatte, wie so viele andere im Norden. Doch schien Peter Sympson darüber nicht zu trauern. Überhaupt konnte man sich einen trauernden Peter Sympson nur schwer vorstellen, auch wenn er nicht gerade eine Frohnatur zu sein schien.

Ob er womöglich auch wartete – so wie die anderen? War er wirklich zufrieden mit seinem Leben als Juwelier in Kinsale? Tim wagte nicht, sich diese Frage zu beantworten. Denn Peter Sympson war sehr normal und äußerst ungewöhnlich zugleich.

Schon sein Laden! Einmal hatte Tim ihn dort besucht. Das Geschäft war so kahl wie eine protestantische Kapelle. Schmuckstücke waren keine zu sehen gewesen. Im Fenster kein einziger Edelstein. Ein Tisch, zwei Stühle, die Werkstatt, das war alles. Sah so etwa ein gut gehender Juwelierladen aus?

Tim servierte Peter Sympson sein Guinness und fragte wie jeden Sonntag, ob er erfolgreich gewesen war.

»Nein«, antwortete der, »heute habe ich überhaupt nichts Wertvolles gefunden. Von deinem Guinness vielleicht abgesehen.«

Tim lächelte. Er wusste, er zapfte sein Guinness besser als die meisten anderen Wirte. Hoffentlich hatten auch die Gäste gehört, was Peter Sympson da gesagt hatte. Aber sie schienen Sympsons Anwesenheit gar nicht zu bemerken. Nun, wenn sie nicht wissen wollten, welche Befriedigung, welches Wohlbehagen ein gut gezapftes Guinness bedeuten konnte, dann war das eben ihr Problem. Trotzdem hätte Tim ihnen gern gezeigt, was er konnte. Vor allem der Spanierin.

25

Zum ersten Mal seit vielen Jahren blieb Marcel nach dem Festmachen auf der Brücke, statt unverzüglich an Land zu eilen. Sundgren starrte ihn an. Noch nie in den fünfzehn gemeinsamen Jahren auf Deck, nicht einmal in den kritischsten Augenblicken, hatte er Marcel so gesehen.

Marcel war gerade ein unverzeihlicher Fehler unterlaufen. Er hatte zu spät »volle Fahrt zurück« befohlen, sodass sie mit dem Bug die Kaimauer berührten. Wie bei allem, was Marcel betraf, begriff Sundgren gar nichts. Aber dass Marcel auch nur der kleinste seemännische Fehler unterlaufen sollte, beunruhigte Sundgren weit mehr als seine verrücktesten Einfälle.

Anfangs glaubte Sundgren in vollem Ernst, Marcel habe der Schlag getroffen. So etwas kam vor. Dann aber folgte er Marcels Blick. Auf dem Kai, jeweils einige Meter voneinander entfernt, standen vier Menschen, zwei Männer, eine Frau und ein junges Mädchen, die zu Marcel und ihm selbst aufsahen. Einen dieser Menschen kannte er. »Da steht ja Maman!«, rief Sundgren.

Marcel drehte sich ganz langsam zu ihm. »Bist du sicher?«

»Ja, natürlich«, sagte Sundgren, »die vergisst man nicht so leicht.«

»Dann träume ich also nicht.«

»Wie?«

»Siehst du das schöne junge Mädchen? Rosa Moreno heißt sie, sie arbeitet in einer Bar in Villagarcía. Von ihr habe ich diesen Ohrring. Von ihr habe ich auch an dem Abend bei Maman erzählt. Und der Mann in der Mitte, der Blonde, ist Jacob Nielsen, er lebt in Marstal. Ich hab mit ihm damals ein Bier getrunken, als wir in Marstal lagen und auf die Ladung nach Kiel gewartet haben. Und der Letzte dort, der mit den silbergrauen Haaren, das ist Peter Sympson, er hat ein Juweliergeschäft hier in der Stadt. Erinnerst du dich nicht? Er ist an Bord gewesen, als wir das vorige Mal hier waren.«

»Ja, jetzt wo dus sagst«, antwortete Sundgren. »Aber wieso stehen die alle vier da auf dem Kai? Man könnte ja glauben, die warten auf uns. Oder wenigstens auf dich.«

Sundgren sah aus wie ein einziges Fragezeichen. Marcel lachte, und auch dieses Lachen war Sundgren fremd.

»Das Leben ist voller Überraschungen, Sundgren, was? Aber das ist nun wirklich der Gipfel. Wieso stehen die vier da auf dem Kai und warten auf mich? Kannst du mir das erklären?«

Sundgren konnte es nicht.

»Das Herz wirst du ja nicht allen vieren gebrochen haben«, sagte Sundgren, um nicht stumm zu bleiben, »und wenn doch, dann möchte ich nicht in deiner Haut stecken.«

»Das willst du auch so nicht. Aber im Moment weiß ich selbst nicht, ob ich es will.«

Sundgren war sich fast sicher, dass er ausnahmsweise einmal ins Schwarze getroffen hatte. Offensichtlich wusste Marcel selbst nicht, was er jetzt mit diesen Leuten auf dem Kai anfangen sollte.

Aber gleich darauf verließ Marcel die Brücke. Er ging auf den Kai, trat vor die vier und sah von einem zum andern. Sie folgten seinem Blick und bemerkten sich endlich gegenseitig. Erstaunt stellten sie fest, dass sie schon seit einigen Tagen die einzigen Gäste der Harbour Bar waren, sich aber erst jetzt, in Marcels Gegenwart, kennenlernten.

Peter Sympson brach das Eis. »Willkommen in Kinsale, Herr Kapitän«, sagte er. »Ihren Stein habe ich verkauft.«

Marcel schien überhaupt nicht zu verstehen, wovon Peter Sympson sprach. »Ach ja, natürlich«, sagte Marcel nach einer Weile. »Und was haben Sie für ihn bekommen?«

»Fünfzigtausend Pfund!«

Marcel sah hinüber zu Rosa Moreno.

»Ja«, sagte Peter Sympson, »das ist mehr, als ich gedacht hatte.«

Rosa Moreno konnte ihren Blick nicht von dem Ohrring lösen, der an Marcels Pullover hing. Sie sah, wie Marcel die Hand hob und den roten Karneol berührte. Sie versuchte, seinen Blick aufzufangen, aber der glitt zur Seite und schien sich sogar zu trüben, als erkenne er sie gar nicht wieder.

»Fünfzigtausend Pfund, das ist doch viel Geld?«, fuhr Marcel fort.

»Mehr, als die meisten Diamanten in dieser Größe kosten«, sagte Peter Sympson.

Madame Le Grand beobachtete Marcel gespannt und verfolgte aufmerksam sein Gespräch mit diesem Mann, den sie in der Harbour Bar gesehen hatte. Sie wartete auf Marcels Lächeln. Was mochte er denken, dass er sie hier sah? Doch das Lächeln ließ auf sich warten. Marcel war offensichtlich sehr überrascht. »Vielleicht haben Sie auch noch andere Verpflichtungen, als hier zu stehen und zu plaudern?«, sagte sie mit klarer, deutlicher Stimme zu Marcel. Auch Madame Le Grand versuchte, Marcels Blick aufzufangen, aber er schien entweder durch sie hindurchzusehen, oder er sah sie gar nicht.

»Ich möchte etwas vorschlagen«, sagte er schließlich. »Meine Leute und ich löschen zuerst, das dauert einige Zeit, aber dann treffen wir uns ganz in Ruhe. Was meinen Sie?«

Die vier sahen sich überrascht an. Erst jetzt begriffen sie, dass Marcel mit ihnen allen sprach, als gehörten sie zusammen.

Diesmal ergriff Jacob Nielsen das Wort. »Wenn ich richtig verstanden habe, dann haben wir alle vier auf Kapitän Marcel gewartet.«

Niemand widersprach.

»Herr Kapitän«, fuhr Jacob Nielsen fort. »Offenbar wollten wir Sie alle aus unterschiedlichen Gründen treffen. Drei von uns wohnen außerdem im selben Hotel. Wenn es Ihnen passt, dann treffen wir uns dort morgen Abend um sechs Uhr. Harbour Bar heißt der Ort. Auf dem anderen Flussufer.« Jacob Nielsen zeigte auf Tims Hotel.

»Was meinen Sie«, fragte Marcel. »Wollen wir es so machen?«

Auch diesmal hatte niemand etwas einzuwenden.

»Also abgemacht«, sagte Marcel. »Um sechs Uhr morgen Abend in der Harbour Bar.«

26

Die vier standen auf dem Kai und sahen Marcel nach, der zurück an Bord seines Schiffs ging. »Wir befinden uns offensichtlich in einer etwas eigentümlichen Situation«, sagte Jacob Nielsen zu Peter Sympson.

»Was meinen Sie? Wie sollen wir uns verhalten?«

»Ich bin mir darüber nicht recht im Klaren«, antwortete Peter Sympson vorsichtig.

»Und Sie, Madame?«, fragte Jacob Nielsen und sah Madame Le Grand an. »Was meinen Sie?«

»Ich stimme dem Herrn zu. Es ist alles ein wenig schwierig, aber etwas Fingerspitzengefühl scheint jedenfalls angebracht. Kapitän Marcel hat ganz offensichtlich nicht damit gerechnet, uns allen auf einmal zu begegnen.«

»Und was meinen Sie?« Er wandte sich an Rosa Moreno.

»Ich weiß nicht«, sagte sie rasch. »Warten wir ab bis morgen.«

»Dann also abgemacht«, sagte Jacob Nielsen. »Marcel erledigt seine Angelegenheiten, und wir warten bis morgen. Wer weiß, ob er dann noch Zeit und Lust hat, auch nur einen von uns zu treffen.«

Auf dem Rückweg vom Hafen ging Madame Le Grand neben Jacob Nielsen. Peter Sympson gesellte sich zu Rosa Moreno.

Als die beiden anderen außer Hörweite waren, fragte er sie, ob sie sich für schöne Steine interessiere. Ihm sei nicht entgangen, dass sie nach diesem Ohrring mit dem Karneol auf Marcels Brust gesehen habe.

»Das ist meiner. Den habe ich ihm geschenkt.«

Und dann begann sie zu weinen.

Peter Sympson wusste nicht, was er tun sollte. Er hatte nur eine freundliche Frage stellen wollen, in der Hoffnung, einen Gesprächsgegenstand zu finden. Nun ging ihm auf, wie unbesonnen er gewesen war. Dieses Mädchen war niemand anderes als Rosa Moreno, die, nach allem zu schließen, um fünfzigtausend Pfund reicher geworden war, allerdings ohne dass sie es wusste, das Mädchen, das sich in Marcel verliebt und ihm deshalb auch diesen Ohrring geschenkt hatte. »Es tut mir leid. Wahrscheinlich habe ich etwas Dummes gesagt«, entschuldigte er sich.

»Es war mein Fehler.«

»Sie müssen sich nicht entschuldigen.« Rosa Moreno betrachtete diesen stattlichen Mann mit dem silbergrauen Haar, der sie so bekümmert ansah und mit ihr sprach, als wären sie sich gar nicht fremd. Sie hatte schon lange mit niemandem mehr sprechen können. »Den Ohrring habe ich Marcel zur Erinnerung geschenkt. Es ist ein Karneol, ich weiß nicht, wie das auf Englisch heißt. Verstehen Sie mich?«

»Ja«, sagte Peter Sympson, »ich bin Juwelier.«

»Wissen Sie, was ich einmal gelesen habe? Der Karneol sorgt dafür, dass man sich in keine andere Rasse verliebt. Die Juden hatten ihn, damit sie sich nicht in Araber verlieben. Und einen solchen Stein habe ich dem Kapitän geschenkt.«

»Deshalb«, unterbrach Peter Sympson lebhaft, »sollten Sie eigentlich nicht weinen.«

»Wie meinen Sie das?«

»Ich habe schon mein ganzes Leben mit Edelsteinen zu tun. Seit dreißig Jahren sind die verschiedensten edlen und halbedlen Steine durch meine Hände gegangen. Die Menschen sagen ihnen die fantastischsten Eigenschaften nach. Müsste ich nicht der glücklichste Mensch auf der Welt sein? Zum Beispiel dürfte ich doch niemals eine Erkältung oder einen Husten haben, wenn ich an die Rohgranate denke, die bei mir herumliegen. Aber ich bin genauso häufig erkältet wie alle anderen. Und ich bin auch nicht glücklicher, trotz all meiner Bergkristalle, Amethyste und Tigeraugen, vermutlich liege ich sogar unter dem Durchschnitt. Sie brauchen also keine Angst vor der Wirkung der Steine auf Ihre oder auf Kapitän Marcels Gefühle zu haben.«

»Ich würde Ihnen wirklich gern glauben.«

»Aber ganz überzeugt sind Sie nicht?«

»Manche Leute glauben an Kristalle, nicht wahr? Was wird Kapitän Marcel denken, wenn er erfährt, was der Karneol für ein Stein ist? Wird er nicht denken, ich hätte genau gewusst, was ich ihm da für einen Stein geschenkt habe?«

»Sie glauben doch nicht, er würde Ihren Ohrring tragen, wenn er glaubte, den hätten Sie ihm deshalb geschenkt, weil er zu einer anderen Rasse gehört? Ich hatte nur das Vergnügen, einen Abend in seiner Gesellschaft zu verbringen, aber ich glaube nicht, dass er je so denken könnte.«

»Ich hoffe, Sie haben recht.«

»Wenn Sie möchten, zeige ich Ihnen gerne einige

meiner Stücke. Durch nichts lassen sich trübe Gedanken besser vertreiben als durch den Anblick schöner Steine. Glauben Sie mir!«

Rosa Moreno nickte. Ihr gefiel seine beruhigende, freundliche Stimme, und außerdem wusste sie nicht, was sie sonst tun sollte. Selbst in ihren wildesten Fantasien hatte sie sich nicht vorstellen können, dass sie Marcel unter derartigen Umständen wiedersehen würde und dass sie nicht allein sein würden wie in Villagarcía.

Ein Stück vor ihnen gingen Madame Le Grand und Jacob Nielsen eine Weile schweigend nebeneinanderher.

»Stellen Sie sich vor«, sagte schließlich Jacob Nielsen, »da sind wir alle Bekannte von Kapitän Marcel und warten ganz zufällig zur selben Zeit auf diesem Kai. Haben Sie gewusst, dass er ausgerechnet heute mit seinem Schiff nach Kinsale kommt?«

»Nein.«

»Ich auch nicht. Ich bin aufs Geratewohl hierhergefahren und habe das Gefühl, bei den andern beiden ist es genauso. Jedenfalls ist es ein lustiger Zufall.«

»Sind Sie sicher, dass das Wort *lustig* angebracht ist? Wir machen es dem Kapitän nicht gerade leicht. Versuchen Sie einmal, sich in seine Lage zu versetzen!«

»Ja, ganz unkompliziert ist es wohl nicht. Ich habe jedenfalls noch keinen so freundlichen und entgegenkommenden Menschen kennengelernt wie ihn. Was meinen Sie, was sollen wir jetzt tun?«

»Nichts.«

»Sollten wir uns bis morgen nicht ein bisschen besser kennenlernen?«

»Ich meine nicht.«

»Aber uns gegenseitig vorstellen sollten wir uns doch? Und sei es nur aus Höflichkeit.«

Madame Le Grand antwortete nicht.

»Mein Name ist Jacob Nielsen. Ich war ehemals in der IT-Branche. Ich lebe in Marstal, Dänemark.«

»Madame Le Grand«, sagte Madame Le Grand. »Ich wohne in Tréguier, Bretagne.«

Jacob Nielsen blieb abrupt stehen. Madame Le Grand bemerkte es nicht und ging weiter. Er eilte ihr nach und holte sie ein.

»Ich muss mit Ihnen sprechen«, sagte er.

»Worüber?«

»Sie sind Maman, nicht wahr?«

Nun sah Madame Le Grand Jacob Nielsen verblüfft an.

»Ich habe von Ihrem privaten Seemannsheim gehört. Marcel hat davon erzählt. Ja, nicht nur er. In Marstal wohnt ein Seemann in Rente, der hat Sie auch einmal kennengelernt. Er sagt, sein Lebtag habe ihn niemand so wunderbar behandelt wie Maman in Tréguier. Und zu Hause hat er so oft von Ihnen gesprochen, dass seine Frau eifersüchtig geworden ist. Einen Menschen wie Maman vergisst man nicht, hat er gesagt. Sie haben auf diesen Seemann großen Eindruck gemacht. Und auf mich auch, wenn ich so sagen darf. Ich bin Informatiker, wissen Sie.«

Madame Le Grands Blick brachte Jacob Nielsens Wortflut zum Versiegen.

»Ich bitte um Verzeihung«, sagte er. »Das war wohl nicht besonders taktvoll von mir.«

»Wenn Sie sich unbedingt unterhalten müssen«, sagte Madame Le Grand, »können wir uns von mir aus auch über Computer unterhalten. Aber ich warne Sie. Ich verabscheue so ziemlich alles, was damit zu tun hat.«

»Das geht nicht nur Ihnen so, Madame«, antwortete Jacob Nielsen voller Verständnis und Wohlwollen.

27

Peter Sympson schloss seine Ladentür auf und bat Rosa Moreno einzutreten. Sie ging einige Schritte in den Laden und blieb stehen. Das Geschäft schien bis auf einen Tisch und zwei Stühle völlig leer. Hinter diesem Tisch und einer halb geöffneten Tür erkannte sie einen schmalen Raum, in dem verschiedene Maschinen und Apparate standen.

Peter Sympson wusste, was Rosa Moreno dachte. Jeder, der zum ersten Mal in seinen Laden kam, war erstaunt. Kein einziger Edelstein, so weit das Auge reichte. Aber Peter Sympson hatte Prinzipien. Schönheit durfte nicht allgemein der Betrachtung ausgesetzt, sondern musste mit liebevoller Hand offenbart werden. Schöne Steine mussten nacheinander, sozusagen in kleinen Dosen vorgeführt werden, und sie mussten für sich sprechen.

Aus diesem Grund verkaufte Peter Sympson niemals fertige Schmuckstücke mit bereits gefassten Steinen. Der Kunde musste sich damit abfinden, zuerst den Stein und anschließend ein Schmuckstück auszuwählen, das zu dem Stein passte.

Außerdem weigerte sich Peter Sympson, seinen Kunden zu sagen, um welche Steine es sich handelte, bis sie sich entschieden hatten. Das Erlebnis der Schönheit hatte rein zu sein. Leute, die edle Steine als Investition betrachteten oder anderen Menschen damit imponieren wollten, hatten bei ihm nichts zu suchen.

Und schließlich zeigte Peter Sympson seine Edelsteine nur jeweils einer Person zur selben Zeit. Kam ein Brautpaar wegen der Eheringe, musste es die Steine getrennt aussuchen. Vor allem Diskussionen darüber, was am schönsten sei, verbat er sich, weil er aus Erfahrung wusste, dass so gut wie immer der eine Partner den Ton angab, auf Kosten des anderen. In Fragen der Ästhetik waren wenige Paare gleichberechtigt.

Viertens und letztens richteten sich die Geschäftszeiten Peter Sympsons nach den Lichtverhältnissen. An regnerischen, dunklen Wintertagen öffnete er seinen Laden überhaupt nicht, an klaren Sommerabenden konnte er dagegen bis neun Uhr geöffnet haben.

Aus einsichtigen Gründen machte Peter Sympson bei solchen Prinzipien nicht gerade glänzende Geschäfte. Die sommerlichen Touristenströme zum Beispiel flossen an seiner Tür vorüber. Zwar hatte er sich nach und nach einen Kreis treuer Kunden geschaffen, von denen einige nur deshalb kamen, weil sie sein Geschäft für exklusiv und andersartig hielten. Bei Peter Sympson edle Steine zu kaufen, galt in manchen Kreisen als schick, und das umso mehr, je weiter sich der Ruf seiner Unbestechlichkeit verbreitete.

Das alles versuchte Peter Sympson, Rosa Moreno zu erklären. Er war sich nicht sicher, ob sie alles verstand, was er sagte, hoffte aber, dass sie das Wichtigste begriff. Schönheit durfte keine Ware und kein Produkt wie alles andere sein, ob es nun von der Natur oder vom Menschen geschaffen war.

Er bat sie, Platz zu nehmen. Zunächst kochte er Tee, der schweigend getrunken wurde, und dabei stellte er zu seinem Erstaunen fest, dass er mühelos direkt in Rosa

Morenos dunkle Augen sehen konnte, ohne dass er verlegen wurde oder am eigenen Spiegelbild haften blieb. Er empfand leise Wehmut, weil er wusste, dass er auf nichts hoffen durfte. Offenbar war Rosa Moreno bis über beide Ohren in Marcel verliebt. Warum wäre sie sonst in Kinsale? Warum sonst hätte sie auf dem Kai gestanden?

»Gibt es Steine, die Sie besonders gerne sehen möchten?«, fragte er. »Haben Sie Lieblinge unter den Edelsteinen?«

»Ich hatte nie das Geld, um Lieblingsedelsteine zu haben. Meine paar Steine habe ich auf dem Markt gekauft.«

Peter Sympson öffnete einen der in die Wand eingelassenen, kaum sichtbaren Schränke. Er nahm zwei Futterale heraus, die er auf eine ausziehbare Platte an seiner Seite des Tisches legte. Die Platte war so tief angebracht, dass Rosa Moreno sie von der anderen Seite nicht sehen konnte. In der Welt Peter Sympsons durfte nichts die Konzentration beeinträchtigen, auch ein Futteral nicht.

Aus einer Schublade nahm er einen Dreifuß, der aus einem Stück Bergkristall geschnitten war. Das Gestell war aufgrund seiner Durchsichtigkeit so unauffällig, dass man seine Anwesenheit sofort vergaß. Dann zog er einen dünnen Handschuh aus Sämischleder an, öffnete das eine der Futterale und legte einen achteckig geschliffenen Topas auf den Dreifuß.

Rosa Moreno betrachtete den Stein lange, ohne etwas zu sagen. Der Stein war rosa, fast lachs- oder hautfarben, ein zarter, spröder Farbton, wie sie ihn noch nie gesehen hatte. Der facettierte Stein schien von kleinen, kurzen Furchen durchzogen – bei näherer Betrachtung sah sie, dass es keine Risse waren, wie sie anfangs gedacht hatte, sondern eher Lichtreflexe. Jedes Mal, wenn sie ihren Kopf anders hielt, verschoben sich auch diese Striche. Es schien, als könnte sie sie mit einer simplen Drehung des Kopfes zum Tanzen bringen.

Peter Sympson sah ihr mit zunehmender Spannung zu. Es war lange her, seit jemand vor ihm auf diesem Stuhl gesessen und einen Stein so aufmerksam betrachtet hatte.

»Er ist schön«, sagte sie nach einer Weile. »Ich glaube, ich habe noch nie einen so schönen Stein gesehen.«

Peter Sympson holte einige Topase heraus, die mit ihrer scheinbaren Rissigkeit alle gleich spröde schienen, mochten sie auch unterschiedlich gefärbt sein, der eine so hellblau wie der Himmel über dem Meer, der andere goldorange wie poliertes Kupfer, ein dritter grün wie ein junger Buchenwald.

Bei jedem neuen Stein, den er ihr hinlegte, sah er, wie sich Rosa Morenos Pupillen weiteten. Er hörte, dass sich der Rhythmus ihrer Atemzüge veränderte. Er dachte, dass es vielleicht ein Fehler von Marcel gewesen war, seinen Alexandrit zu verkaufen. Vielleicht hätte sie, vor die Wahl gestellt, lieber den Stein gehabt.

Schließlich sagte Rosa Moreno, sie brauche eine Pause.

»Bevor Sie Kinsale wieder verlassen«, sagte Peter Sympson nach einer Weile, »dürfen Sie sich einen Stein aussuchen, den Sie tragen möchten. Den Stein, der Ihnen am besten gefällt.«

»Aber das geht doch nicht.«

»Und warum nicht?«

»Vielleicht gefällt mir ein Stein, der ein Vermögen wert ist.«

»Wie Sie sehen, befinden sich an meinen Steinen keine

Preisschildchen. Sie können sich also ebenso gut einen sehr billigen wie einen kostbaren Stein aussuchen. Ich bitte Sie nur, den Stein, der Ihnen am besten gefällt, als Geschenk anzunehmen. Mir gefällt die Art, wie Sie Steine betrachten.«

Peter Sympson wagte allerdings noch nicht, seine beiden Favoriten hervorzuholen, er zeigte ihr andere, Chalcedoncabochons und eine Sammlung in Facetten geschliffener Granate unterschiedlicher Farbe, damit sie trotzdem zwischen etwas wählen konnte.

»Man darf sich von der Vollendung nicht blenden lassen«, sagte er. »Erstens geizt die Natur mit Vollendung. Heutzutage sorgt der Mensch für sie. Er kann synthetische Diamanten, Rubine, Saphire und Spinelle herstellen, Steine ohne jeden Fehler, die deshalb höchst unnatürlich sind. Und in einer so sonderbaren Welt wie der menschlichen arbeitet man jetzt auch an der Entwicklung synthetischer Edelsteine, die Unreinheiten enthalten, mit anderen Worten, man tut sein Bestes, um Fehler und Mängel zu produzieren. Und wissen Sie, warum? Weil die synthetischen Steine ständig an Wert verlieren. Also will man auf künstlichem Wege die unvollendeten Steine nachahmen, die es in der Natur tatsächlich gibt. Als könnte man sich nicht damit begnügen, die Vollendung zu erreichen! Auf der anderen Seite ist es gar nicht sicher, dass Schönheit und Vollendung miteinander zusammenhängen. Denken Sie an den Sonnenuntergang! Kann er nicht auf tausend verschiedene Arten schön sein, mit seinen Tausenden von Wolkenformen und Farbmischungen? Schönheit kann ebenso gut bunt und chaotisch wie einfach, streng und harmonisch sein.«

»Aber dann wäre Schönheit doch einfach Geschmackssache«, wagte Rosa Moreno einzuwenden.

»Das kann so aussehen. Und tatsächlich sagen das auch alle. Schönheit ist subjektiv. Geschmack ist relativ. Jedem das Seine. Aber das stimmt nicht! Philosophen und andere Denker haben nun schon fast zweitausend Jahre lang zu erklären versucht, worin das Schöne besteht. Es ist ihnen nicht gelungen. Die Menschen können Schönheit schaffen, erklären können sie sie nicht. Die Schönheit eines Edelsteins ist viel rätselhafter als all die magischen Kräfte, die man Edelsteinen zuschreibt.«

»Mr Sympson«, sagte Rosa Moreno, »wollen Sie mir nicht die Steine zeigen, die Sie selbst für die schönsten halten? Dann verstehe ich vielleicht besser, was Sie meinen.«

Peter Sympson traute kaum seinen Ohren. Rosa Moreno, diese junge Frau, der er in die Augen sehen konnte, hatte genau die Frage gestellt, die er in seinem Geschäft von allen am liebsten hören wollte. Und doch nie zu hören bekam. Von Peter Sympson wollten die Leute wissen, welchen Stein *sie* für schön halten sollten. Sie glaubten, der Juwelier könne binnen weniger Augenblicke in ihre Seele vordringen und für sie den Edelstein auswählen, der am besten *zu ihnen* passte. Niemand, außer dieser jungen Spanierin, hatte jemals nach seiner Seele gefragt.

Für seine Kunden war Peter Sympson nur ein Werkzeug, einer, der mit Schönheit hausierte. Einen Menschen wie ihn sah man gar nicht, man vergaß ihn, sobald er seine schöne Ware geliefert hatte. Bis auf diese Rosa Moreno, von der er nur wusste, dass sie in Marcel, den Kapitän, verliebt war und dass sie es ihm zu verdanken hatte, wenn sie nun fünfzigtausend Pfund besaß.

Peter Sympson zitterten die Hände, als er sich an die umständliche Prozedur machte, das Lederetui aus seiner Innentasche zu holen. Mit großen Augen sah Rosa Moreno zu.

»Hier ist der erste!«, sagte er dann und legte den gelben Diamanten auf den Dreifuß.

Der Stein trug den Namen »Der Florentiner« und hatte gut 137 Karat. 1657 hatte er sich im Besitz der Florentiner Familie Medici befunden. Später war er in der Krone der Habsburger gelandet, nach dem Ersten Weltkrieg aber spurlos verschwunden. Bis Peter Sympson ihn nach langjähriger Suche ausfindig gemacht hatte.

»Der ist zu schön und zu kalt für mich«, sagte Rosa Moreno. »Das ist kein Stein für mich.«

Peter Sympson nickte. Er war derselben Meinung. Er holte den nächsten, den unansehnlichen, hervor, den, der auf den ersten Blick überhaupt nichts zu taugen und weder schön noch wertvoll schien.

Rosa Moreno sah Peter Sympson mit fragendem Blick an. Solchen Kristall hatte sie in vielen Schaufenstern gesehen und sogar bei den Krämern auf dem Marktplatz von Santiago de Compostela. Wenn aber Peter Sympson meinte, dies sei einer seiner schönsten Steine, dann musste an ihm etwas Besonderes sein. Peter Sympson machte ein viel zu ernstes Gesicht, sie wusste, er machte sich nicht über sie lustig.

Sie fragte, ob sie den Stein in die Hand nehmen dürfe. Peter Sympson nickte schweigend. Vorsichtig nahm sie den Stein und drehte ihn langsam, sodass sie ihn von allen Seiten betrachten konnte.

Ohne Vorwarnung wurde sie geblendet, als das durch

das Fenster fallende Sonnenlicht in einem bestimmten Winkel auf eine der Facetten fiel. Vorsichtig drehte sie den Kristall mit ruhiger Hand weiter. Einen Augenblick später sah sie einen Regenbogen in Tausenden unterschiedlichen Nuancen. Und zuletzt, wie eine Explosion, einen roten Riesenstern ganz tief im Innern des Steins.

Sie war so überwältigt, dass sie die Hand vor die Augen halten musste. Noch nie in ihrem Leben hatte sie etwas so Schönes gesehen.

Peter Sympson wagte kaum zu atmen.

»Wenn Sie wirklich gemeint haben, was Sie vorhin sagten, dann möchte ich diesen Stein. Das ist für mich der schönste.«

28

Madame Le Grand und Jacob Nielsen trafen sich in der Bar. Tim sah, dass sich zwischen ihnen etwas verändert hatte, stellte aber selbstverständlich keine Fragen. Für ein Lokal wie seines war es wichtig, dass die Gäste ihre Gedanken und Gefühle für sich behalten konnten, wenn sie es wünschten.

»Monsieur Tim«, sagte Madame Le Grand, »Monsieur Nielsen und ich möchten heute Abend zum Essen ausgehen. Vielleicht können Sie uns ein gutes Restaurant empfehlen. Kinsale wimmelt ja vor Restaurants. Es soll ein ruhiges Lokal sein, so wie Ihres. Monsieur Nielsen und ich wollen uns über Computer unterhalten.«

»Der Preis spielt keine Rolle«, fügte Jacob Nielsen hinzu.

Tim nickte, als verstehe er genau, was gemeint war, und empfahl Peters und Barbaras Restaurant. Barbara habe die Gemütlichkeit sozusagen erfunden, fügte er hinzu, und Peter, ihr Mann, sehe zwar mürrisch aus, aber der Schein trüge. Dass er nicht lache, liege nur daran, dass er seine schlechten Zähne nicht zeigen wolle. »Und diese schlechten Zähne«, sagte er, »kommen daher, dass Peter eine höllische Angst vor dem Zahnarzt hat.«

»So was gibts«, setzte Tim hinzu, der auch lieber nicht lachte, als zum Zahnarzt zu gehen.

Madame Le Grand und Jacob Nielsen verabschiedeten

sich und ließen Tim grübelnd zurück. Warum wollten diese zwei Menschen beim Essen über Computer diskutieren? Waren sie etwa Geschäftspartner? Tim dachte dabei an Jacob Nielsens Aktenkoffer. Aber wahrscheinlich war das nicht, denn als die beiden sich zum ersten Mal begegnet waren, hatte es nicht das kleinste Zeichen des Wiedererkennens gegeben.

Madame Le Grand und Jacob Nielsen gingen schweigend am Wasser entlang. Madame Le Grand betrachtete die riesigen Wolken, die sich im Bandon River spiegelten, und stellte Vergleiche mit Tréguier an, das so verschlossen und versteckt an seinem Fluss lag. Tréguier war mit dem Meer immer nur vorübergehend verbunden. Der Jaudy floss auch nicht bei Tréguier ins Meer, sondern einige Kilometer weiter nördlich. Man musste ein ganzes Stück gehen, wenn man sehen wollte, wie der Fluss eine Biegung beschrieb und dann auf den Horizont und das Meer wies, in dem Yann begraben war.

Jacob Nielsen hatte für die Natur keinen Blick und stellte darum auch keine Vergleiche zwischen Marstal und Kinsale an. Er dachte bedrückt darüber nach, worüber er sich mit Madame Le Grand eigentlich unterhalten sollte. Über Computer, gut. Aber wie? Er, der ja in letzter Zeit gerade in dieser Hinsicht einige Niederlagen erlitten hatte, sollte versuchen, sie von der Vortrefflichkeit der Datenverarbeitung zu überzeugen? Oder sollte er sich umgekehrt einfach eine lange Litanei über die Schädlichkeit von Computern anhören?

Im Restaurant angekommen, wurden sie von einer Frau empfangen, die nur Barbara sein konnte. Peter stand mit mürrischem Gesicht hinter dem kurzen Tresen auf der rechten Seite des Raums und unterhielt sich mit einem jüngeren amerikanischen Touristen in roter Daunenjacke, Jeans und Joggingschuhen, der eine Kamera der Marke Nikon umgehängt hatte.

»Weißt du was!«, brüllte der Amerikaner. »Wenn ihr die Kneipe nach New York verlegen würdet, ihr würdet ein Vermögen verdienen, *in no time.* Alles ist hier so authentisch und echt!«

Barbara bat sie in einen Speisesaal mit sechs Tischen, einem offenen Kamin, einer Hauskatze, rot karierten Tischtüchern und holzwurmzerfressenen, ein wenig schiefen Möbeln.

Jacob Nielsen stellte Madame Le Grand den Stuhl zurecht und nahm ihr gegenüber Platz. »Sie sind mein Gast«, sagte er. »Wenn Sie gestatten«, fügte er sofort hinzu.

Madame Le Grand sah, dass er verlegen war. »Ich vermute, diesen Aktenkoffer haben Sie nicht zufällig mitgenommen«, sagte sie freundlich.

»Nein«, sagte er. »Da ist mein Laptop drin. Mein tragbares Büro.«

»Sie arbeiten also?«

»Nicht richtig. Ich habe mich vor einem Jahr zurückgezogen. Habe meine Firma verkauft, jetzt lebe ich vom Kapital. Ich bin *rentier,* heißt das nicht so auf Französisch?«

»Doch, aber es gibt sie kaum noch. Heutzutage leben die Leute gar nicht mehr von ihren Zinsen. Sie leben, um noch mehr Geld zu verdienen.«

»Da haben Sie recht. Alles wird in Zahlen gemessen. Glück und Liebe genauso wie Aktienkurse und Geschäftsideen.«

»Und wie Ihre Computer, Monsieur Nielsen?« Madame Le Grand lächelte entwaffnend. »Bei Computern dreht sich doch alles um Nullen und Einsen, nicht wahr?«, fragte sie.

»In gewisser Hinsicht, ja. Wie in der Mathematik. Aber darum schafft man ja noch nicht die Mathematik ab. Ein Computer ist nur ein Werkzeug, wie die Mathematik.«

»Aber machen Computer Menschen weniger unglücklich?«

»Ich kann nur für mich sprechen.«

»Und?«

»Ich verdanke dem Computer meine Freiheit. Das ist doch schon was.«

»Aber das Glück?«

»Wie soll man es messen? Und in Relation zu was? Ich weiß nicht, wie mein Leben heute aussehen würde, wenn ich mich nicht mit Computern beschäftigt hätte. Trotzdem würde ich behaupten, dass die Computer mich glücklicher gemacht haben. Sie haben meinem Leben zumindest einen Inhalt gegeben. Ist das nicht Glück? Ich kann mir ein Leben ohne Computer nicht vorstellen.«

»Wie ein Süchtiger?«

»Madame, Sie sind zu klug für mich. Die Philosophie liegt mir nicht, ich bin eher ein Techniker.«

Während des Essens schwiegen sie fast die ganze Zeit, ohne dass es bedrückend gewesen wäre. Jacob Nielsen fiel es allerdings schwer, den Mund zu halten. Er hätte Madame Le Grand gerne nach ihren Seeleuten und ihrem Gästebuch gefragt, was sie damit beabsichtige zum Beispiel, aber er wollte nicht wieder taktlos und indiskret erscheinen. Er bat sie zu erzählen, wie sie Marcel kennengelernt hatte, und sie berichtete ihm mit nicht zu verkennender Freude. Er selbst erzählte von seinem Abend mit Marcel und den alten Seeleuten im Krug von Marstal, ohne aber mit einem Wort darauf einzugehen, warum er Marcel nun wieder aufsuchte. Dafür sagte er, er habe selten einen Menschen kennengelernt, der einen so unbekümmerten Eindruck machte wie Marcel.

»Er bringt jeden in gute Stimmung«, sagte Jacob Nielsen.

»Eine Bekanntschaft, die Sie im Internet wohl nicht so schnell gemacht hätten«, merkte Madame Le Grand an.

»Da haben Sie recht. Aber möglich wäre es.«

Madame Le Grand schwieg. Warum sollte man Menschen übers Internet kennenlernen, wenn man nicht einmal seine Nachbarn wahrnahm und inmitten Tausender namenloser Menschen lebte? Und wenn andererseits noch Menschen wie Marcel in einem Nest wie Tréguier auftauchten. »Ich habe ein Telefon und kann jeden anrufen, wenn mir danach ist. Und ihn fragen, wer er ist und wie es ihm in seinem Leben geht. Ist das nicht das Gleiche? Ich könnte sogar die Auskunft in London anrufen und um alle Nummern von allen John Smiths bitten. Die könnte ich dann anrufen und fragen, wie sie sich ihr Leben erträumen. Ist das nicht alles das Gleiche? Und ist das nicht sogar persönlicher als im Internet?«

»Wenn Sie erlauben, möchte ich widersprechen. Sie müssen doch zugeben, dass eine Telefonnummer nicht gerade viel über den Menschen aussagt, der dahintersteht. Im Netz finden Sie hingegen ganz leicht einen Gleichgesinnten.«

»Kann sein. Aber ich suche keine Gleichgesinnten.

Jeder einzelne Mensch ist anders und wichtig. Alle verdienen Aufmerksamkeit.«

»Machen wir einen Versuch, dann verstehen Sie besser, was ich meine. Nennen Sie mir einen Namen oder ein Wort, über das Sie gern mehr wüssten.«

»Der heilige Yves«, sagte Madame Le Grand.

»Wer ist das? Nicht, dass das eine Rolle spielt«, fügte er hinzu.

»Ein Heiliger aus Tréguier.«

»Lebendig oder tot?«

»Halb tot.«

Jacob Nielsen sah auf.

»Ja«, fuhr Madame Le Grand fort, »es ist traurig, aber wahr. Saint Yves sollte leben, aber er wird bald vergessen sein.«

»Wenn Sie zusehen, was ich jetzt mache, werden Sie gleich verstehen, wie einfach das ist. In wenigen Sekunden haben wir uns auf die andere Seite des Atlantiks begeben.«

»Nur im übertragenen Sinne.«

»Nicht nur. Sie und ich sitzen weiter in einem netten Restaurant in Kinsale. Aber was wir auf dem Bildschirm sehen, ist in den USA. Also sind wir in gewisser Hinsicht auch auf der anderen Seite.« In ein weißes Feld schrieb er »Saint Yves«, dann ließ er die Suchmaschine suchen. »Gleich sehen wir etwas!«

Zweihundert Treffer mit Yves Saint Laurents Frühjahrskollektion. Jacob Nielsen klickte auf eine der Adressen, und eine dunkelhäutige Schönheit in einem tief ausgeschnittenen langen Kleid tauchte auf.

Madame Le Grand musste lachen, vor allem über Jacob Nielsens verblüfften Gesichtsausdruck. »Das muss ein

Zeichen der Zeit sein«, sagte sie. »Yves Saint Laurent statt Saint Yves. Tand und Eitelkeit statt Mitleid und Barmherzigkeit.«

»Ich habe einen Fehler gemacht«, sagte Jacob Nielsen. »Ich habe zu unspezifisch gesucht. Wie Sie sehen, gibt es mindestens zwanzigtausend Homepages, die entweder ›saint‹ oder ›Yves‹ enthalten.« Jacob Nielsen gab einen neuen Suchbefehl ein. Eine neue Referenzliste tauchte auf. Er warf Madame Le Grand einen triumphierenden Blick zu. »Suchet, so werdet ihr finden«, sagte er mit einem Lächeln.

Eine Information über bretonische Städte tauchte auf. Unter Tréguier wurde Saint Yves erwähnt. Jacob Nielsen klickte wieder und erhielt zwei Seiten mit Zitaten: Aussagen großer Männer zur bretonischen Unabhängigkeit. Eine, in fetten Buchstaben hervorgehoben, kam vom heiligen Yves:

Tant que je vivrai, je défendrai la justice, la liberté de l'Église et celle de mon pays.

(Solange ich lebe, werde ich die Gerechtigkeit, die Freiheit der Kirche und die meines Landes verteidigen.)

»Das ist doch schon was«, sagte Jacob Nielsen.

»Aber nicht sehr viel. Aber ich sehe ein, das liegt nicht am Internet. So ist die Welt.«

»Wollen wir es mit etwas anderem versuchen?«, fragte Jacob Nielsen.

»Yann Le Grand, Reeder«, antwortete Madame Le Grand.

Jacob Nielsen gab die neue Suche ein. *No matching terms.*

Unendlich traurig sah Madame Le Grand ihn an.

»Es tut mir leid«, sagte er.

»Es muss Ihnen nicht leidtun. Mir tut es leid, das reicht für uns beide. Aber ich verstehe Sie jetzt ein wenig besser. Wozu hundert Telefongespräche, wenn man mit Ihrer Maschine in ein paar Sekunden erfahren kann, dass es niemanden gibt, den man anrufen kann?«

29

Um Punkt sechs Uhr öffnete sich die Tür der Harbour Bar, und Marcel trat ein. Fünf leuchtende Augenpaare richteten sich auf ihn, von denen er vier bereits kannte. Tim strahlte den neuen Gast hoffnungsvoll an.

Marcel trat an die Bar, bestellte sich einen doppelten Whisky und trank einen Schluck. Dann wandte er sich an die vier. »Ihnen ist hoffentlich bewusst, dass ich Ihretwegen mit dem Bug die Kaifender gerammt habe. Ich war so überrascht, Sie hier zu sehen, dass ich zu spät reagiert habe. Das ist natürlich kein Vorwurf. Sie konnten ja nicht wissen, wie sehr Sie mich überraschen würden. Oder vielleicht doch?«

Niemand antwortete. Tims Augen waren so groß wie Untertassen.

»Ich möchte Sie auch wegen gestern um Entschuldigung bitten«, fuhr Marcel fort. »Ich war so verblüfft, dass ich wirklich nicht wusste, ob ich das wirklich erlebe oder nur träume. Es passiert schließlich nicht jeden Tag, dass man von vier Menschen aus verschiedenen Ecken von Europa einfach so auf demselben Kai erwartet wird, ohne jede Vorwarnung. Jedenfalls möchte ich Ihnen Folgendes vorschlagen: Sie kommen mit mir an Bord, und ich lade Sie zu einer einwöchigen Kreuzfahrt ein. Wir fahren nach Baltimore in den Südwesten von Irland, dort ankern wir und lernen uns auch ein bisschen besser kennen.

Meine Besatzung und ich haben Urlaub verdient. Sie, Madame Le Grand, waren so freundlich, uns zu Ihnen nach Hause einzuladen, und Sie können hoffentlich bezeugen, dass wir weder schreckliche Langweiler noch ungehobelte Seebären sind. Ich möchte mich auf diese Weise für die Freundlichkeit bedanken, die Sie alle mir an Land erwiesen haben. Was meinen Sie?«

Die vier vermieden es, sich anzusehen. Jacob Nielsen wartete auf die Meinung Madame Le Grands. Peter Sympson wollte nicht antworten, bevor er wusste, wie Rosa Moreno sich zu verhalten gedachte. Rosa Moreno dachte, sie sei zu jung, um als Erste zu antworten. Darum ergriff Madame Le Grand schließlich zögernd das Wort.

»Ich komme gern mit«, sagte sie und hörte, wie vergnügt ihre Stimme dabei klang.

»Ich auch«, sagte Jacob Nielsen.

Es wurde erneut still. Rosa Moreno warf Peter Sympson einen hastigen Blick zu.

»Und Sie, Mr Sympson?«, fragte Marcel. »Sie kennen County Cork natürlich schon. Aber vielleicht ist es für Sie interessant, es einmal von See aus zu erleben?«

»Ich muss natürlich an meinen Laden denken«, antwortete Peter Sympson.

»Natürlich. Aber wenn ich mich richtig entsinne, waren Sie eigentlich kein Freund fester Geschäftszeiten?«

»Das ist richtig.«

»Und Sie, Rosa?«, fragte Marcel. »Sie wollten doch so gern mit einem Seemann ziehen?«

»Ja«, sagte Rosa Moreno, »das will ich auch immer noch.«

»Da sehen Sie, Mr Sympson. Drei gegen einen, wenn

Sie auch nicht so weit gereist sind wie die andern, um mich zu treffen.«

»Dann beuge ich mich der Mehrheit.«

»Also abgemacht. Kommen Sie morgen vor zwei Uhr an Bord. Wir legen um drei Uhr mit der Flut ab.« Marcel leerte sein Glas in einem Zug, nickte ihnen kurz zu und ging.

»Wer hätte das gedacht?«, rief schließlich Jacob Nielsen.

»Ich«, sagte Madame Le Grand.

Danach zog sich einer nach dem anderen zurück. Tim blieb allein zurück, völlig verblüfft. Was sollte das denn heißen? Wie konnten vier erwachsene Menschen auf den Gedanken verfallen, für eine Woche an Bord eines Frachtschiffs zu gehen? Ohne dass sie sich richtig kannten! Außerdem wäre Tim seine sämtlichen Gäste auf einen Schlag los. Einen kurzen Augenblick erwog er, zu diesem Kapitän zu gehen und ihm vorzuschlagen, dass sie alle fünf in Tims Hotel bleiben sollten. Tim wollte dafür sorgen, dass sie ungestört waren, und das Guinness würde er noch besser zapfen als sonst, ein Guinness, das sie ihr Leben lang nicht vergessen würden.

Als Tim aber gründlich über die Angelegenheit nachgedacht hatte, verließ ihn der Mut. Auf solche Abenteuer wollte er sich nicht einlassen. Weiterhin mit beinahe nichts zufrieden zu sein, war auch eine Kunst, die Tim zweifellos vollendet beherrschte und die auch auf niemandes Kosten ging als auf seine eigenen.

30

Sundgren fragte sich besorgt, was eigentlich los war. Zuerst hatten sie zum Löschen zwei Tage statt nur einen gebraucht. Marcel hatte der Reederei mitgeteilt, sie hätten Probleme mit den Generatoren. Aber in Wirklichkeit hatte Marcel Probleme mit diesen Leuten, die auf dem Kai gestanden und auf ihn und das Schiff gewartet hatten. Das war zumindest Sundgrens Theorie.

Und nun hatte Marcel ihn gebeten, die gesamte Besatzung auf die Brücke zu rufen. Sundgren befürchtete, dass Marcel ihnen sagen wollte, er werde endgültig abmustern. So etwas war schon öfter vorgekommen. Aus heiterem Himmel hatte Marcel erklärt, er werde jetzt an Land bleiben. Jedes Mal hatte Sundgren darauf hingewiesen, dass die Reederei ihn auf die schwarze Liste setzen werde, wenn er seinen Vertrag brach, worauf Marcel die Achseln zuckte. Und Sundgren hatte jedes Mal recht behalten – Marcel wurde in Quarantäne geschickt und nur deshalb in Gnaden wieder aufgenommen, weil Sundgren gebeten und gebettelt hatte, dass dem ganzen Unsinn ein Ende gemacht wurde.

So war es immer gewesen. Wenn er sich einige Wochen lang herumgetrieben hatte, war Marcel mit seinem Seesack und seinem Leinwandbeutel wieder am Kai aufgetaucht und an Bord gegangen, als wäre nichts gewesen. Froh und glücklich schien er, dass er wieder da war, ja sogar, dass er wieder mit Sundgren fahren durfte, zumindest so froh und glücklich wie einige Wochen zuvor, als er von Bord gegangen war.

Marcel, dachte Sundgren, und auf seiner Stirn zeigte sich eine tiefe Falte, tat immer, was er wollte. Was mochte es diesmal sein? Warum hatte er die ganze Besatzung auf die Brücke gerufen, und das in eindeutigem Befehlston? Marcel, der niemals Befehle erteilte, sondern sich darauf verließ, dass jeder wusste, was nötig war. Auch die anderen schienen zu spüren, dass etwas in der Luft lag. Sie warfen Marcel und Sundgren fragende Blicke zu.

»Ihr fragt euch bestimmt, warum ich euch zusammengerufen habe«, begann Marcel. »Der Grund ist, ihr sollt meine Zeugen sein.« Marcel sah Sundgren an. »Ihr sollt alle bezeugen, dass ich Sundgren jetzt gleich einen Befehl gebe. Damit auch nicht der geringste Zweifel darüber besteht, dass ich die volle Verantwortung trage.«

»Wofür?«, fragte Sundgren.

»Lies vor, was auf diesem Fax steht, das du jetzt gleich an unsere geliebte Reederei schicken wirst!«

Marcel gab ihm ein Stück Papier, und Sundgren las vor: »Maschinenschaden. Gehen nach Baltimore, Südwestirland, ankern dort zur Reparatur. Rechnen damit, die Reparatur mit Bordmitteln bewältigen zu können. Reparaturdauer zehn Tage.« Sundgren sah von dem Papier auf. »Aber das ist doch gelogen«, sagte er.

Marcel wandte sich an Edwards, den Maschinisten. »Edwards, was meinst du? Wir haben doch einen kleinen Maschinenschaden, den wir reparieren müssen, oder etwa nicht? Einen kleinen Riss in einer Zylinderkopfdichtung zum Beispiel?«

»Sir«, sagte Edwards und lächelte breit, »einer der Zylinder hat sich auf der Reise hierher ganz grässlich angehört. Muss unbedingt gereinigt werden, und vielleicht braucht er sogar ein neues Futter. Das dauert wohl ungefähr eine Woche.«

»Außerdem«, sagte Marcel zu O'Brian, »gibt es recht angenehme Pubs in Baltimore, wenn ich mich recht entsinne.«

»Wenn Sie erlauben«, sagte O'Brian, »möchte ich hinzufügen, dass die Pubs von Baltimore ganz verflucht angenehm sind. Von denen auf Sherkin Island ganz zu schweigen.«

Sundgren sah von Edwards zu O'Brian, von O'Brian zu Edwards und schließlich zu Marcel. War das ein abgekartetes Spiel? Offenbar nicht, Edwards und O'Brian hatten ganz einfach schneller begriffen, wie der Hase lief, als Sundgren selbst. Als sei es das Natürlichste der Welt, hatten sie sich hinter Marcels Einfall gestellt, während er, Sundgren, der schon seit fünfzehn Jahren mit ihm fuhr, seine Begründung angezweifelt hatte. »Ich faxe die Mitteilung sofort raus«, sagte er.

»Obwohl es gelogen ist?«, fragte Marcel.

Sundgren sah beschämt zu Boden. Zehn Minuten später kam er zurück. »Die Reederei hat bestätigt. Sie bitten uns nur, uns zu beeilen und sie über alle Verspätungen und Kosten auf dem Laufenden zu halten. Sie haben uns sogar Glück gewünscht.«

»Männer«, sagte Marcel, »wir laufen morgen mit der Flut aus, fahren direkt nach Baltimore und machen eine Woche Ferien, die haben wir uns verdient.«

»War das alles?«, fragte Sundgren.

»Fast«, antwortete Marcel. »Morgen kommen vier Passagiere an Bord. Zwei Damen und zwei Herren. Sie brauchen etwas Abwechslung und frischen Wind.«

Sundgren blieb, die anderen gingen. »Ich komme mir vor wie ein Verräter«, sagte er.

»Aber nein. Du bist nur pflichtbewusst und hast Angst, der Skipper lässt dich allein auf deiner Brücke. Beides ist lobenswert.«

»Bist du sicher?«

»Habe ich je einen anderen Steuermann haben wollen?«

31

Die Passagiere kamen. Maman zuerst, mit ihrem Koffer auf Rädern. Hinter ihr Rosa Moreno mit ihrem Rucksack. Dann kam Jacob Nielsen, ausgerüstet wie ein Geschäftsmann, der er ja auch gewesen war: Aktenkoffer, Reisekoffer aus gesicktem Aluminium und über den Arm einen Kleidersack. Als Letzter kam Peter Sympson, und weil er nicht so weit gereist war wie die anderen, hatte er von allen am wenigsten Gepäck, nur einen schweinsledernen altmodischen Rucksack mit einem eingebauten Angelstuhl. An der einen Seite dieses Rucksacks baumelten ein Satz Meißel und ein Steinhammer. Ohne sie kam Peter Sympson sich nackt und schutzlos vor.

Marcel empfing sie am Landungssteg und zeigte ihnen den Weg zu ihren Kabinen. Dank des guten Willens seiner Besatzung, und den gab es vor allem wegen Maman, konnte Marcel jedem seiner Gäste eine eigene Kabine zur Verfügung stellen. Er bat sie, sich wie zu Hause zu fühlen. Sie sollten ruhig auf die Brücke kommen und beim Ablegen zusehen, er warnte aber davor, sich auf der Steuerbordseite des Schiffs aufzuhalten. Mit Trossen und Winschen mussten Landratten wie sie vorsichtig sein.

Als das Schiff vom Kai ablegte, waren alle vier auf der Brücke. Sie standen im Hintergrund, konnten aber verfolgen, wie Marcel mit wenigen Ruderbewegungen das Schiff dorthin manövrierte, wo er es haben wollte. Sie dachten alle daran, wie sie Marcel zum ersten Mal auf seiner Brücke gesehen hatten.

Ab und zu sahen sie sich verstohlen an und fragten sich, was der andere wohl denken mochte. Schließlich kannten sie sich kaum, mochten auch Rosa Moreno und Peter Sympson einerseits und Madame Le Grand und Jacob Nielsen andererseits sich schon ein wenig nähergekommen sein. Und jetzt sollten sie eine Woche miteinander an Bord eines Frachters verbringen!

Als die offene See vor dem Bug des Schiffs auftauchte, übergab Marcel Sundgren das Ruder. Dieses Mal hatte es länger als sonst gedauert. Sundgren nahm an, Marcel wolle den Augenblick, in dem er sich den vieren an Bord seines Schiffs zuwenden musste, so lange wie möglich hinauszögern.

»Bring sie nach Baltimore, Sundgren!«

»Klar, Käpt'n.«

»Bevor es dunkel wird, müssten wir dort sein.«

»Müssten wir. Die Tide kentert bald.«

»Umso besser. Dann brauchst du dir wegen des Tidenhubs vor dem Old Head of Kinsale keine Gedanken zu machen. Und meinen Gästen bleibt es fürs Erste erspart, seekrank zu werden.«

»Ich bleibe sicherheitshalber zwei Seemeilen darunter.«

»Tu das, Sundgren!«

Sundgren sah, dass Marcel lächelte. Er wusste, dass Marcel ihn wie immer durchschaut hatte. Denn sein Vorschlag hatte nichts mit dem Wohl der Gäste zu tun, sondern mit seiner Sorge um das Schiff, denn die Strömung vor dem Old Head of Kinsale stand in üblem Ruf.

»Heute Abend koche ich, alle an Bord sind zum Essen eingeladen. Sagst du der Besatzung Bescheid?«

Marcel drehte sich um. »Kommen Sie doch mit in die Messe«, sagte er in einem Ton, der einem Kapitän durchaus angemessen war, »auf ein Glas Champagner. Sundgren, mein Steuermann und guter Freund, sorgt dafür, dass das Schiff gut in den Hafen kommt. Nach Baltimore sind es neunzig Seemeilen. Das wird bei unseren fünfzehn Knoten Fahrt gegen die Tide fünf bis sechs Stunden dauern. Vor der Verproviantierung werfen wir in ruhigem Wasser Anker. Vor dem Abendessen, meine ich. Aber Sie müssen nicht mit mir kommen«, fügte er hinzu. »Wenn jemand hier auf der Brücke bei Sundgren bleiben will, zum Beispiel um aufs Meer zu sehen, habe ich nichts dagegen. Denken Sie bitte nicht, dass Sie nach meiner Pfeife tanzen müssen, nur weil Sie hier an Bord meine Gäste sind.«

Alle begleiteten Marcel in die Messe, auch Maman, sehr zu Sundgrens Bedauern, was er aber sorgsam verbarg.

Gleich darauf tauchten sie in der Messe auf. Marcel holte eine Flasche Champagner, nahm fünf Gläser aus einem Schrank, schenkte ein und erhob sein Glas. »Willkommen an Bord!« Ehe er aber sein Glas wieder absetzte, sah er jedem seiner Gäste einzeln in die Augen. »Wie Sie vielleicht ahnen, habe ich eine Frage, um deren Beantwortung ich Sie bitte«, fuhr er fort. »Wie in aller Welt kommt es, dass Sie vier, die ich in verschiedenen Winkeln von Europa kennengelernt habe, in Kinsale zusammen auf dem Kai standen? Kennen Sie sich denn untereinander? Haben Sie sich gekannt, bevor ich Sie kennengelernt habe? Soweit ich weiß, leide ich nicht unter Verfolgungswahn, aber ich muss gestehen, dass ich den Gedanken an eine

Verschwörung nicht ganz abwegig fand, als ich Sie so zusammen auf dem Kai stehen sah.«

Keiner wusste, wer nun antworten sollte. Madame Le Grand machte schließlich das Sprachrohr für alle. »Einige Ihrer Fragen kann ich beantworten. Wir haben uns erst hier in Kinsale kennengelernt, und streng genommen kennen wir uns noch immer nicht. Jedenfalls nicht besonders gut.«

»Drei von uns haben zufällig im selben Hotel gewohnt«, erklärte Jacob Nielsen. »Ich glaube, da hat uns der Zufall einen Streich gespielt.«

»Und in diesem Hotel gibt es eine Bar, in der ich gelegentlich ein Bier trinke«, fügte Peter Sympson hinzu. »Obwohl das in diesem Zusammenhang eigentlich unwichtig ist. In der Bar haben wir uns jedenfalls nicht kennengelernt.«

»Ich glaube«, sagte Rosa Moreno, »wir standen einfach auf dem Kai, weil wir auf Sie gewartet haben, Herr Kapitän.«

»Und das soll ich Ihnen glauben?«

»Es ist die Wahrheit«, sagte Rosa.

»Vielleicht haben die Sterne es so eingerichtet«, sagte Marcel und lächelte sie an. »Wie auch immer, ich will dafür sorgen, dass wir eine angenehme Woche miteinander verbringen. Ich hoffe sehr, Sie haben nichts dagegen?«

»Herr Kapitän«, sagte Madame Le Grand, »ich glaube, keiner von uns hat gegen diese überraschende Kreuzfahrt etwas einzuwenden. Aber da ich mich mit Reedereien ein wenig auskenne, muss ich Sie doch fragen, ob Sie auch keine Schwierigkeiten bekommen, wenn Sie uns an Bord nehmen und eine Woche lang vor Anker liegen?«

»Der Eigentümer dieses Schiffs kann es sich leisten, dass das Schiff eine Woche stillliegt. Aber machen Sie sich keine Sorgen – letztlich wären das allein meine Probleme, nicht wahr?«

»Ich habe auch eine Frage«, sagte Jacob Nielsen. »Wäre es denn nicht einfacher gewesen, mit jedem einzeln an Land zu sprechen? Niemand von uns möchte Ihnen zur Last fallen. Sie müssen schließlich trotz allem Ihren Pflichten nachkommen.«

»Das ist doch das Mindeste, bei all den Mühen, die Sie auf sich genommen haben, um nach Kinsale zu kommen – von Ihnen, Mr Sympson, einmal abgesehen. Auf diese Art möchte ich wiedergutmachen, was ich Ihnen schulde.«

»Was Sie uns schulden?«, fragte Jacob Nielsen überrascht.

»Jeder von Ihnen hat einen einfachen Seemann bei sich aufgenommen, der sich in der kurzen Zeit an Land nach ein wenig Freude und menschlicher Gemeinschaft sehnte. Das ist sehr viel wert.«

Madame Le Grand wollte protestieren und sagen, dass es doch genau umgekehrt war und dass zumindest sie Marcel für ein wenig Sonnenschein im herbstlichen Dunkel von Tréguier zu danken habe. Aber Marcel sprach schon von anderem, von der Küste, die sie passierten, vom Leben an Bord dieses Schiffs, von der Morgen- und Abenddämmerung auf See, vom Leuchtturmwärter auf Fastnet Rock, von der Todesküste und der wunderschönen Bucht bei Cedeira, alles Dinge, von deren Existenz die Menschen an Land kaum etwas ahnten. Dann erzählte er von den Gefühlen, mit denen ein Nomade wie er in den kleinen, unscheinbaren Hafenstädten Europas von Bord und an Land ging, von seinen Vorstellungen, wenn er einen neuen, unbekannten Hafen anlief. Wer mochte in Städten wie Villagarcía, Tréguier, Kinsale oder Marstal leben? Und er erzählte von seiner Neugier auf das Leben der Menschen.

»Als wir nach Tréguier kamen«, sagte Marcel schließlich, »haben Sie, Madame Le Grand, uns am Kai begrüßt. Sie haben sich um uns gekümmert und waren unser Fremdenführer. Und nun bin ich es, und Sie sind meine Gäste. So wie jeder von Ihnen auf seine Weise, will auch ich mein Bestes tun, damit Sie eine Erinnerung mitnehmen, an die Sie für den Rest Ihres Lebens denken werden.«

Wären sie jetzt allein gewesen, so dachte Rosa Moreno, dann hätte sie Marcel gesagt, dass er ihr bereits eine Erinnerung, ein Andenken für ihr ganzes Leben geschenkt hatte, aber sie schwieg, so wie die anderen auch.

»Jetzt muss ich auf die Brücke. Nutzen Sie die Gelegenheit, genießen Sie die Reise, und wenn wir uns Baltimore nähern, sehen wir uns wieder.«

Damit überließ er seine ein wenig verwirrten, ein wenig unsicheren Gäste sich selbst. Sie leerten ihre Gläser, wechselten ein paar freundliche, wenn auch nichtssagende Worte, dann zogen sie sich in ihre Kabinen zurück, um sich an den Gedanken zu gewöhnen, dass sie in Gesellschaft der anderen mit Marcel zusammen sein würden. Peter Sympson und Jacob Nielsen hätten gern den Nachmittag zusammen mit Rosa Moreno beziehungsweise mit Madame Le Grand verbracht, wagten aber nicht, in diesem frühen Stadium mit einem derart dreisten Vorschlag aufzuwarten.

Um sieben Uhr abends, als mit dem weißen Steinhaufen, der »Lot's Widow« genannt wurde, die Einfahrt in die Baltimore Bay in Sicht kam, standen alle wieder auf der Brücke. Sundgren, Marcel und die Passagiere.

Als sich vor dem Bug der Sund öffnete und sie auf das ruhige Fahrwasser zwischen Sherkin Island und dem Festland schauten, übernahm Marcel das Ruder. Kurz darauf rasselte die Ankerkette aus der Klüse, das Schiff legte sich zurecht und drehte den Bug in den leichten südlichen Wind. Es war glücklich an seinem Bestimmungsort angekommen – mit seiner Besatzung, seinen Passagieren und mit einem Kapitän, über den niemand etwas wusste.

Vierter Teil

32

Es war der erste Abend, den sie in Baltimore Bay vor Anker lagen. Die Besatzung und die Gäste versammelten sich in der Messe. Außer Marcel waren alle frisch geduscht und trugen ihre besten Kleider. Marcel hatte die Zeit nach dem Ankern genutzt, um den Tisch zu decken und zu kochen. Nun ging er herum und servierte.

»Und Sie?«, fragte Madame Le Grand, denn sie sah, dass ein Gedeck für Marcel fehlte. »Essen Sie nicht mit uns?«

»Für heute Abend bin ich der Koch und der Kellner. Einer muss es ja übernehmen.«

Die Besatzung kannte Marcel und fand daran nichts Bemerkenswertes. Sie wussten schon lange, dass er keinen festen Platz hatte, weder am Esstisch noch anderswo. Die Gäste dagegen hatten Mühe, sich nicht ständig nach ihm umzudrehen und ihm unruhig nachzusehen, wenn er in der Küche verschwand oder mit einer Platte zurückkam. Sie wollten, dass Marcel im Zentrum stand und nicht irgendwo am Rand ihres Kreises, dass er vielmehr seine Mitte bildete, wie eine Nabe. Aber er schien seine Gäste lieber zu bedienen, ließ hier ein Wort fallen, ein anderes dort, sprach kurz mit diesem oder jenem, ging hin und her.

So mussten sich seine Gäste mit der Besatzung unterhalten und lernten sie auf diese Weise besser kennen. Sundgren strahlte wie eine Sonne, weil er neben Madame Le Grand saß. Er erzählte von Marcel, hob ihn in den

Himmel, als Kapitän natürlich, aber auch als Mensch. Letztlich war dies eines der wenigen Gebiete, auf denen Sundgren brillieren konnte. Er übersah dabei, dass Madame ihn selbst auf diese Weise eigentlich gar nicht bemerken konnte. Im Gegenteil, je mehr Sundgren über Marcel redete, umso deutlicher verstand sie, dass es nicht nur Marcels Lächeln war, was sie aus Tréguier hierhergelockt hatte. Und während Sundgren von Marcels Launen, von seinen Abmusterungen und Landausflügen erzählte, ging ihr langsam auf, mit welcher Vorsicht man einen Menschen wie Marcel behandeln musste. Ein Wort, ein Satzzeichen zu viel, und er wäre verschwunden, auf und davon mit dem Wind, der vom Atlantik blies.

O'Brian mit seinem jungenhaften Grinsen hatte das Glück, Rosa Moreno zur Tischnachbarin zu haben – wenn Marcel das nicht sogar absichtlich so eingerichtet hatte, sagte er sich selbst. Das sähe ihm ähnlich. O'Brian tat, was er konnte, um Rosa Moreno aufzumuntern. Nichts wollte er lieber, als sie lächeln und lachen zu sehen. Dieser Mund! Aber das war gar nicht leicht, und O'Brian musste alle irischen Geschichten mobilisieren, die er kannte, und noch ein paar dazu. Einmal wurden seine Mühen belohnt, und sie leuchtete förmlich auf. Aber gleich darauf musste O'Brian tief enttäuscht feststellen, dass Rosas Lächeln die Reaktion auf einen Blick von Marcel gewesen war.

So war das also, dachte O'Brian. Aber was hatte er sich eigentlich eingebildet? Seinetwegen hatte Rosa nicht in Kinsale auf dem Kai gestanden, das hatte er gleich gewusst. Im Übrigen war er verheiratet, und eine irische Ehe ist wie aus Beton. Nein, er hatte gar nicht die Absicht gehabt, die junge Spanierin zu verführen. Nicht richtig. Er hatte nur spüren wollen, dass auch er einmal jung gewesen war.

Jacob Nielsen hatte den Philippinen Castro zum Tischherrn, wenn man so sagen darf, und er fand sich damit ab, denn auf seiner anderen Seite saß Madame Le Grand, die allerdings von Sundgren mit dem Recht, das ihm der Platz an ihrer Seite verlieh, für den größten Teil des Abends mit Beschlag belegt wurde. Jacob Nielsen hatte Mühe, mit Castro ein Gespräch in Gang zu bringen, bis der fragte, welche Automarke er fahre. Tatsächlich war es so, dass Jacob Nielsen früher einmal einen Mercedes besessen hatte, während es Castros innigster Wunsch war, einmal im Leben einen solchen Wagen sein Eigen zu nennen. Von da an lief das Gespräch über die Automarke Mercedes ganz von selbst.

Schließlich musste Nielsen Castro aber einfach fragen, warum sein größter Wunsch denn gerade ein Mercedes sei.

Castro lachte. »Es ist ein besseres Auto als ein BMW«, sagte er, »und einen Rolls-Royce kann ich mir ja doch nie leisten, und wenn ich noch so viele Überstunden mache.«

Für einen Augenblick verachtete Jacob Nielsen diesen Castro, dessen einziger Lebenstraum darin bestand, Besitzer eines Autos einer bestimmten Marke zu sein. Aber dann fiel ihm ein, dass es bei ihm zu Hause in Dänemark eigentlich auch nicht anders war. War ein Karrierist wie sein Sohn zum Beispiel ein besserer Mensch als dieser sogenannte einfache Seemann? Je mehr Geld man hatte, desto eleganter war das Auto, das man sich kaufte. Der einzige Unterschied bestand darin, dass man die eigene kindliche Begeisterung besser kaschierte als Castro.

Peter Sympson war inzwischen hin- und hergerissen

zwischen Edwards' ungeschliffener Freundlichkeit und Rosa Morenos schönem Gesicht ihm gegenüber. Um sie aber nicht ständig anzustarren, unterhielt er sich intensiv mit Edwards.

Man sprach über edle Steine und Motoren. Peter Sympson begriff, so wie Madame Le Grand viele Jahre zuvor, dass manche Menschen eine tiefe Liebe zu Motoren besaßen und der Ansicht waren, Motoren hätten genau wie Menschen eine Seele und eine Persönlichkeit, die in einigen Fällen sogar stärker sei als die von Menschen. Das zumindest war Edwards' unerschütterliche Überzeugung, die sich auf eine reiche Erfahrung mit beiden Gruppen stützte.

Edwards wiederum entdeckte zu seiner Verblüffung, dass für einen Menschen wie Peter Sympson Edelsteine das Tor zur Ewigkeit sein konnten. Als Peter Sympson sich dann über den Facettenschliff verbreitete, fanden sie zu einer wirklichen Verständigung. Was den Maschinisten mit dem Juwelier verband, war die *Präzision* – mit der die Treibstoffpumpen Dieselöl in Sekundenbruchteilen in den Zylinder spritzten, wohingegen der Facettenschleifer mit einer Genauigkeit von einem tausendstel Grad arbeitete. Nach einigen Gläsern waren sie sich einig: Der große Vorteil edler Steine beziehungsweise Motoren war, dass beides Präzisionsinstrumente seien, während Menschen sich bekanntlich nur allzu häufig als Halbfabrikate und Montagsprodukte entpuppten.

Mit einer Ausnahme, die Peter Sympson im Stillen gern einräumte: die junge Spanierin Rosa Moreno. Und darum versetzte es ihm jedes Mal einen Stich, wenn er aus dem Augenwinkel sah, dass ihr Blick Marcel suchte, wenn der ihnen gerade den Rücken zukehrte.

Rosa Moreno beschränkte sich im Großen und Ganzen aufs Zuhören, und auch das tat sie nur mit halbem Ohr: Von der einen Seite drangen vor allem O'Brians Geschichten an ihr Ohr, von der anderen Fetzen aus anderen Unterhaltungen. Nichts davon blieb in ihrem Gedächtnis haften. Sie war erstaunt über sich selbst. Erstaunt, dass gerade sie sich an Bord eines jener Schiffe befand, denen sie in Villagarcía beim Anlegen zugesehen hatte, erstaunt über die Menschen, die sie umgaben und die ihr jedes nur mögliche Wohlwollen erwiesen, ihr, die doch noch niemand, Marcel und Juan ausgenommen, jemals richtig bemerkt hatte, ihr, die so oft in ihrer leeren Einzimmerwohnung aufgewacht war und den Tag damit begonnen hatte, sich irgendwie zu vergewissern, dass sie noch existierte.

Besonders Peter Sympsons verstohlene Blicke fielen Rosa Moreno auf. Sie dachte an den Ausdruck seines Gesichts, als sie den Stein aussuchte, den sie sich wünschte. Das war fast, als hätte er und nicht sie ein Geschenk bekommen. Wenn doch Marcel so gewesen wäre, damals, als sie ihm ihren Ohrring geschenkt hatte! Und wenn sie doch einen Stein wie den von Peter Sympson hätte, um ihn Marcel zu schenken! Außerdem war ihr aufgefallen, dass Marcel zum Essen einen anderen Pullover angezogen hatte und dass der Karneol offensichtlich zu dem Pullover gehörte, an dem er steckte, und nicht zu dem, der ihn trug. Und das war auch nur gerecht so, dachte Rosa Moreno. Trotz allem, was Peter Sympson ihr gesagt hatte, bereute sie es, Marcel einen Karneol geschenkt zu haben. Einen Stein, der die Reinheit der Rasse symbolisierte! Das Geschenk einer Frau, die kaum wusste, wer sie war, an einen Mann mit schrägen Augen und weißer Haut.

33

Der Kopf drehte sich Rosa Moreno, als sie, begleitet von O'Brian, der ihr den Weg gezeigt hatte, wieder in ihre Kabine zurückkehrte. O'Brian wünschte ihr eine gute Nacht und bedankte sich für den angenehmen Abend. Rosa Moreno brachte nur ein Nicken zustande und den Versuch eines Lächelns. Sie zog sich aus, legte sich nackt aufs Bett und sah an sich herunter. Sie sah ihren Bauch, der leicht gewölbt war. Sie fuhr über die Wölbung und sagte zu dem Kind in ihr, was sie Marcel hätte sagen wollen. Und was war das? Dass sie ihn liebte? Nein, denn da war sie sich nicht ganz sicher. Sie liebte eine seiner Eigenschaften, die ihr das Gefühl gab, dass sie ebenso wichtig war und dass sie dasselbe Recht auf Achtung hatte wie alle anderen auch. Von Anfang an hatte sie gefühlt, dass es keinen Sinn hatte, sich vor Marcel interessant zu machen, und dass es auch nicht nötig war. Aber wie konnte sie ganz sie selbst sein, wo sie doch kaum wusste, wer sie war? Welche Bedeutung konnte ein Mädchen wie sie für Marcel haben, außer dass sie ein Mädchen in einem Hafen war, unter Tausenden anderen Mädchen in Hunderten anderen Häfen?

Madame Le Grand gehörte zu den Letzten, die den Tisch verließen. Als sie sich schließlich erhob, saßen dort nur noch Marcel und Jacob Nielsen. Sie hatte gehofft, sie würde irgendwann mit Marcel allein sein, aber Jacob

Nielsen saß wie angewachsen auf seinem Stuhl. Er hatte, wie Marcel übrigens auch, eine erhebliche Menge Whisky getrunken. Marcel war nichts anzumerken, Nielsens Augen dagegen waren allmählich immer glasiger geworden, obwohl er noch klar und deutlich sprach. Sie selbst hatte nur ein wenig Rotwein getrunken, und ihr Kopf war völlig klar. Viel zu klar, dachte sie. Mit jedem immer noch etwas längeren Blick, den sie Marcel in der Hoffnung zuwarf, ihre Augen würden sich begegnen und aneinander hängen bleiben, sah sie Yann vor sich, wie er immer weiter ins Meer hinausging. Jedes Mal, wenn sie Marcel ansah, war ihr, als ginge Yann einen weiteren Schritt ins Meer. Als wäre es ihre Schuld gewesen, dass Yann damals im Nichts verschwand! Sie wusste, Yann wäre der Erste gewesen, der ihr einen neuen Lebensgefährten wünschte, und er wäre der Letzte, der ihr deshalb je Vorwürfe machen würde, falls es gegen alle Wahrscheinlichkeit doch einen Himmel gab, wo sie sich wiedersehen würden. Aber ihr Schuldgefühl konnte sie auf diese Weise nicht abschütteln. Sie war schließlich so glücklich gewesen, wie ein Mensch sich das im Leben nur wünschen konnte. Mehr zu wollen, wäre Hochmut gewesen und ungerecht gegenüber allen, die solches Glück überhaupt nie erlebt hatten, wie diese junge Spanierin vielleicht.

Madame Le Grand dachte, sie hätte sich doch einen Schwips antrinken sollen, so wie Jacob Nielsen. Dann hätte sie wenigstens für eine Weile vergessen, wer sie war und woher sie kam.

Sobald Rosa Moreno mit diesem ewigen O'Brian, der sie den ganzen Abend belagert hatte, den Tisch verließ, erhob sich auch Peter Sympson. Vielleicht war es trotz allem gut, dass er Rosa Moreno nicht zu ihrer Kabine begleiten durfte. Zwar wollte er mit ihr allein sein, aber was sollte er ihr sagen? Etwa, dass sie jetzt um fünfzigtausend Pfund reicher war und dass Marcel ihm nur noch nicht das Zeichen gegeben hatte? Nicht mit einem Wort hatte Marcel diese Angelegenheit erwähnt. Peter Sympson hatte sein Scheckheft bei sich, seine Bank würde jedem von ihm bezeichneten Empfänger jeden gewünschten Betrag sofort auszahlen.

Sollte er ihr nicht jetzt sofort seinen eigenen Stein schenken? Oder später? Es stimmte, er hatte ihr gesagt, sie dürfe sich den Stein aussuchen, der ihr am besten gefiel. Aber würde er es auch wirklich ertragen, ihr den Stein zu geben, nur um sie für immer und womöglich auch noch zusammen mit Marcel verschwinden zu sehen? Sollte er ihr nicht anbieten, ihr weitere Steine zu zeigen, bevor sie sich entschied? Und so weiter, dachte er. Die Wahrheit war, Peter Sympson hatte das Gefühl, er stehe im Begriff, einen großen Rohdiamanten in zwei Teile zu spalten, ohne genau zu wissen, was er tat, ohne zu wissen, wo die Bruchflächen liegen würden und ob die gespaltenen Teile ohne allen Wert oder gerade besonders wertvoll sein würden.

Sollte er Madame Le Grand anbieten, sie zu ihrer Kabine zu begleiten? Kaum hatte er sich diese Frage gestellt, wusste Jacob Nielsen, dass die Antwort »nein« lauten musste. Dazu hatte er zu viel getrunken und war sich seiner nicht mehr sicher genug. Und außerdem wollte er keine Ablehnung riskieren, vor allem nicht in Marcels Gegenwart. Warum? Er hoffte, es liege einfach daran, dass er betrunken war. Aber ganz tief in seinem Innern, irgendwo auf dem fernen Grund seiner verschlungenen Fraktale und hinter dichtem Whiskynebel, fühlte er, dass es viel ernster war. In Wirklichkeit hatte er Angst vor Madame Le Grand. Oder zumindest hatte er Angst, von ihr abgewiesen zu werden, einen Korb zu bekommen, ehe er ihr auch nur etwas nähergekommen wäre und ehe sie auch nur verstanden hätte, dass er ein lebendiger Mensch war und mehr als ein fanatischer Computerfreak. Außerdem hatte er den Verdacht, dass Madame Le Grand ein Auge auf Marcel geworfen hatte. Schließlich war sie seinetwegen nach Kinsale gekommen. Und was hatte er, ein ziemlich nervöser ehemaliger Informatiker, ihr denn zu bieten, im Vergleich zu diesem so unbekümmerten Kapitän Marcel? Nichts, nicht wahr?

34

Es war an ihrem ersten Tag in Baltimore Bay. Früh am Morgen hatte Marcel O'Brian gebeten, ihn mit dem Schlauchboot an Land zu bringen. In einer Segelschule erkundigte er sich dann, ob man ihm eine stabile Segeljolle vermieten konnte, die fünf Erwachsene aufnahm. Die Hauptsaison war vorbei, und man überließ ihm gerne eine Caravelle, die er so lange benutzen durfte, wie er wollte.

»Unsere Gäste müssen etwas zu tun haben«, erklärte er später O'Brian, als sie im Baltimore Pub ein Bier tranken. »Ich will ihnen ein paar kleine Segeltouren vorschlagen, das Wasser hier in der Gegend ist ruhig.«

»Glaubst du wirklich, das interessiert die? Scheint sich doch um echte Landratten zu handeln.«

»Wir werden sehen.«

»Offen gestanden, frage ich mich, warum du sie überhaupt an Bord genommen hast.«

»Was hätte ich tun sollen? Sie sind immerhin durch halb Europa gefahren, um mich zu sehen, außer natürlich dem Juwelier.«

»Weißt du denn, warum sie sich mit dir treffen wollten? Ich meine, sie müssen doch ein paar gute Gründe gehabt haben, um auf gut Glück so weit zu reisen?«

»Nein, keine Ahnung.«

O'Brian lächelte verschmitzt. »Also wenn du mich fragst, ich glaube, die Spanierin hat sich in dich verliebt, und Maman hatte schon recht, als sie damals in Tréguier von gebrochenen Herzen sprach.«

»Das habe ich mir auch schon gedacht, leider.«

»Leider? Sie ist ein schönes Mädchen. Wäre ich jünger und unverheiratet, ich würde nicht eine Sekunde zögern.«

»Zögern – womit?«

»Na, etwas mit ihr anzufangen.«

»Und wenn es klappen würde?«

»Ich wäre der glücklichste Mann, ganz einfach.«

»Und sie?«

»Na ja, das ist die Frage.«

»Bei mir ist es eher umgekehrt.«

O'Brian fragte nicht, was Marcel damit meinte. So was fragt man nicht. O'Brian hatte noch nie daran gedacht, aber nun fiel ihm auf, wie selten sich die Besatzung über ihren Kapitän unterhielt. Marcel hatte etwas Selbstverständliches, obwohl er doch mit keinem anderen Kapitän zu vergleichen war, unter dem O'Brian gefahren war, und auch mit keinem anderen Menschen, dem er begegnet war. Marcel hatte nicht nur niemals schlechte Laune und lebte und handelte, wie es ihm gefiel und als könnte ihn nichts davon abhalten. Nein, am meisten imponierte O'Brian Marcels Ruhe. Es schien, als sei Marcel durch nichts aus dem Gleichgewicht zu bringen, ob es nun schweres Wetter war oder die idiotischen Anweisungen der Reederei oder irgendwelche Dummheiten der Besatzung. Manchmal erschien Marcel mit seiner stoischen Ruhe regelrecht unmenschlich und geradezu unwahrscheinlich.

Auch als sie im vergangenen Jahr auf offener See einen Container gerammt und sich ein metergroßes Loch knapp über der Wasserlinie zugezogen hatten, war Marcel nicht nervös geworden. Er hatte das Schiff eng im Kreis fahren lassen, was es zum Krängen brachte und es ihnen ermöglichte, das Leck notdürftig abzudichten. Und O'Brian musste noch oft daran denken, wie sie damals die vier Senegalesen an Bord entdeckt hatten. Kurz zuvor hatten sie die Geschichte von diesem russischen Kapitän auf der McRuby gehört, der sieben blinde Passagiere aus Afrika hatte umbringen und ihre Leichen über Bord werfen lassen. Die Bestimmungen waren glasklar. Der Kapitän hatte dafür zu sorgen, dass keine blinden Passagiere an Bord kamen. Der Rücktransport eines blinden Passagiers konnte ihn bis zu zehntausend Dollar kosten. Und wenn es ganz dumm kam, untersagten die Hafenbehörden ihm, mit seinem Schiff einzulaufen. Dann musste man zum Ausgangshafen zurück, um die unerwünschten Gäste an Land zu setzen. In dem Fall konnte es auch noch passieren, dass irgendein korrupter Beamter sich gut dafür bezahlen ließ, dass er seine Landsleute wieder in Empfang nahm. Einen blinden Passagier an Bord zu haben, war das Schlimmste, was einem Schiff zustoßen konnte. O'Brian konnte es in gewisser Hinsicht sogar verstehen, wenn da ein Kapitän – und erst recht ein bettelarmer Russe ohne Zukunftsaussichten – einmal den Kopf verlor.

Nach dem Drama auf der McRuby hatte man auch sie angewiesen, den Landungssteg in allen Risikohäfen rund um die Uhr zu überwachen. Und obwohl sie diese Anweisung befolgten, hatte Edwards auf der Höhe von Madeira in einer Kammer des Maschinenraums, in der er Ersatzteile verwahrte, vier Senegalesen entdeckt, ausgehungert und in Todesangst.

Was hatte Marcel getan? Er hatte die vier als seine Gäste

behandelt. Er stellte ihnen seine Kabine zur Verfügung, gab ihnen Kleider, ließ sie sich satt essen und erklärte ihnen in seinem Seemannsfranzösisch, wie man sich mit der abendländischen Zivilisation arrangierte. Sie hingegen erzählten ihm von ihrem Leben in Senegal, von ihren Wünschen und Hoffnungen, von Freunden und Verwandten, ihrem Glauben und von vielem anderen, wovon die Besatzung keine Ahnung hatte. Geduldig hatte Marcel übersetzt, was sie erzählten.

Das Ergebnis war, dass jedes Besatzungsmitglied vier neue Freunde gewann, Freunde, die für Marcel und seine Mannschaft, wenn nötig, ihr Leben gegeben hätten. Wo mochten sie jetzt sein? Mithilfe der Besatzung hatte Marcel sie in Rotterdam an Land geschmuggelt und ihnen Geld und eine Liste mit Adressen von Leuten gegeben, die ihnen weiterhelfen konnten. Marcel hatte ihnen geraten, in den Senegal zurückzukehren. In Europa würden sie schon allein dafür ihr Leben lang kämpfen müssen, dass man sie als Menschen anerkannte und behandelte, und er fügte hinzu, damit kenne er sich aus.

O'Brian erinnerte sich, wie leer es plötzlich gewesen war, als die vier nicht mehr auf ihrem Schiff waren. Sie hatten dem Leben an Bord Farbe gegeben. Nur Marcel schien der Abschied überhaupt nicht zu berühren. Und bald war es, als wären sie niemals an Bord gewesen.

Marcel war kein Kind von Traurigkeit, so viel stand fest, aber O'Brian kannte sich mit ihm trotzdem nicht aus. Wozu auch? Es genügte, dass er ihr Kapitän war. Gerade darum gefiel es O'Brian gar nicht, dass Marcel diese vier Passagiere an Bord genommen hatte. Einer wäre noch angegangen, Rosa zum Beispiel, aber vier! Mit Marcel kannte man sich wirklich nicht aus. Durchaus möglich, dass er plötzlich verschwand, so wie die Male, als er ohne ein Wort einfach abgemustert hatte. O'Brian war sich sicher, dass Maman und Rosa beide in Marcel verliebt waren. So was konnte Schwierigkeiten geben. Und die beiden anderen, Nielsen und Sympson, was waren denn das für Figuren? Was wollten die von Marcel? Nein, ein wenig besorgt war O'Brian schon, auch wenn er nichts gegen ein paar Tage Ferien hatte. Ihm schien eigentlich alles möglich, nur nicht, dass Irland das Fünf-Nationen-Turnier im Rugby gewann. Gestern erst hatten die All Blacks das Stadion mit ihnen aufgewischt, und die Franzosen waren zurzeit bärenstark. Schade, dass sie in der Woche, in der das Turnier stattfand, Gäste an Bord hatten. Jetzt, wo er ausnahmsweise mal in seiner Heimat war, hätte er am liebsten in einem Pub gesessen und sich die Spiele mit einem Pint in der Hand im Fernsehen angesehen. Aber wenn Marcel Hilfe brauchte, musste man ihm helfen. O'Brian hielt sogar treuer zu Marcel als zum irischen Rugbyteam. Zumindest dieses Mal, da sie ja ohnehin keine Chance hatten.

35

Bereits am ersten Tag, den sie in Baltimore Bay vor Anker lagen, schlug Marcel beim Mittagessen eine Fahrt mit der Segeljolle vor. Von den vier Passagieren war nur Rosa Moreno in gewisser Hinsicht schon einmal auf See gewesen, nämlich bei der jährlichen Fahrt mit der Madonna auf dem Ría Arousa. Selbstverständlich wusste Madame Le Grand über die Seefahrt fast alles, aber richtig auf See war sie niemals gewesen und mit einem kleinen Boot erst recht nicht. Peter Sympson war als Juwelier der Prototyp einer Landratte. Jacob Nielsen schließlich hatte nie die Zeit gehabt, so behäbige Transportmittel wie Segelboote zu benutzen. Sogar für die kurze Reise über den Öresund hatte er das Flugzeug oder einen Hubschrauber genommen. Aber obwohl sie alle so wenig Erfahrung auf dem Wasser hatten, stimmten doch alle ohne Zögern zu, vor allem, damit sie mit Marcel zusammen sein konnten.

Marcel setzte sich in der Mitte des Boots vor den Mast und wies den anderen ihre Plätze zu. Madame Le Grand übernahm anfangs die Ruderpinne, Rosa die Fockschot, Peter Sympson und Jacob Nielsen sollten bei Windböen als Gegengewicht dienen. Marcel erklärte seinen Gästen, sie befänden sich nicht nur auf keiner Sightseeingtour, und dies sei auch kein Ausflug ins Blaue. Nein, wenn sie wirklich mit dabei sein wollten, dann müssten sie sich natürlich auch selbst in der Kunst des Segelns erproben.

Jacob Nielsen fragte, ob es denn wahr sei, was er von eingefleischten Segelfreunden gehört habe, nämlich dass Segeln etwas schlichtweg Notwendiges sei. »Wozu soll es denn gut sein?«, fragte er. »Sie als Seemann müssen doch darüber nachgedacht haben?«

»Wozu es gut sein soll?«, fragte Marcel zurück. »Das ist eine komplizierte Frage, auf die es bestimmt viele Antworten gibt, oberflächliche und tiefgründige. Vielleicht könnte man sagen, Segeln hilft, die eigene Vergänglichkeit zu ertragen.«

Rosa Moreno kannte dieses englische Wort nicht.

»Bestimmt verstehen unterschiedliche Menschen darunter Verschiedenes. Selbst in ihrer eigenen Sprache. Für mich ist das Leben wie das Kielwasser eines Schiffs. Einen Augenblick, nachdem wir vorübergefahren sind, erinnert nichts mehr daran, dass wir jemals da waren.«

Madame Le Grand sah auf. Sie fühlte sich getroffen. Sie, die zu Yanns Gedenken so viel Zeit zur Bekämpfung der Vergänglichkeit aufgewandt hatte und um keinen Preis akzeptieren wollte, dass Menschen nur Tautropfen in der Morgendämmerung waren oder Schatten, die sich im letzten kraftlosen Licht der Abenddämmerung auflösten!

Peter Sympson saß in Gedanken an der Steuerbordreling. Marcel hatte zweifellos recht. Denn wenn etwas sicher war, dann, dass dieses ganze Gerede von einem Leben nach dem Tod Humbug war, reines Wunschdenken. Für den alten Tom in der Tap Tavern gab es kein Paradies, wo er bis in alle Ewigkeit am Kamin sitzen und seinen Pint Guinness und Whisky trinken durfte. Es gab keinen Himmel, in dem der alte Tom seine Frau einst wiedersehen würde und endlich die Kinder bekäme, die er im irdischen Leben nie bekommen hatte. So einfach war das. Beständig war nur die harte Schönheit des Diamanten. Und sogar sie konnte durch die sagenhafte Dummheit der Menschen zerstört werden.

Jacob Nielsen war kein philosophischer Kopf, und er selbst hätte das als Erster zugegeben. Die Beantwortung von Fragen der Art, ob der Mensch am Ende mehr sei als Kielwasser, überließ er gern anderen. Aber er musste zugeben, dass Marcel den Nagel auf den Kopf getroffen hatte. Und hatte er selbst sich nicht einfach nur wichtigmachen wollen, als er auf den Gedanken verfiel, überall seine Datenspuren zu hinterlassen? Wozu diese Manie? Nun, vermutlich hatte er einfach Angst, seine Söhne könnten eines Tages erleichtert sein, dass sie ihn los waren. Und warum sonst hätte er sich für diese elegante Maman interessieren sollen, die jetzt die Ruderpinne hielt, aber im gewöhnlichen Leben Seeleute archivierte? Denn eine Festplatte konnte trotz allem abstürzen. Kein Speichermedium hatte eine unbeschränkte Lebensdauer. Als Experte für Datensicherheit wusste er, wie leicht unersetzliche Daten verloren gehen konnten.

Als Rosa Moreno dank Marcels Erklärung begriffen hatte, was »Vergänglichkeit« hieß, dachte sie sofort an das Kind in ihrem Leib. Marcel hatte unrecht, dachte sie, er musste unrecht haben. Der Beweis dafür, dass Rosa Moreno nicht nur ein Leben hatte, befand sich in ihrem Körper. Ein Kind war auf jeden Fall mehr als Kielwasser. Ob man schon sehen konnte, dass sie schwanger war? Sie hatte sich schon immer locker und luftig gekleidet, mit weiten Pullovern und Röcken, und sie gab sich keine besondere

Mühe, ihre Schwangerschaft zu verbergen. Eigentlich hoffte sie sogar, dass Marcel ihren Zustand entdecken werde, ohne dass sie selbst etwas zu sagen brauchte. Überhaupt war sie voller Hoffnung, mochte Marcel gesagt haben, was er wollte. Alles würde gut gehen, daran glaubte sie fest, wenn sie auch nicht wusste, wie. »Was soll ich damit machen?«, fragte sie Marcel und hielt die Vorschot in die Höhe.

»Damit reguliert man den Winkel des Vorsegels im Wind«, erklärte Marcel.

Bevor sie von der Längsseite des Schiffs ablegten, erzählte Marcel nur vom Wind und wieder vom Wind, als wollte er allein damit aus Landratten Segler machen. Sie müssten selbst zurechtkommen, so gut es eben möglich war, erklärte er ihnen, und ihre Fehler gegenseitig ausgleichen. Er selbst wollte nur darauf achten, dass sie nicht kenterten oder auf Grund liefen. Es war also nicht erstaunlich, dass die gesamte Besatzung an der Reling stand. Sie wollten mit ansehen, wie das Ganze ausging.

Es ging jedenfalls gut los. Marcel schob den Bug in den Wind, bis die Jolle sich um einige Bootslängen von dem schwarzen Stahlrumpf entfernt hatte, der sich hinter ihr auftürmte. Madame Le Grand hielt die Ruderpinne gerade und hoffte, sie könnte das auch so lange durchhalten, bis ein anderer übernahm. Allerdings kam gleich darauf eine Böe, und der Bug wies in eine andere Richtung. Langsam schob Madame Le Grand die Pinne auf die andere Seite, in der Hoffnung, der Bug werde jetzt wieder die Position einnehmen, in der er sich noch einen Augenblick zuvor befunden hatte. Das Resultat war jedoch genau entgegengesetzt. Schon spürte Madame Le Grand, dass der Wind ihr in den Nacken blies. Also zog sie rasch das Ruder in die entgegengesetzte Richtung und hielt es fest, bis das Boot sich um hundertachtzig Grad gedreht hatte und der Bug genau in den Wind zeigte. Beide Segel begannen zu flattern und schlugen hin und her. Madame Le Grand hatte keine Ahnung, was jetzt zu tun war, und ließ das Ruder darum einfach los. Zu ihrer Überraschung entdeckte sie, dass plötzlich alles still war. Die Jolle trieb langsam rückwärts. »Was ist passiert?«, fragte sie und sah zu Marcel. »Was soll ich denn jetzt tun?«

Marcel breitete die Arme aus.

»Sie wollen uns doch nicht im Ernst ganz allein segeln lassen?«, rief Jacob Nielsen.

»Nicht allein«, antwortete Marcel. »Zusammen.«

»Und was habe ich falsch gemacht?«, fragte Madame Le Grand die anderen, und bei sich dachte sie: Wer sich in Gefahr begibt, kommt darin um. Und sie fragte sich, was Marcel ihnen eigentlich beibringen wollte.

Zusammen gingen sie durch, was gerade geschehen war, und während sie gemächlich über das leicht gekräuselte Wasser des Baltimore Harbour trieben, versuchten sie zu begreifen, wie man ein Boot genau dorthin bekam, wo man es haben wollte, statt das Gegenteil. Die Diskussion schlug mitunter hohe Wellen.

»Dürfen wir Fragen stellen?«, fragte Jacob Nielsen Marcel.

»Wenn es sich um eine Frage handelt, die alle betrifft.«

Nach einigem Konferieren machte Jacob Nielsen sich zum Sprecher der Passagiere. »Wir haben zwei Fragen: erstens – worauf müssen wir am meisten achten?«

»Dass Sie den Baum nicht an den Kopf bekommen.«

Marcel deutete auf den Baum, damit alle wussten, wovon er sprach.

»Und wann bekommen wir den Baum an den Kopf?«

»Entweder wenn der Wind direkt von vorn kommt. Oder auch, wenn er direkt von hinten kommt.«

Peter Sympson nickte den anderen zu. »Die zweite Frage ist, wie es kommt, dass wir stillliegen und treiben.«

»Weil Sie beigedreht haben, so nennt man das. Wie Sie sehen, bläst der Wind von zwei Seiten in die beiden Segel. Infolgedessen heben die Kräfte sich auf, und wir liegen still.«

»Und wie kriegt man die Kräfte dazu, dass sie wieder zusammengehen?«, fragte Madame Le Grand.

»Das müssten Sie selbst herausfinden können.«

Rosa Moreno schlug den anderen vor, dass sie die Leine losließ, die sie mit beiden Händen festhielt, damit die Fock auf die andere Seite umschlagen konnte. Und richtig: Nach kurzem Zögern schoss die Jolle durch die schmale Fahrrinne und hielt genau Kurs auf den Sund zwischen Spanish Island an Steuerbord und Sherkin Island an Backbord. Es dauerte nicht lange, und die Jolle war zu Steuermann Sundgrens großer Sorge aus dem Gesichtsfeld der Schiffsbesatzung verschwunden.

Es ist nicht ganz auszuschließen, dass die vier mit vereinten Kräften in der Lage gewesen wären, Sherkin Island auch ohne Marcels Hilfe zu umfahren, zumindest nachdem sie gelernt hatten, wie man beidreht. Jedes Mal, wenn sie in Bedrängnis gerieten, wiederholten sie dieses Manöver und verschafften sich so Bedenkzeit für den nächsten Schritt. Marcel war vor allem ihr Cicerone. Er hatte sich quer im Boot ausgestreckt und die Hände bequem über dem Bauch gefaltet. Ein wenig nachdenklich wurde seine Bootsbesatzung, als er erklärte, sie befänden sich nun auf dem Weg über die Roaring Water Bay, die ihren Namen nicht zufällig erhalten habe. Aber alles ging gut. Peter Sympson hatte das Ruder übernommen. Im Gascanane Sound, zwischen Sherkin Island und der Insel Cape Clear, mussten sie das Boot in der kabbeligen See, die sich durch das Aufeinandertreffen des starken Tidenhubs mit dem leichten Wind erhob, immer wieder neu in den Wind legen. Außerdem mussten sie kreuzen. Um bei der Wahrheit zu bleiben, das wäre ihnen kaum gelungen, hätte es nicht die gleichlaufende Strömung gegeben. Während Rosa Moreno, die am Ruder saß, tadellos arbeitete, hatte Madame Le Grand mit den Schoten der Fock doch einige Mühe, weil sie sich zugleich dem Anblick des grünblauen Atlantikwassers und der kreideweißen Strände in den kleinen Buchten von Sherkin Island hingab.

Gleich hinter Reenabulliga, der Südwestspitze von Sherkin Island, übernahm Jacob Nielsen das Ruder. Ihm fiel die Aufgabe zu, sie sicher in den Hafen und zum Schiff zurückzusteuern. Bis zur Einfahrt ging es in raschem Tempo. Bei der südlichen Brise bedeutete das voll vor den Wind. In der Atlantikdünung begann die Jolle plötzlich zu gleiten. Alle riefen Hurra und waren begeistert. Diese sonst so kultivierten, zurückhaltenden Menschen verwandelten sich für Sekunden in Kinder mit unklaren Begriffen von Gegenwart und Vergangenheit. In der Hitze des Segelns legten sie sogar etwas von der unbekümmerten Art an den Tag, die sie sonst Marcel nachsagten.

Als sie dann aber nach nicht einmal einer halben Stunde das ruhige Wasser von Baltimore Bay wiedersahen, rief

Marcel sie wieder zur Besinnung. »Das letzte Stück ist vor dem Wind. Wie ihr sicher wisst, heißt das, es ist gleichgültig, ob das Großsegel in der einen oder in der anderen Richtung steht. Vielleicht versteht ihr aber auch, dass es da leicht passieren kann, dass der Wind von hinten in das Großsegel bläst und man in die falsche Richtung steuert. Das bedeutet, dass das Großsegel sehr schnell und sehr heftig die Seite wechselt. Bei einem großen Boot kann dadurch der Mast zerbrechen, ein kleineres Boot kann umkippen, und in beiden Fällen riskiert man mindestens eine Gehirnerschütterung, wenn man sich nicht vorsieht.«

»Was haben Sie eigentlich gemeint, als Sie sagten, beim Segeln lernt man etwas über die eigene Vergänglichkeit?«, fragte Madame Le Grand.

Marcel lächelte.

Da war es wieder, dachte Madame Le Grand, dieses Lächeln, das sie auf ihrer Karte eingetragen hatte, aber seit Kinsale nicht oft zu sehen bekommen hatte.

Marcels Lächeln blieb vor Madame Le Grands innerem Auge stehen, und es ist nicht ausgeschlossen, dass ebendies am Ende die Ursache dafür war, dass ihre Segelpartie eine böse Wendung nahm. Plötzlich aufschießend, machte Jacob Nielsen eine Wende. Madame Le Grand, die die Großschot führte, holte aus aller Kraft dicht, statt nachzulassen. Die Jolle kam sofort ins Krängen, sodass Rosa Moreno und Peter Sympson gar keine Chance hatten, auf der gegenüberliegenden Seite als Gegengewicht zu wirken. Einen Augenblick später lagen sie alle im Wasser, nur fünfzig Meter vom Schiff entfernt, prustend, schnaubend und lachend, als der erste Schrecken sich gelegt hatte.

Sundgren, der von der Brücke besorgt Ausschau gehalten hatte, kam mit dem Schlauchboot und rettete zuerst die Damen, während die Herren die Jolle unter Marcels Leitung wieder auf den rechten Kiel brachten, ausschöpften und am Schiff vertäuten.

Tief in ihrem Innern fanden alle Passagiere hinterher, sie hätten einen großartigen Nachmittag gehabt, der sie einander außerdem ein Stück nähergebracht hatte. Sie hatten im buchstäblichen Sinne in einem Boot gesessen. Madame Le Grand begriff, dass gerade dies vielleicht Marcels Absicht gewesen war. Doch zugleich packte sie die Angst, er könnte sie womöglich allein lassen. Rosa Moreno dagegen fühlte sich wie neugeboren und voller Zuversicht. Als sie ins Wasser gefallen war, hatte sie für den Bruchteil einer Sekunde gedacht, sie müsse ertrinken und mit ihr das Kind in ihrem Bauch, und dass das Kind so wie ihr Bruder vom Meer verschluckt würde, ohne jemals eine Chance zum Leben gehabt zu haben. Aber als Marcel prustend und lachend an die Wasseroberfläche kam, waren all ihre Angst und ihr Entsetzen verschwunden. Dieses unfreiwillige Bad war wohl eine Art Taufe gewesen, für sie und das Kind, dachte sie, und der Beginn von etwas Neuem und nicht das Ende.

Sogar Peter Sympson war sehr zufrieden mit seinem Nachmittag, und das nicht in erster Linie wegen ihrer Segeltour. Meer und Wind waren für seinen Geschmack viel zu unbeständig. Alles war flüchtig, unverbunden und vergänglich, wie Marcel es gesagt hatte. Es gab keine festen Bezugspunkte, von denen man ausgehen, keinen soliden Grund, auf den man sich stützen konnte. An Land konnte man mühelos erreichen, dass die Kompassnadel sich nicht bewegte. Auf dem Boot hatte sie nicht einen Augenblick lang stillgestanden. Mit Genugtuung erfüllte Peter Sympson die letzte Stunde, in der er und Rosa Moreno gemeinsam als Gegengewicht dienten, während Jacob Nielsen steuerte und Madame Le Grand diese Schnur am Vorsegel regulierte, die Marcel so hartnäckig als Schot bezeichnete. Dieser Augenblick und nur er gab dem Ausflug dieses Tages seinen Sinn.

Als der Mensch, der er war, hatte Jacob Nielsen ein wenig Aktivität und Trubel durchaus geschätzt. Er hatte sich sehr bemüht, damit alles harmonisch ablief. Sein analytischer Geist hatte ihm geholfen, die verschiedenen Faktoren zu bestimmen, die sich auf die Fahrt eines Boots auswirkten: Richtung und Stärke der Windböen im Verhältnis zur Dünung, Umschlagen des Windes, Winkel der Segel, Gewichtsverteilung im Boot, Stärke, Geschwindigkeit und Richtung des Tidenstroms, Launen und unwillkürliche Bewegungen des Rudergängers.

Besonders aktiv war er gewesen, als Madame Le Grand am Ruder saß oder das Vorschot hielt. Er tat sein Bestes, damit sie ihre Aufgabe mit Bravour bewältigte. Die Belohnung dafür hatte er erhalten, als sie ihm zum Dank für seine Hilfe und seine Bemühungen ein freundliches Nicken gewährte.

Was Marcel dachte und fühlte, wusste niemand. Seinerseits lobte er vor der Besatzung den Mut und das rasche Auffassungsvermögen seiner Passagiere. »Das war die ganze Zeit über Teamarbeit«, sagte er. »Ein Mann allein ist auf See selten stark.«

Die Schuld für das Kentern übernahm er, wehrte aber Sundgren ab, der ihm vorhielt, es sei auch allzu naiv gewesen, vier Landratten und komplette Anfänger auf ein solches Abenteuer mitzunehmen, das sie im besten Fall wieder an ihren Ausgangspunkt zurückbrachte. Ein Schiff, ob groß oder klein, so meinte Sundgren, müsse mit einem Auftrag von einem Ort zu einem anderen fahren, damit seine Fahrt einen Sinn hätte, und nicht ziellos treiben – ein dankbares Opfer von Wetter und Wind oder der Launen seines Kapitäns.

Worauf Marcel antwortete, jeder, und sein guter Freund Sundgren insbesondere, habe das Recht, seines eigenen Glückes Schmied zu sein, und zwar so, wie er das wolle. Feste Routen vermittelten zwar Sicherheit, das sei seine, Marcels Erfahrung, aber um das Glück sei es dabei schlecht bestellt.

»Ich bin lieber sicher als glücklich«, sagte Sundgren und glaubte, damit sei die Sache aus der Welt.

Die Passagiere sagten nichts, standen bei dieser Diskussion aber auf Marcels Seite. Dabei hatten sie bis jetzt genau genommen so gelebt wie Sundgren.

36

Es war der zweite Abend, den sie in Baltimore Bay vor Anker lagen. Das Abendessen wurde von Castro zubereitet und serviert, der nicht nur als Matrose, sondern zugleich auch als Koch fungierte, um das Geld für seinen Mercedes schneller zu beschaffen.

Nach den körperlichen Strapazen des Tages waren alle erschöpft. Castro versuchte vergeblich, Jacob Nielsen zu einem weiteren Gespräch über Autos zu animieren. Edwards wollte mit Peter Sympson wieder über Präzision und Materialhärte diskutieren, stieß aber auf taube Ohren. O'Brian erzählte eine amüsante irische Geschichte und dann noch eine, erntete aber nur vereinzeltes und zerstreutes Lachen. Sundgren tat, was er konnte, um Madame Le Grand zu unterhalten, doch der Erfolg blieb aus guten Gründen bescheiden. Marcel saß meistens schweigend da.

Nach dem Abendessen schlug er als Abschluss eines lehrreichen Tages eine Partie Billard und ein Glas Cognac vor. Edwards und O'Brian entschuldigten sich auf der Stelle. England und Irland trafen im Fünf-Nationen-Turnier aufeinander. Sundgren gedachte, die Ankerwache zu übernehmen. Dem Wetterbericht zufolge bestand die Gefahr von Gewittern, und es war wohl allen klar, dass Gewitter zu heftigen Windböen führen konnten. Auch Madame Le Grand bat um Entschuldigung. Sie betonte, sie hätte für heute genug Sport getrieben. Jacob Nielsen schloss sich mit der Begründung an, er sei vom Schwimmen müde. »Außerdem«, fügte er hinzu, »spielt man Billard in einer verrauchten Kneipe in Kopenhagen mit einem Bier in der Hand.«

Schließlich war es an Rosa Moreno zu verkünden, sie würde sich am liebsten hinlegen. Sie führte Müdigkeit an, aber sagte natürlich nicht, dass es das Kind und seine Müdigkeit war, woran sie dachte, nicht ihre eigene.

Folglich gab es auch für Peter Sympson, der Gesellschaftsspiele grundsätzlich verabscheute, keinen Anlass, noch länger auszuharren.

Als alle gegangen waren, wandte sich Marcel an Castro. »Und was ist mit dir? Lässt du mich auch im Stich?«

»Kommt auf den Einsatz an.«

»Hundert Dollar in den Pott.«

»Okay, Boss!«, sagte Castro in der Gewissheit, dass das Geld bereits ihm gehörte.

Marcel spielte an diesem Abend wirklich miserabel, und Castro strich seinen Hunderter mit Leichtigkeit ein.

»Wie viel Geld fehlt dir noch zu deinem Mercedes?«, fragte Marcel, als beide nach Beendigung des Spiels über den letzten Resten Märtel saßen.

»Ich bin nicht sicher. Das hängt von den Wechselkursen ab und auch davon, wie viel ich meiner Familie nach Hause schicke. Aber zehntausend Dollar sind es bestimmt.«

»Noch ein paar Jahre an Bord also. Was willst du dann tun?«

»Tun?«

»Ja, wenn du deinen Mercedes hast.«

»Ihn fahren natürlich. Was sonst?«

»Aber du arbeitest doch in einer Tour. Wann warst du das letzte Mal zu Hause?«

»Vor einem Jahr. Für drei Wochen. Zeit genug, um meine Frau schwanger zu machen. Zum vierten Mal.« Castro grinste breit. »Das ist keine Kleinigkeit, finanziell gesehen«, sagte er.

»Vermisst du deine Familie nicht?«

»Natürlich tu ich das.«

»Und trotzdem machst du weiter?«

»Was soll ich denn sonst tun? Meine Kinder essen sich satt und tragen schöne und neue Kleider am Leib. Sie können die Schule besuchen. Das können nicht viele in meiner Stadt. Wenn ich mein Auto bekomme, werden sie platzen vor Stolz auf ihren Vater. Einen solchen Vater vergisst man nicht so schnell, auch wenn ich nicht so oft zu Hause bin.«

»Du hast recht, Castro. Man soll sich um seine eigenen vier Wände kümmern. Viele machen es sich einfach zu schwer im Leben. Sie sind nie zufrieden. Sie wollen zehn Mercedes in der Garage haben, und nicht einmal dann sind sie glücklich. Sie schaffen sich eine Familie und Kinder an, ohne zu wissen, warum. Katholische Priester und Hitler einmal ausgenommen, waren fast alle Tyrannen der Geschichte sogenannte glückliche Familienväter. Kannst du mir das erklären?«

Castro schüttelte energisch den Kopf. Für solche Fragen gab es in seinem Schädel einfach keinen Platz. »Katholische Priester sind aber trotzdem nicht das Gleiche wie Hitler.« In Castros Stimme schwang eine gewisse Hoffnung.

»Denk an die Inquisition!«

Castro nickte untertänig. In Wirklichkeit hatte er, der nie ein Buch gelesen und kaum je eine Zeitung zur Hand genommen hatte, nur sehr dunkle Vorstellungen von der Inquisition.

»Weißt du, was ich glaube?«, fragte Marcel.

Erneut schüttelte Castro den Kopf und starrte auf die Tischplatte. Ihm war nicht wohl bei der Wendung, die das Gespräch genommen hatte. Er hätte so gerne daran teilgenommen und irgendetwas Kluges beigesteuert, um es Marcel, dem besten Menschen, den er kannte, recht zu machen. Doch Castros Kopf war leer, von dem Mercedes, der Familie auf den Philippinen und einer Menge Cognac abgesehen.

»Der Fehler ist, dass die Tyrannen und auch ihre Anhänger und Mitläufer überhaupt keine Fantasie haben. Sie können sich nicht in einen anderen hineinversetzen, in seine ganze Situation. Sie können sich nicht vorstellen, ein anderer zu sein als sie selbst. Fantasie, Castro, Vorstellungskraft, dass wir Geschichten erfinden und verstehen können, das ist es, was uns zu Menschen macht. Ohne das sind wir Tiere wie die anderen Tiere auch.« Marcel leerte sein Glas. »Vergiss das nie, Castro. Erzähl deinen Kindern eine Geschichte, wenn du sie in deinem Mercedes zur Schule fährst! Denk dran!«

Castro nickte ein letztes Mal an diesem Abend.

»Im Notfall sind sogar die Bibel und der Koran besser als gar nichts«, fügte Marcel hinzu.

37

Am zweiten Morgen vor Anker, noch bevor er die Tür zur Messe geöffnet hatte, hob Sundgren das Gesicht und roch frisches Brot. Als er hereinkam, sah er Marcel hinter einem riesigen Brotkorb sitzen. Auf seinem Schoß lag aufgeschlagen *The Irish Times.* Sundgren wusste nicht, was ihn am meisten wunderte, die Zeitung oder das frische Brot. Wenn es etwas gab, das Marcel überhaupt nicht interessierte, dann waren es Nachrichten über den Lauf der Welt und deren Elend.

»Ist etwas passiert?«, fragte Sundgren.

»Was soll passiert sein?«

»Es ist das erste Mal, dass ich dich eine Zeitung lesen sehe!«

»Ach, das wusste ich nicht.«

Sundgren erwartete eine Erklärung, aber da sie ausblieb, setzte er sich. »Hast du gebacken?«, fragte er.

»Nein, ich habe heute Morgen die Jolle genommen und Brot und die Zeitung geholt. Für unsere Gäste.«

»Ach so, deswegen. Ich hab mir schon Sorgen gemacht.«

»Warum?«

»Wenn du erlaubst, ich glaube, du warst in den letzten Tagen nicht ganz du selbst.«

»Du meinst, ich war nicht der Spaßvogel, für den ich gehalten werde.«

»So ungefähr.«

»Dann ist deine Beobachtung richtig.«

»Das ist die Schuld deiner Gäste.«

»Wieder richtig. Aber nicht nur ihre. Die Schuld kann auch bei mir liegen.«

»Das glaube ich nicht.«

»Du bist immer loyal, Sundgren. Aber ich bin nicht unfehlbar.«

»Wenn ich richtig sehe, dann hättest du sie nicht an Bord holen sollen.«

»Auch Maman nicht?«

Sundgren errötete.

»Wir alle haben mal einen schwachen Augenblick«, sagte Marcel und lachte. »Meiner war vielleicht, die vier zur Kreuzfahrt einzuladen. Aber was hätte ich mit ihnen anfangen sollen? Es sind alles gute und unschuldige Menschen, die tun, was sie können, um Ordnung in ihr Leben zu bringen. Da verdienen sie doch Respekt und Ermutigung, meinst du nicht? Manchmal, Sundgren, komme ich mir vor wie jemand, der mit Träumen hausieren geht. Jedes Mal, wenn ich in irgendeinem Winkel der Erde an Land gehe, finde ich jemanden, der von einem anderen, etwas besseren Leben träumt. Und ich blase Leben in diese Träume, das ist es, was ich tue. Ich kann es nicht lassen, so gern ich auch möchte.«

»Daran ist doch nichts Schlimmes?«, fragte Sundgren, um etwas Nettes zu sagen.

»Schlimmes? Nein, das wohl nicht. Es ist, wie ich gestern zu Castro sagte, obwohl er es, glaub ich, nicht begriffen hat, die Fantasie, die uns vom Tier unterscheidet und zum Menschen macht. Aber dann braucht sie immer noch die richtige Nahrung.«

»Dann muss ich wohl zu den Affen gehören«, sagte Sundgren mit seinem schiefen Lachen.

»Wieder falsch, Sundgren. Denk daran, wie du ganz aus der Fassung geraten bist, als wir gestern Sherkin Island umsegelt haben.«

Sundgren nickte.

»Mit anderen Worten, du kannst dir sehr gut vorstellen, was bei einem Unglück geschehen würde. Dein Fehler ist nur, dass du Schwierigkeiten hast, dir ein gutes Ende vorzustellen statt eines schlechten.«

»Das stimmt.«

»Ich dagegen denke immer, dass meine kleinen, unschuldigen Abenteuer an Land glücklich ausgehen, ich muss sie nur rechtzeitig beenden. Aber jetzt sieht es so aus, als würden einige meiner flüchtigen Bekanntschaften ernsthaft glauben, sie brauchten mich, um ihre Träume zu verwirklichen.«

»Gebrochene Herzen?«, warf Sundgren ein.

»Vielleicht. Aber ich fürchte, es ist noch ernster.«

»Warum setzen wir die Passagiere nicht einfach an Land und lichten den Anker?« Sundgren ließ deutlich merken, dass er irritiert war.

»Wir haben Zeit«, antwortete Marcel. »Wenn der richtige Zeitpunkt gekommen ist, machen wir genau das. Aber nicht, bevor die vier begriffen haben, wie sie sich aufeinander stützen können statt auf mich.«

»Wenn es dann nur nicht zu spät ist.«

»Zu spät! Wofür?«

»Ich weiß nicht.« Aber Sundgren wusste es natürlich. Er machte sich Sorgen, dass etwas mit Marcel geschehen könnte, bevor sie die Gäste wieder loswurden, Madame

Le Grand inbegriffen. Er wollte einfach seine Besorgnis nicht zugeben. Das wäre nur Wasser auf Marcels Mühlen gewesen und hätte ihm bestätigt, dass Sundgrens Fantasie nur Unglück ausbrütete und sonst nichts. »Was hast du für heute geplant?«, fragte er Marcel.

»Ich schlage vor, dass du den Passagieren einen freien Tag an Land vorschlägst, allein oder zu zweit oder alle vier zusammen, mit oder ohne deine Gesellschaft, aber in jedem Fall ohne meine. Du kannst sagen, dass ich mich den ganzen Tag um Papierkram kümmern muss.«

»Musst du das?«, fragte Sundgren, ohne nachzudenken.

»Vorstellungskraft, Sundgren, das war es, was uns von den Tieren unterscheidet. Wenn man sie auch benutzt.«

Sundgren nickte, aber klüger war er nicht geworden.

38

Als Sundgren sich nach dem Lunch erbot, die Passagiere an Land zu bringen, jeden für sich oder alle zusammen, löste er damit anfangs Schweigen aus.

Er hatte das Gefühl, alle vier warteten die Reaktionen der anderen ab. Um sie in jedem Fall loszuwerden, erklärte Sundgren, Marcel sei den ganzen Tag vollauf beschäftigt.

Es war Peter Sympson, der schließlich den Bann brach. »Wenn ich entbehrlich bin«, sagte er und warf Rosa Moreno einen hastigen Blick zu, »dann würde ich mir gern die Felsen rund um Spanish Point anschauen.« Nach einer kurzen Pause fügte er hinzu: »An der Spitze der Halbinsel liegt eine alte Kupferzeche.«

Madame Le Grand war die Nächste, die eine Entscheidung traf. Sie willigte ein, sich auf Sherkin Island absetzen zu lassen, um einen Spaziergang zu machen. Sie wolle sich vom Land aus die Stelle ansehen, an der sie vorbeigesegelt waren, sagte sie.

Jacob Nielsen hätte am liebsten Madame Le Grand nach Sherkin Island begleitet, aber er traute sich nicht zu fragen. Darum sagte er aufs Geratewohl, er könne sich gut vorstellen, den Nachmittag in Baltimore zu verbringen.

Am Ende war nur noch Rosa Moreno übrig. Sie wäre am liebsten auf dem Schiff geblieben, begriff aber, dass Sundgren sich niemals erboten hätte, sie an Land zu bringen, wenn es nicht mit Marcel so abgesprochen wäre. »Ich würde mir gerne Spanish Island ansehen«, sagte sie. »Wenn das nicht zu viele Umstände macht.« Auf Spanish Island war man dem Schiff zumindest so nah, dass man sehen konnte, wenn jemand, zum Beispiel Marcel, über das Deck ging. Außerdem war es wohl einleuchtend, dass sie eine Insel kennenlernen wollte, die nach ihren Landsleuten benannt war, wenn es denn welche gewesen waren.

Marcel hatte Sundgren vorgeschlagen, die Jolle zu nehmen, aber in diesem Punkt weigerte der sich strikt. Stattdessen ließ er die Rettungsboote zu Wasser. Auf diese Weise konnte er zwei Fliegen mit einer Klappe schlagen, zum einen die Gäste sicher transportieren und zum anderen die Motoren und die Notausstattung der Boote überprüfen. Marcel wusste schließlich auch, wie lange es schon her war, seit sie an Bord ein richtiges Rettungsmanöver durchgeführt hatten.

Rosa Moreno wurde zuerst abgesetzt. Sundgren manövrierte das Boot so geschickt durchs seichte Wasser, dass sie an einem alten, halb verfallenen Steg an Land gehen konnte. »Ich hol Sie spätestens um fünf Uhr heute Nachmittag wieder ab«, sagte er. »Später kann man wegen der Ebbe nicht mehr anlegen.«

Rosa Moreno nickte und ging mit einer kleinen Umhängetasche und einem Fernglas, das sie von O'Brian ausgeliehen hatte, an Land. Sie wartete, bis das Boot abgelegt, gewendet und Kurs auf den nächsten Anlegeplatz genommen hatte. Dann ging sie einige Hundert Meter am Strand entlang, bis sie einen Stein fand, auf dem man sitzen konnte. Dort ließ sie sich nieder und bewegte sich den ganzen Nachmittag nicht mehr von der Stelle. In regelmäßigen Abständen nahm sie das Fernglas zur Hand und beobachtete das Schiff, ohne eine Spur von Leben an Bord zu entdecken. Hin und wieder ließ sie das Fernglas über die südlich liegenden Berge schweifen, die Peter Sympson jetzt wohl auf der Suche nach seiner Kupfermine durchkämmte. Einmal entdeckte sie ihn wirklich. Er stand da und starrte in ihre Richtung. Es sah aus, als schaute er direkt in die Linsen ihres Fernglases.

Von Spanish Island aus fuhr Sundgren nach Baltimore und setzte die beiden Herren an Land. Sundgren fragte sich, ob es ein Zufall war, dass beide sich fürs Festland entschieden hatten, während die Damen sich jeweils eine einsame Insel gewählt hatten.

Peter Sympson schulterte sofort seinen Rucksack und verschwand auf einem Pfad, der den Berg hinaufführte. Er ging mit raschen Schritten und sog die frische Meeresluft in tiefen Zügen ein. Dies war sein eigentliches Leben, dachte er. Ganz allein auf sich gestellt und in Freiheit das zu erkunden, was Jacob Nielsen in seinem Jargon wahrscheinlich als Hardware bezeichnet hätte. Das war etwas anderes, als in ein Metallgehäuse gesperrt auf dem Wasser zu sitzen, wenn auch in der angenehmen Gesellschaft von Rosa Moreno.

Doch gleichzeitig hatte Peter Sympson Schwierigkeiten, sich auf das zu konzentrieren, was er tat. Mehrere Male hielt er inne und spähte nach Spanish Island hinüber. Einmal dachte er sogar, Rosa Moreno als schwache Kontur unten am Wasser ausmachen zu können, doch er korrigierte sich gleich und nahm an, dass er seine Wünsche mit der Wirklichkeit verwechselt hatte. Dass er später den Eingang zur Kupfermine entdeckte, war eher ein Zufall als die Folge systematischen Suchens. Peter Sympson machte sich übrigens nichts daraus, in die Tiefe der Grube hinabzusteigen, obwohl sich genau an solchen Plätzen, den unzugänglichsten und entlegensten, die wertvollsten und schönsten Steine finden ließen.

Jacob Nielsen wiederum stand lange unentschlossen am Kai. Baltimore war kleiner, als er gedacht hatte, abgesehen vom Hafen, waren einige Kneipen und Geschäfte samt Wohnungen auch schon so ziemlich alles. Eine einzige Straße, die noch dazu eine Sackgasse war, verlief durch den Ort. Was sollte er in den nächsten fünf Stunden nur anstellen? Die Natur interessierte ihn nicht, und da er seinen Laptop mitgenommen hatte, suchte er Zuflucht in einem Pub.

Doch es dauerte kaum eine Stunde, bis Jacob Nielsen seiner Reise durchs Internet müde wurde. Es erschien plötzlich unfassbar sinnlos, sich auf gut Glück zahllose private Homepages anzusehen, eine banaler und nichtssagender als die andere. Es dämmerte ihm, dass sie nur ziemlich unbeholfene Versuche waren, etwas Aufmerksamkeit zu erregen. Es war genau wie sein eigener Traum, digitale Spuren seiner Existenz zu hinterlassen. Jacob Nielsen klappte den Laptop zu und spazierte zum Hafen hinunter, wo er eine Tafel mit den Abfahrtszeiten der Schiffe nach Sherkin Island entdeckte. Er kaufte sich eine Fahrkarte, doch als es Zeit war, an Bord zu gehen, blieb er mit seinem Laptop unter dem Arm am Kai zurück.

Wenn es wirklich ein Zufall war, dass Madame Le Grand und Rosa Moreno sich für Inseln entschieden hatten, so war es sicherlich keiner, dass Madame Le Grand als Letzte festen Boden unter den Füßen spürte. Sundgren hatte seine klare Chance erkannt, mit Maman allein zu sein. Nicht, dass er wusste, wozu er diese Chance nutzen sollte. Um seine Liebe zu erklären? An so etwas dachte Sundgren gar nicht. Um ihr zu sagen, dass er nie zuvor jemandem wie ihr begegnet war? Das konnte alles Mögliche bedeuten. Das, was er eigentlich hätte sagen wollen, wenn er nur die Fantasie dazu besessen hätte, war, dass er gerne ein anderer gewesen wäre, ein Mann wie Marcel, der es auf eine Frau wie sie absehen konnte, ohne sich lächerlich zu machen und zu riskieren, nichts als einen erstaunten Blick zu ernten.

Sundgren setzte sie an der Gezeitenrampe beim alten Kloster an Land. Er hatte das Boot ordentlich vertäuen und ihr die Hand reichen wollen, wenn sie auf den glitschigen und algenbewachsenen Beton hinüberstieg. Aber er hatte kaum beigedreht, als Madame Le Grand schon auf Deck geklettert war und an Land sprang.

»Sie vergessen«, sagte sie mit einem Lachen, »dass ich an einer Küste wohne, an der zwischen Hoch- und Tiefwasser zwölf Meter Höhenunterschied liegen und nicht ärmliche drei, so wie hier. Ich bin eine Landratte, aber von Gezeiten verstehe ich was.«

»Entschuldigung, wenn ich offen spreche«, erwiderte Sundgren, der endlich seine Sprache wiederfand, »aber ich wollte wahrhaftig, meine Frau wäre wie Sie.«

Dann legte er ab.

Zu Sundgrens Pech glaubte Madame Le Grand, er wünsche sich, dass seine Frau Gezeiten und glatten Boden ebenso gewohnt wäre wie sie.

Madame Le Grand ging mit raschen Schritten den

ersten steilen Abhang hinauf und gelangte bald an die einzige Wegscheide von Sherkin Island. Resolut schlug sie den linken Pfad ein, der westwärts direkt zum Atlantik führte. Aber es dauerte nicht lange, bis sie eine ruhigere Gangart wählte. Nach einer Weile sah sie ein, dass ihr eigentlich überhaupt nichts daran lag, Gascanane Sound wiederzusehen. Also drehte sie um, ging zur Gabelung zurück und schlug den Weg nach Norden ein, bis sie den Pub von Sherkin Island erreichte. Dort, mit herrlichem Blick über Baltimore Bay samt Marcels ankerndem Schiff, blieb sie, bis es Zeit war zurückzukehren.

39

Es war der dritte Abend, den sie in Baltimore Bay vor Anker lagen, ein lauer, sanfter und stiller Abend, den man, hätte man es nicht besser gewusst, für den Beginn des Frühlings hätte halten können. Die Passagiere waren rechtzeitig zum Abendessen auf das Schiff zurückgekehrt. Sundgren hatte sie in derselben Reihenfolge wieder abgeholt, in der er sie weggebracht hatte, vor allem, weil er jetzt, nachdem er Maman auf dem Hinweg sein kantiges Herz geöffnet hatte, nicht mehr mit ihr allein zu sein wagte. Rosa hatte zu seiner Erleichterung schon auf dem maroden Steg gesessen. Länger als eine Viertelstunde hätte er wegen der Gezeiten nicht warten können. In Baltimore standen Peter Sympson und Jacob Nielsen am Kai und warteten gemeinsam, zu Sundgrens Enttäuschung. Er hatte gehofft, dass zumindest einer von ihnen des Lebens an Bord endlich überdrüssig sei und lieber an Land blieb. Sundgren fragte sich sogar, ob Marcel nicht eigentlich aus genau diesem Grund gewollt hatte, dass sie den Tag ohne ihn an Land verbrachten. Auch auf Madame Le Grand brauchte Sundgren nicht zu warten. Sie stand an der Gezeitenrampe und wartete wie die anderen darauf, aufgelesen zu werden. Es schien, als wünschten diese Landratten nichts lieber, als so schnell wie möglich wieder an Bord des Schiffs zu gelangen.

Während des Abendessens berichteten alle in recht

allgemeinen Wendungen von ihren Expeditionen. Keiner sagte, woran er wirklich gedacht hatte. Und niemand von ihnen gab seinem Gefühl Ausdruck, kostbare Zeit vergeudet zu haben.

Nach dem Essen schlug Marcel vor, sie sollten alle zusammen, Passagiere und Besatzung, nach Baltimore übersetzen, um Musik zu hören. Frances Black sollte angeblich im Pub von Baltimore singen.

»Das ist die Schwester von Mary Black«, erklärte O'Brian. »Aber ich finde, Frances singt besser. Zumindest so gut, dass ich ihr lieber zuhöre, als heute Abend Irland gegen Neuseeland im Rugby verlieren zu sehen.«

»Irland wurde gestern von England regelrecht vorgeführt«, sagte Edwards.

O'Brian lachte gequält.

»Das ist eine Sache, die ich bei den Iren nie verstehe«, fuhr Edwards fort, »im Norden können sie seit dreißig Jahren kämpfen, ohne auch nur einen Zoll zurückzuweichen. Aber im Rugby sind sie nie in der richtigen Stimmung, um ein ganzes Match lang wirklich alles zu geben.«

»Das eine ist eben Spiel«, sagte O'Brian, »das andere Ernst.«

»Das Problem haben ja wohl alle.«

»Schon. Aber die Engländer können das eine nicht vom andern trennen.«

»Ich finde, wir setzen diese Diskussion besser ein anderes Mal fort«, unterbrach Marcel.

Wenn überhaupt, dachte Sundgren. Denn wenn es etwas gab, wovon Marcel an Bord nichts wissen wollte, dann waren es Diskussionen über die Mentalitäten und Begabungen verschiedener Völker. In diesem Punkt war

Marcel kategorisch, um nicht zu sagen, halsstarrig. Was nur verständlich war, fand Sundgren, hielt man sich einmal Marcels Aussehen und Abstammung vor Augen.

Die Besatzung, die Passagiere und Marcel setzten sich um halb neun in die Rettungsboote. Das Wasser war glatt, und es schien, als schwebte der runde Bug über der Wasseroberfläche. Aus weiter Entfernung, zum Beispiel vom Kai in Baltimore aus, konnte es so aussehen, als bewegten sie sich gar nicht, während die Dünung sich wie immer hob und senkte. Aber in Wirklichkeit machten sie langsam ihren Weg vom Atlantik in den Hafen von Baltimore. Von einem Flugzeug aus hätte man sehen können, dass die Dünung sich wie ein gewaltiger Fächer mit dem orangefarbenen Boot als leuchtendem Punkt über das Hafenbecken von Baltimore erstreckte. Doch weder vom Kai noch aus der Luft hätte man herausfinden können, was ein Rettungsboot dort zu suchen hatte.

Letzteres betraf besonders den Zollbeamten und den Polizisten, die mit gekreuzten Armen auf der Kaimauer warteten. Das Gerücht von dem ankernden Schiff, der gemieteten Jolle und der Umsegelung von Sherkin Island hatte natürlich die Runde gemacht, auch von Irrfahrten des Rettungsboots zwischen den Inseln, Besatzungsmitgliedern, die durch die Berge streiften oder mit Laptops in Kneipen herumsaßen, und von Frauen mit Ferngläsern, die die Inseln erkundeten.

Anfangs war es nur Gerede gewesen, etwas, womit man sich mangels anderer Themen beschäftigte. Aber bald zählten die Leute in Baltimore zwei und zwei zusammen und zogen daraus den Schluss, dass nicht alles so war, wie es sein sollte. Zwei unterschiedliche Berichte gingen von Mund zu Mund. Der eine besagte, es handle sich um Drogenhändler, der andere, das Schiff habe Waffen für die IRA geladen. Wer hätte sich auch den wahren Sachverhalt vorstellen können?

Zur Verteidigung des Zöllners und des Sicherheitsbeamten muss man jedoch auch sagen, dass sie die Gerüchte mit Vorsicht aufnahmen, wenn sie ihre Triftigkeit auch nicht völlig ausschlossen. Einerseits musste man ihren Wahrheitsgehalt anzweifeln, weil die Besatzung keinerlei Anstalten machte, ihre merkwürdigen Geschäfte im Verborgenen zu treiben. Ein Waffenschmuggler saß nicht in einem Nest wie Baltimore mit einem Laptop im Pub herum, um jedem, der es hören wollte, zu erzählen, dass er ein ganz gewöhnlicher Passagier auf einer Kreuzfahrt sei.

Andererseits wusste der Zollbeamte, dass Menschen zu fast allem in der Lage waren, um an das große Geld heranzukommen. Im Jahr zuvor hatte die Küstenwache einen VHF-Funkspruch abgefangen. Der Kapitän eines Segelboots hatte einen Fischkutter gebeten, ihn wegen eines Motorschadens abzuschleppen. Der Fischkutter entgegnete, sie hätten gerade das Schleppnetz ausgeworfen, und verwies auf die Küstenwache. Doch die wurde nie gerufen. Dennoch lief der Rettungskreuzer in Courtmacsherry aus und zog das Segelboot in den Hafen, eine millionenschwere *Swan,* die aus Cork stammte und einem der renommiertesten Unternehmer der Stadt gehörte. Routinegemäß benachrichtigte der Rettungskreuzer die Polizei, die das Segelboot dann am Kai von Courtmacsherry in Empfang nahm, an Bord ging und zwei Tonnen Haschisch entdeckte.

Alles war also möglich, sogar bei einem anscheinend

ganz gewöhnlichen Frachter, der in Baltimore Bay vor Anker lag. Deswegen wartete für alle Fälle ein Patrouillenboot vor der Hafeneinfahrt, genauer gesagt, hinter Beacon Point, wo es weder von den ankernden Schiffen noch vom Hafen aus gesehen werden konnte.

Das Rettungsboot steuerte langsam den Hafen an. Zwei Köpfe wurden auf Deck herausgestreckt, Marcels aus der Luke oberhalb des kleinen Steuerhauses, Sundgrens aus der Luke auf dem Vorderdeck, während Gäste und Mannschaft zusammengedrängt im bulligen Schiffsbauch saßen. Bei der Hafeneinfahrt kletterte Sundgren mit zwei Leinen in der Hand an Deck. Er vertäute sie flink an Deck und wartete, bis das Boot angelegt hatte, bevor er mit beiden Tampen an Land sprang.

Sundgren blieb am Kai, während die Passagiere und die Mannschaft an Land gingen. Ein Kopf nach dem anderen erschien in der Vorderluke und zwängte sich heraus. Zum Schluss kam Madame Le Grand. Ohne eigentlich zu wissen, warum, erschien sie für diesen besonderen Tag in demselben Aufzug, den sie getragen hatte, als sie Marcel am Kai von Tréguier zum ersten Mal begegnet war.

Der Zöllner und der Sicherheitsbeamte sahen sich an. Was in aller Welt hatte das zu bedeuten?

Zuletzt kletterte Marcel aus seinem Steuerhaus und sprang an Land. Der Zöllner steuerte sofort auf ihn zu und führte zwei Finger an den Rand seiner Schirmmütze. »Guten Tag. Ich hätte gern den Kapitän gesprochen.«

»Warum das?«, fragte Marcel.

»Es geht um den Zoll.«

»Mich können Sie nicht reinlegen«, sagte Marcel lachend.

»Wovon reden Sie?« Die Stimme des Zöllners wurde schärfer.

»Es kann sich doch jeder eine Uniform anziehen und sich als Zollbeamter ausgeben«, sagte Marcel. »Die Kleider machen noch nicht den Mann.«

Der Zöllner zog eine Karte hervor und hielt sie Marcel vor die Augen.

»Eine Plastikkarte auch nicht«, sagte Marcel.

»Diese Diskussion führt doch zu nichts«, sagte der Zöllner. »Mein Kollege hier ist Polizist und hat das Recht, Sie in Gewahrsam zu nehmen.«

»Das bezweifle ich.«

»Zum letzten Mal, führen Sie mich zu Ihrem Kapitän.«

»Das brauche ich nicht.«

»Ich bestimme, was Sie zu tun haben und was nicht.«

»Darüber lässt sich streiten. Aber Sie haben nicht richtig zugehört. Die Kleider machen noch nicht den Mann. Ich bin der Kapitän, mit dem Sie sprechen wollten.«

»Sie?« Keinen Augenblick hatte der Zöllner sich vorstellen können, dass dieser Halbasiate in der ausgebeulten Baumwollhose, dem Pullover und dem Leinwandsack über der Schulter der Kapitän des Schiffs war.

»Wenn überhaupt jemand«, sagte Marcel, »müssten Sie als Experte für den ausländischen Warenhandel doch wissen, dass man Menschen nicht nach ihrem Aussehen beurteilen darf, weder nach der Kleidung noch nach der Hautfarbe.«

Der Zöllner murmelte etwas Unverständliches.

»Das Schiff wurde vor fünf Tagen in Kinsale verzollt und klariert«, fuhr Marcel fort. »Wir liegen hier, um einen kleineren Maschinenschaden zu beheben.«

»Und das soll ich Ihnen glauben?«

»Nein«, sagte Marcel, »aber das *werden* Sie glauben, weil es die Wahrheit ist. Ich könnte ein Höllenspektakel veranstalten, wenn Sie wirklich darauf bestehen, an Bord zu kommen. Aber ich bin sanftmütig und möchte mit Mensch und Tier in Frieden leben, sogar mit welchen in Uniform, die Leute nach ihrem Äußeren beurteilen, ja sogar mit Rassisten, was natürlich schwerfällt.«

»Wie ist Ihr Name, Kapitän, wenn Sie denn einer sind?«

»Marcel. Wie Proust.«

»In Ordnung, Marcel Proust. Ich werde Ihre Angaben überprüfen. Und versuchen Sie nicht, zu türmen. Die Küstenwache liegt mit einem Schiff hinter Beacon Point.«

»Danke für die Aufklärung.«

Der Zöllner machte auf dem Absatz kehrt und ging mit großen Schritten davon.

Marcel wandte sich an den Kollegen, der mit nachdenklicher und forschender Miene zurückgeblieben war. »Und Sie? Ich möchte wetten, Sie gehören dem irischen Geheimdienst an.«

Der Mann zuckte unwillkürlich zusammen.

»Glauben Sie wirklich«, fuhr Marcel fort, »dass ich so dumm wäre, vor Baltimore auf der Reede zu liegen, wenn ich Waffen für die IRA dabeihätte?«

»Nein, das glaube ich nicht. Nicht mehr.«

Und so machte auch er auf dem Absatz kehrt und ging davon. Die anderen hatten schweigend dem Wortgefecht gelauscht. Sundgren platzte fast vor Stolz. Es war nicht das erste Mal, dass er hörte, wie Marcel einen Uniformierten in Grund und Boden redete. Aber das hier gehörte zu seinen besten Vorstellungen, und es gab Zeugen, die die Geschichte bestätigen konnten.

Jacob Nielsen dachte an seinen eigenen wahnwitzigen Ausfall gegen die Kopenhagener Krawallpolizei und fragte sich, wie groß der Unterschied wohl war. Rosa Moreno dachte an das Horoskop des Steinbocks und an dessen kühlen und logischen Verstand.

Peter Sympson betrachtete Rosa Moreno und fragte sich, ob Marcel sie auf lange Sicht wirklich glücklich machen könnte, denn Peter Sympson hatte eben eine Seite an Marcel entdeckt, die er von sich selbst kannte: hart wie Feuerstein, eine scharfe Schneide, die nur umso schärfer wurde, wenn man auf sie einschlug. Madame Le Grand schließlich dachte das, was sie schon zuvor gedacht hatte, dass nämlich Marcel in mehr als einer Hinsicht eine gefährliche Bekanntschaft war.

Der Baltimore Pub war schon voll, als die neun neuen Gäste eintraten und sich unter die anderen drängten. Außer Peter Sympson – er war nun einmal Ire – sahen sich die Passagiere verschreckt um. Wo kamen die vielen Menschen her? Hatte ganz Baltimore seine Häuser verlassen? Eines war sicher, sie konnten nicht zusammen an einem Tisch sitzen und schon gar kein normales Gespräch führen.

Madame Le Grand fragte sich im Stillen, ob das nicht Marcels Absicht gewesen war. Sie wurde das Gefühl nicht los, dass er alles tat, was in seiner Macht stand, um sie irgendwie zu beschäftigen und einem Gespräch unter vier Augen aus dem Weg zu gehen. Sie überlegte, ob wohl jemand von den anderen den Mut aufgebracht hatte, Marcel aufzusuchen, vor allem die junge Spanierin. Es war sonnenklar, dass sie in Marcel verliebt war. Doch nein, Madame Le Grand glaubte nicht, dass Rosa es gewagt hatte, allein mit Marcel zu sprechen. Manchmal schien es, als wäre er in einer Glaskugel gefangen, die man hätte zerschlagen müssen, um an ihn heranzukommen. Oder als sei er ein Nothebel hinter einem dieser kleinen Fenster, die man nur einschlagen durfte, wenn es um Leben und Tod ging. Und selbst dann eigentlich nicht.

O'Brian mit seiner großen Erfahrung, was das Leben in irischen Pubs betraf, bahnte sich einen Weg durch die Menschentraube und bestellte Guinness für alle, neun auf einem Brett, sieben *pints* für die Herren und zwei *glasses* für die Damen. Es dauerte eine Weile, bis sie ausgeschenkt waren, doch O'Brian konnte warten und verteilte schließlich gut gelaunt die Gläser. »Diese Runde geht an mich«, sagte er zufrieden.

Es war ein Heimspiel für ihn. Hier, wo man sich benahm und so ausgelassen war wie nur in einem irischen Pub, konnte er sogar Marcel auf die Finger klopfen. Hier, im Pub von Baltimore, im Kreis guter Freunde, inmitten von Lärm und Qualm, umgeben von fröhlichen und angeheiterten County-Cork-Bewohnern, in Erwartung von Frances Black und mit einem gut eingeschenkten Guinness in der Hand, brauchte man sich keine Fragen nach dem Sinn des Ganzen zu stellen. Hier war, zumindest für jemanden wie O'Brian, diese Frage nicht aktuell.

»Es ist hier so eng und gemütlich wie in Ihrem Citroën«, sagte Marcel zu Madame Le Grand und hob sein Glas.

Das Wort Citroën ließ Castro aufhorchen, und es dauerte nicht lange, bis er Madame Le Grand ein Gespräch über Autos aufgedrängt hatte. Jacob Nielsen klinkte sich ein, um ihr nahe zu sein. Die drei hatten sich bald von den Übrigen abgesondert.

Rosa Moreno, die Gedränge nicht ausstehen konnte, hielt sich ganz nah bei Marcel. Sie hoffte, er würde bald etwas zu ihr sagen, ihr zumindest, und wenn auch nur im Vorbeigehen, mit einem Blick andeuten, was sie damals in Villagarcía verbunden hatte. Bislang hatte sie bei ihm nur Freundlichkeit und manchmal eine gewisse Traurigkeit gespürt, die sie ängstigte. Denn Marcels Traurigkeit schien eine zu sein, wie man sie fühlte, wenn man im Begriff war, Abschied zu nehmen, oder etwas hinter sich gelassen hatte. Rosa Moreno war leider eine Expertin im Erkennen dieser Art von Trauer.

Peter Sympson setzte alles daran, sie trotz Gedränge und Rauchschwaden nicht aus den Augen zu verlieren. Seine Anstrengungen wurden dadurch erleichtert, dass Marcel ihm einen Platz anzubieten schien. Als ob er nicht mit Rosa Moreno allein sein wollte, dachte Peter Sympson. Er spielte mit den Steinen in seiner Innentasche. Sollte er ihr erklären, was es war, was sie gesehen hatte? Sollte er ihr sagen, dass sie seine Juweliersseele sozusagen nackt gesehen hatte? Sollte er ihr gestehen, dass er unter der Oberfläche des Mannes von Welt einen schimmernden Regenbogen in Rot verbarg, einen leuchtenden Riesenstern im Weltraum, einen blutroten und schmerzhaft schönen Abendhimmel, der nur darauf wartete, sich am helllichten Tag zu zeigen?

Es wurde, wie man hätte sagen können, ein Abend der Halbheiten, O'Brian, Frances Blacks Gesang und das Guinness ausgenommen, über das sich niemand, nicht einmal Tim von der Harbour Bar, beklagen konnte. Madame Le Grand hatte inzwischen Zeit gefunden, Marcel und Jacob Nielsen, der ihr nicht von der Seite wich, von ihrem Archiv zu erzählen, nicht nur von dem Gästebuch, das Marcel ja bereits gesehen und bewundert hatte, sondern auch von den Tausenden Karteikarten, auf denen sie sorgfältig alle Geschichten aufschrieb, die ihr zu Ohren kamen. »Auf ihnen befinden sich alle Seeleute, die ich getroffen und nach Hause eingeladen habe«, sagte sie, »archiviert für alle Zeiten, wenn es nötig ist.«

»Wenn die Seeleute das wüssten«, sagte Marcel, »würden sie sich bestimmt geehrt fühlen.«

»Und Sie selbst?«, fragte Madame Le Grand.

Marcel schwieg eine Weile. »Es tut mir leid«, sagte er. »Aber ich würde nach meinem Tod lieber von der Liste gestrichen werden. Und am liebsten noch vorher.«

Marcel erhob sich und ging zur Bar, um neues Bier zu bestellen. Sobald er gegangen war, sagte Jacob Nielsen: »Ich bitte im Voraus um Entschuldigung, wenn Sie mich erneut für aufdringlich halten. Ich für mein Teil würde mich jedenfalls geschmeichelt fühlen, wenn Sie mich in Ihre Kartei aufnehmen wollten.«

»Danke«, sagte Madame Le Grand, und sie schien es ernst zu meinen. Jacob Nielsen jedenfalls genügte es. Er fasste neuen Mut und begann, von seinem Traum zu erzählen, auf allen Computern der Welt seine Spuren zu hinterlassen, von seiner Furcht, sozusagen während des Eingebens seiner Daten zu verschwinden, und von seiner Angst, seine teuer erkaufte Freiheit wäre am Ende nur ein Schlag in die Luft, nichts anderes als ein müder Schwinger, der seine Deckung schwächte und ihn einer krachenden, geraden und knallharten Rechten des Lebens auslieferte.

Die Worte sprudelten aus Jacob Nielsen, als hätte man eine lauwarme Flasche Champagner geschüttelt und dann geöffnet.

»Wenn Sie möchten«, sagte Madame Le Grand, als er allmählich langsamer sprach, »dann trage ich Sie gerne auf einer meiner Karten ein.«

Jacob Nielsen war sich nicht sicher, ob sie es ironisch meinte. Aber sie sah ihm freundlich in die Augen. Was sollte er antworten? Das, was er ihr eigentlich zu verstehen geben wollte, war, dass er *ihr* behilflich sein konnte und wollte, die Daten auf ihren Karten zu sichern und später in der Welt zu verbreiten.

Jacob Nielsen nickte nur.

Aber Madame Le Grand meinte, was sie sagte, und dachte gar nicht an Ironie. Sie begann zu ahnen, dass Jacob Nielsen ihr in seiner pragmatischen Art ähnlich war. Nur sehr kurz dachte sie an Robert, der schon unendlich weit entfernt schien, als hätte es ihn niemals richtig gegeben. Jetzt verstand sie auch, warum sie nie das Bedürfnis verspürt hatte, ihn auf ihren Karteikarten einzutragen. Er glaubte ganz einfach nicht an das Leben. Doch etwas anderes, als eine Geschichte auf einer ihrer Karten zu werden, konnte sie Jacob Nielsen nicht anbieten. Er besaß nicht Marcels Lachen und brachte sie auch nicht zum Träumen, und wenn es nur für einen Augenblick war.

Rosa Moreno hingegen wusste nicht, was sie sagen oder tun sollte, bis sie plötzlich aufgrund der unvorhersehbaren Bewegungen der umgebenden Menschenmasse mit Marcel allein war. Da nahm sie sich ein Herz und dankte für das, was sie in Villagarcía habe erleben dürfen und was sie ihm verdanke. »Es hört sich vielleicht idiotisch an«, sagte sie, »und ich bin nur eine junge Spanierin. Aber ich bin nach Kinsale gefahren, um mich zu bedanken.«

»Aber das war doch nicht nötig«, sagte Marcel.

»Doch«, sagte Rosa Moreno. »Wenn du wüsstest, was das hier für mich bedeutet, würdest du so etwas nicht sagen.«

Marcel lachte, und Rosa Moreno erkannte endlich das Lächeln wieder, das er ihr und nur ihr allein im Café Sport geschenkt hatte.

»Vergiss nicht, dass ich nur ein Traum sein sollte«, sagte Marcel. »Ein Traum stirbt, wenn er Wirklichkeit wird. Besonders wenn der Traum ein schlitzäugiger und wurzelloser Seemann ohne Heimathafen ist.«

Rosa Moreno war nahe daran zu sagen, dass Marcel jetzt kein bloßer Traum mehr bleiben könne, selbst wenn er das wollte, und dass ihr Leben so wirklich war wie nur möglich. Aber sie blieb stumm.

Marcel entschuldigte sich und stand auf.

Ja, vielleicht hat er recht, dachte Rosa Moreno, als sie sah, wie er sich seinen Weg durch die Menge bahnte. In Wirklichkeit war sie selbst ein Traum, ein wehmütiges Märchen, das niemand lesen wollte, während Marcel mit Leib und Seele ein Seemann war, der zu den Toiletten ging, und sonst nichts.

Vor den Toiletten trafen Marcel und Peter Sympson aufeinander. Peter Sympson nutzte die Gelegenheit und fragte Marcel ohne Umschweife, was er mit den fünfzigtausend Pfund anfangen sollte. »Ich habe natürlich nichts gesagt«, fügte er hinzu.

»Ich will immer noch, dass Sie ihr das Geld geben«, antwortete Marcel. »Aber nicht, bevor wir uns trennen. Und es gilt noch immer: kein Wort, woher das Geld stammt. Wollen Sie mir diesen Gefallen tun?«

»Die Frage ist nur, was ich ihr sage.«

»Warum sagen Sie nicht einfach, dass Sie selbst ihr das Geld schenken? Sie können ihr einen gut bezahlten Job in Ihrem Geschäft anbieten und ihr das Geld auf diese Weise in Etappen geben.«

Peter Sympson nickte. Er wusste schon, wie er es anstellen würde. Er würde sagen, der Stein, den sie ausgewählt habe, sei fünfzigtausend Pfund wert, er zöge es aber doch vor, ihr Bargeld zu geben statt den Stein zu verlieren.

Später am Abend, als Frances Black ihr letztes Lied sang, vertraute Peter Sympson Rosa Moreno einen Teil der Wahrheit über seine zwei Steine an, ohne aber zu erwähnen, dass sie selbst, Rosa Moreno, ein Traum war, der für den Besitzer der Steine wahr werden könnte. Das, so hoffte er, würde sie auch so verstehen.

Und das tat sie auch, genau wie es Madame Le Grand dämmerte, dass Jacob Nielsen nicht nur auf die digitale Erfassung ihres Archivs aus war. Aber leider konnte Rosa Moreno Peter Sympson keine Gegenleistung bieten, genauso wenig wie Madame Le Grand Jacob Nielsen.

Als die letzten Töne verklungen waren, sammelte Steuermann Sundgren seine Schäfchen ein. Er meldete seinem Kapitän, dass alle anwesend waren, und bat dann, von seinen Aufgaben als Matrose auf dem Vorderdeck entbunden zu werden. »Ich bin nicht mehr ganz zurechnungsfähig«, lallte er.

Für Sundgren war der Abend unbefriedigender als für

die anderen gewesen. Er hatte keine Gelegenheit gefunden, auch nur ein einziges Wort mit Maman zu wechseln, und unter all den angeheiterten Iren hatte er sich nur schwer zurechtgefunden. Denn nicht nur war Sundgren Sundgren, er war auch noch Schwede.

Als sie an den Kai gelangten, löste sich ein Mann aus der Dunkelheit und ging auf Marcel zu. Es war der Mann vom irischen Geheimdienst. »Ich möchte Sie um Entschuldigung bitten«, sagte er. »Wir haben Kontakt mit Ihrem Reeder in Kinsale aufgenommen und außerdem Ihr Schiff durchsucht. Angenehme Reise!«

Marcel antwortete nicht und ging an dem Mann vorbei, als ob es ihn nicht gäbe, als ob es ihn nie gegeben hätte und als ob es ihn und seinesgleichen auch nicht geben sollte.

»Aber die Besatzungsliste stimmt nicht«, fügte der Mann hinzu. »Neun statt fünf. Das müssen Sie mit der Einwanderungsbehörde klären, bevor Sie den Anker lichten.«

Marcel drehte sich zu O'Brian um, der mit einem seligen bis entrückten Lächeln, angefüllt mit Guinness und schönem Gesang, hinter ihm hertorkelte. »Weißt du, was das Schlimmste an Männern ist, die die Uniform im Kopf tragen?«, fragte ihn Marcel.

O'Brian schüttelte gewaltsam den Kopf.

»Ihre Fantasielosigkeit«, sagte Marcel. »Ihre totale Unfähigkeit, sich in andere hineinzuversetzen. Sie glauben, dass alle im Kopf genauso unbeweglich und ordnungswütig sind wie sie selbst.«

O'Brian nickte mit dem Kopf, genauso gewaltsam, wie er ihn eben noch geschüttelt hatte. Für dieses eine

Mal war er sicher, genau verstanden zu haben, was Marcel meinte. Genau in diesem Moment war sein Gehirn so weit von Uniformiertheit und Ordnungswut entfernt, wie man es sich nur vorstellen konnte.

40

Es war der dritte Morgen, den sie in Baltimore Bay vor Anker lagen, der Morgen, an dem Marcel verschwand.

Sundgren hatten schon beim Frühstück dunkle Ahnungen befallen, als er entdeckte, dass die Messe leer war. Marcel war normalerweise der Letzte im Bett und der Erste auf den Beinen. Sundgren versuchte, sich einzureden, dass es am Abend zuvor spät geworden war und sie alle einen gehoben hatten. Besonders O'Brian war so aufgekratzt gewesen, dass er kaum die Leiter hinaufgekommen war. Sundgren selbst fühlte sich mitgenommen, im Körper wie im Kopf.

Doch gleichzeitig wusste er, dass ein paar Gläschen extra Marcel noch nie daran gehindert hatten, auf seinem Platz zu sein und seinen Pflichten nachzukommen. Nach dem Frühstück klopfte Sundgren an Marcels Tür, erhielt aber keine Antwort. Er suchte das ganze Schiff ab, ohne die geringste Spur von Marcel zu entdecken. Sundgren wollte schon bei den Passagieren anklopfen. Aber zum einen wusste er nicht, was er Marcel, wenn er ihn sah, eigentlich anderes mitteilen sollte als den Unheil verkündenden Wetterbericht, zum anderen befürchtete er zu entdecken, dass Marcel bei Rosa Moreno oder – noch schlimmer – bei Madame Le Grand geschlafen hatte.

Es *war* ein Fehler von Marcel gewesen, die vier einzuladen. Nicht nur für Marcel persönlich, sondern vor allem, was seine Rolle als Kapitän des Schiffs betraf. Jetzt würden sie obendrein Besuch von der Einwanderungsbehörde bekommen. Nicht auszudenken, wenn die sich in den Kopf setzten, Marcels Gäste seien vielleicht blinde Passagiere! Die Reederei würde erfahren, dass Marcel Unbefugte an Bord genommen hatte. Vielleicht kämen sie sogar auf die Idee, dass der Maschinenschaden erfunden war, von vorn bis hinten gelogen. Das wäre Marcels Ende als Kapitän.

Erst als Sundgren noch einmal systematisch das ganze Schiff durchkämmte, fiel ihm auf, dass die Jolle verschwunden war. Sundgrens Laune stieg sprunghaft. Marcel machte nur einen Segeltörn. Doch im nächsten Augenblick dachte Sundgren an den Wetterbericht: Ein mächtiges Tiefdruckgebiet näherte sich rasch vom Atlantik. Ab Nachmittag war starker Wind angekündigt, Stärke 8, die später in Stärke 9 übergehen und gegen Abend zu einem richtigen Sturm werden sollte.

Sundgren ging auf die Brücke, nahm das Fernglas und spähte in alle Richtungen. Für ihn gab es eben nur einen Weg, um mit seinen dunklen Fantasien fertig zu werden, nämlich den Kopf direkt mit der Wirklichkeit kollidieren zu lassen, bis er blutete.

41

An diesem dritten Morgen, den sie in Baltimore Bay vor Anker lagen, war Rosa Moreno in ihrer Kabine. Sie lag auf dem Bett und beobachtete ein Schattengebilde, das sich im Rhythmus des sanft in der Dünung schaukelnden Schiffs an der Wand hin und her bewegte. Sie fragte sich, ob sie selbst wie dieser Schatten war, der mal hierhin, mal dorthin schwankte und den das kleinste Wölkchen, das die Sonne verdeckte, zum Verschwinden bringen konnte. War sie nur ein Traum? Erwartete sie wirklich ein Kind? Sie wusste, es gab Frauen, deren Menstruation aufhörte, gerade weil sie fürchteten, schwanger zu sein. War das Gegenteil nicht mindestens ebenso möglich?

Aber dann legte sie die Hände auf ihren Bauch und spürte augenblicklich eine schwache Bewegung. Und danach noch eine.

Rosa Moreno begann zu weinen, ganz friedlich. Sie hatte nicht geträumt. Sie lebte und existierte. Wie das Leben in ihr.

Peter Sympson erwachte spät, so spät, dass er beschloss, das Frühstück lieber auszulassen. Er blieb im Bett liegen und dachte an den gestrigen Tag. Zuerst dachte er an das Gespräch mit Marcel und an Marcels Vorschlag, er solle Rosa Moreno das Geld in seinem eigenen Namen geben. Am Tag zuvor hatte ihm dieser Vorschlag ausgezeichnet gefallen. Hatte er nicht dieselbe Idee gehabt, als Marcel ihn gebeten hatte, die Steine zu verkaufen? Aber damals war Rosa Moreno natürlich nichts anderes als ein schöner Traum in seinem Kopf gewesen, ein Traum, der sich ohne Weiteres als Hirngespinst und Luftschloss entpuppen konnte, wie es bei so vielen anderen Frauen gewesen war, denen er im Laufe der Jahre seine Steine gezeigt hatte. Jetzt war alles anders. Rosa Moreno war ein Teil der Wirklichkeit. Gleichzeitig begriff Peter Sympson, dass es leider Marcels Wirklichkeit war und nicht seine eigene.

Peter Sympson zog seinen Morgenrock an und setzte sich an den kleinen Tisch neben seinem Bett. Er holte die beiden Steine hervor und schwebte zuerst im unsichtbaren Inneren des gelben Steins, wie immer, wenn er Kräfte sammeln wollte. Dann drehte er den Bergkristall vorsichtig und wurde von Zehntausenden roten Strahlen geblendet, die gleichzeitig aufflammten. Danach stand für Peter Sympson eines fest: Er würde es niemals verwinden, Rosa Moreno *und* den Stein zu verlieren. Wenn sie nichts von ihm wissen wollte, dann war er gezwungen, den Stein zu behalten. Wenn sein Leben noch für eine Weile einen Sinn haben sollte, musste er sich zumindest seine Träume bewahren.

Madame Le Grand schlief fast bis zum Mittagessen. Es hatte gestern lange gedauert, bis sie eingeschlafen war. Sie hatte alles hin und her gewendet und sich vor allem gefragt, was Marcel damit gemeint hatte: Er wolle entweder vor oder nach seinem Tod von der Liste gestrichen werden und nicht zu denen gehören, die auf einer ihrer Karten verewigt waren. Bestenfalls konnte er gemeint haben, er wolle in Madame Le Grands Leben mehr sein als ein Name und eine Geschichte unter Tausenden in einem Archiv. Möglicherweise hatte er auch zum Ausdruck bringen wollen, dass sich einer wie er einfach nicht beschreiben ließ, weder in Worten noch überhaupt. Madame Le Grand musste sich eingestehen, dass die letzte Alternative die wahrscheinlichere war.

Sie fragte sich auch, wo Marcels besonderes Lächeln geblieben war. Die Wärme, Intensität und auch die rücksichtsvolle Art waren immer noch vorhanden, aber das Lächeln war wie weggeblasen. Doch was hatte sie erwartet? Was hatte sie sich vorgestellt? Dass Marcel sie in die Arme schloss, nur weil sie zu ihm gekommen war? Nein, daran hatte sie nun wirklich nicht gedacht. Sie war aufs Geratewohl losgereist, punktum. Dennoch fürchtete sie den Moment, in dem Marcel sie wieder an Land setzen würde. Was sollte sie dann tun? In das im Winter völlig verlassene Tréguier zurückkehren, zu ihrem Archiv, ihren Seeleuten, zu Robert und den Idioten? Vermissten *die* sie denn?

Den Gedanken an eine Rückkehr wollte sie nicht zu Ende denken. Sie fasste den Entschluss, zumindest mit Marcel zu sprechen, bevor er sie an Land setzte, ihm zu sagen, wer sie war, und ihm ihre eigene Geschichte zu erzählen. Bevor sie auseinandergingen, sollte Marcel jedenfalls erfahren, dass sie ein richtiger Mensch war, nicht nur Maman aus Tréguier.

Das Erste, das Jacob Nielsen beim Aufwachen in den Sinn kam, war Madame Le Grand. In ihren Kleidern, die die Fantasie so beflügelten, sah er sie aus dem Rettungsboot klettern. Zum Teufel, dachte er bei sich. Madame Le Grand war nicht nur Maman aus Tréguier, die Schicksale archivierte und gerade noch Verbindung zur Welt hielt. Sie war eine Frau, und was für eine! Kurz, sehr kurz, dachte er an seine frühere Frau und verglich. Sie war schön gewesen, aber nur, wenn es darauf ankam, zum Beispiel als sie damals ihr Netz nach dem vielversprechenden Unternehmer ausgeworfen hatte, später, wenn sie Gäste erwarteten, und besonders, wenn Männer dabei waren. In Wirklichkeit war sie nichts, denn es war nichts in ihrem Innern. Seine Frau war eine blanke Oberfläche, in der man sich allenfalls spiegeln konnte. Madame Le Grand war völlig anders. Sie ließ andere existieren, sogar einen ganz gewöhnlichen Informatiker wie ihn.

Beim Mittagessen teilte Sundgren Marcels Verschwinden und dessen wahrscheinliche Ursache mit. Sundgren sagte, er wisse nicht, wann Marcel zurückkomme, und habe auch keine Anweisungen erhalten, was er ihnen für diesen Tag vorschlagen sollte. Er sagte, dass er sie an Land setzen könne, wenn sie das wünschten. In diesem Fall müssten sie aber damit rechnen, die Nacht im Freien zu verbringen. Vom Atlantik her nähere sich rasch ein Tiefdruckgebiet.

»Ist es gefährlich, an Bord zu bleiben?«, fragte Rosa Moreno.

»Nein«, sagte Sundgren, »ist es nicht. Das Schlimmste, was passieren könnte, wäre, dass der Anker nicht hält. In diesem Fall lassen wir uns ein wenig treiben und ankern dann in seichterem Wasser. Sinken oder kentern werden wir nicht, nicht hier.«

»Aber«, fügte Sundgren nach einem Augenblick hinzu, »ich würde nicht mit einer Jolle herumsegeln wollen, wenn das Unwetter losbricht.«

»Wie Marcel?«, fragte Madame Le Grand.

»Ja«, antwortete Sundgren. Er bemühte sich nicht, seine Besorgnis zu verbergen.

Die Stunden schleppten sich an diesem Nachmittag dahin, vor allem für O'Brian, der einen gewaltigen Kater hatte und Höllenqualen litt. Gegen zwei Uhr zeigte sich über Sherkin Island die erste gigantische Kumuluswolke. Innerhalb von Minuten bedeckten zerrissene Wolkenformationen den Himmel und jagten auf das Land zu. Mit den Wolken kam der Wind, ein stürmischer Südost, der das Schiff um neunzig Grad drehte, sodass sie im Süden einen Zipfel des Atlantiks sehen konnten.

Ein Passagier nach dem anderen war auf die Brücke gekommen, wo sie schweigend beobachteten, wie Sundgren die Instrumente kontrollierte und eine Peilung machte, um zu sehen, ob sie noch festlagen. Als er sicher war, dass der Anker sich nicht losgerissen hatte, nahm er erneut das Fernglas zur Hand und suchte den Horizont ab.

»Sehen Sie etwas?«, fragte Jacob Nielsen.

»Gar nichts. Nicht ein einziges verdammtes Segel, soweit das Auge reicht. Es ist zum Verrücktwerden, wenn man jetzt überhaupt den Kopf dafür hätte. Marcel hätte wissen müssen, was für ein Wetter im Anzug war. Er ist der Kapitän. Er hätte an Bord bleiben und sich um das Schiff kümmern müssen.«

»Er vertraut Ihnen eben«, sagte Madame Le Grand.

»Das schert mich einen Dreck«, sagte Sundgren, der

gar nicht merkte, wer da gesprochen hatte. »Es ist die verdammte Pflicht und Schuldigkeit des Kapitäns, an Bord zu sein. Innerhalb von ein, zwei Stunden wird es außerdem anfangen zu regnen, dann ist die Sicht gleich null.«

Es war Rosa Moreno, die – endlich – das Segelboot erspähte. Es kam aus südlicher Richtung, direkt vom Atlantik, der bereits schäumte. Marcel hatte das Großsegel eingeholt und segelte nur mit der Fock. Dennoch blies der Wind mit solcher Kraft, dass die Jolle immer wieder die Wogen überholte. Manchmal verschwand sie in einem Wellental. Aber es dauerte nicht lange, bis Marcel Beacon Point passiert hatte und schließlich in stilleres Wasser kam.

Die fünf begaben sich von der Brücke auf Deck, um zuzusehen, wie Marcel ein elegantes Manöver ausführte, die Fock einholte und mit den Leinen in der Hand die Leiter hinaufkletterte.

»Was macht ihr denn für Gesichter!«, rief er ihnen entgegen.

»Wo bist du gewesen?«, fragte Sundgren. »Es gab eine Sturmwarnung.«

»Ich habe einen Törn nach Fastnet Rock und zurück gemacht. Den Leuchtturm hatte ich mir noch nie aus der Nähe angesehen.«

»Fastnet Rock!«, rief Sundgren. »Du bist wohl verrückt! Segelst bei diesem Wetter auf den Atlantik hinaus!«

»Es war eine Probefahrt!«

»Probefahrt?«

»Ja, um zu sehen, was das Boot kann. Ich habe es gekauft. Die Tour um Sherkin Island hat mir Lust auf mehr gemacht. Bittest du Edwards und O'Brian, es an Deck zu ziehen?«

»O'Brian hat sich krankgemeldet.«

Marcel lachte.

»Ich mach es selbst«, sagte Sundgren.

»Gut. Und sagst du Castro Bescheid, er soll heute Nacht Essen und Kaffee bereithalten? Jemand von uns muss die Ankerwache übernehmen. Ich esse mit den Gästen und übernehme um Mitternacht. In Ordnung?«

»Alles klar!«

Sundgren war froh und erleichtert, Marcel wieder an Bord zu haben. Jetzt konnte nichts mehr geschehen, jedenfalls nichts von Bedeutung.

Aber wie gewöhnlich, wenn es um etwas so Kompliziertes wie Menschen ging, irrte sich Sundgren.

42

Es war der vierte Abend, den sie in Baltimore Bay vor Anker lagen. Der Wind hatte auf Südwest gedreht und sich zu Stärke neun entwickelt, genau wie vorhergesagt. Der Regen peitschte nieder. Das nur einige Hundert Meter entfernte Sherkin Island war außer Sichtweite geraten. Es schien, als befänden sie sich im Niemandsland. Das Schiff schaukelte beträchtlich im südwestlichen Wind und den südlichen Wellen, die in die Bucht von Baltimore schwappten.

Marcel beruhigte seine Gäste, indem er sagte, die Dünung würde im Laufe des Abends schwächer werden. Der Gezeitenwechsel würde auch einen Teil dazu beitragen, und der Wind, der weiter nach Westnordwest drehte, würde dann den Rest besorgen. »Sie werden ruhig schlafen können«, sagte er. »Allerdings müssen Sie äußerst vorsichtig sein, sollten Sie auf den Gedanken kommen, an Deck zu gehen. Eine stürmische Böe kann einen ausgewachsenen Menschen zu Boden werfen, wenn man nicht aufpasst. Am liebsten wäre es mir, Sie würden Ihren Kopf gar nicht hinausstrecken. Das Abendessen wird in meiner Kabine serviert, wenn es Ihnen recht ist. Das betrifft nur mich selbst und Sie vier. Die Besatzung ist vollauf mit der Ankerwache beschäftigt. Um Kaffee zu kochen oder ein Schläfchen zu machen, gehen die Männer in die Messe. Wir sehen uns also bei mir. Um sieben Uhr.«

Um Punkt sieben trafen die vier Passagiere vor Marcels Kabinentür zusammen. Drinnen hatte Marcel einen Tisch für fünf Personen gedeckt. »Bei diesem Essen bleiben die Ellbogen einmal vom Tisch«, sagte er. »Ich habe das Tischtuch angefeuchtet, damit das Geschirr nicht samt Essen auf dem Boden landet.«

Auf dem Tisch thronten zwei Eiskübel mit Champagner. Marcel ließ die Korken beider Flaschen knallen und schenkte ein. »Ich erhebe mein Glas auf ein gutes Schiff, eine tüchtige Mannschaft und wunderbare Passagiere!«

Alle stießen an und tranken. Rosa Moreno am wenigsten, weil sie bereits an das zukünftige Leben des Kindes dachte, Madame Le Grand am meisten, um sich für das ernste Gespräch zu rüsten, das sie schon an diesem Abend mit Marcel führen wollte. Sie war es auch, die sagte: »Dann schlage ich vor, auf den Kapitän anzustoßen, der einzigartig ist, als Kapitän und als Mensch.«

Marcel nickte, offensichtlich ungerührt.

Als ob, dachte Madame Le Grand, er sich nicht im Geringsten dafür interessierte, was andere von ihm hielten.

Während des Abendessens war Marcel genau so, wie alle vier ihn im Gedächtnis behalten sollten. Das spezielle Lächeln, das ihn Rosa Moreno und Madame Le Grand zufolge auszeichnete, verblasste keine Sekunde, während er komische oder rührende Geschichten von Menschen erzählte, denen er auf seinen Irrfahrten zu Wasser und zu Land begegnet war.

Mit Castro scherzte er über den Mercedes, während der ein köstliches indonesisches Gericht nach dem anderen servierte.

»Das Rezept ist von mir«, antwortete Marcel, als nach dem Essen gefragt wurde, »aber der Kochkünstler ist Castro. Der Menschheit wäre mehr damit gedient, wenn er an seinen Töpfen stehen statt hinter dem Lenkrad eines Mercedes sitzen wollte. Denn das ist keine Kunst. Das kann jeder.«

Marcel brachte jeden seiner Gäste dazu, über das Thema zu sprechen, von dem er am meisten verstand: Rosa Moreno von Spaniens Kaffeekultur, Peter Sympson von edlen Steinen, Madame Le Grand von Tréguiers Geschichte und Seefahrt, Jacob Nielsen vom Programmieren. Alle, selbst Rosa Moreno, schienen plötzlich etwas Wesentliches beitragen und wichtige Erfahrungen mitteilen zu können. Vergessen waren das ungewisse Warten und die Gespräche der letzten Tage, vergessen der beißende Wind und der peitschende Regen, vergessen die Vorsätze, sich auszusprechen, vergessen auch die Hoffnungen und Träume von einem anderen Leben, ja selbst die Zukunftsängste und -zweifel waren in Vergessenheit geraten. Stattdessen waren Wohlbehagen und Harmonie eingetreten. Sie vier und niemand sonst hatten die Ehre, mit Kapitän Marcel an einem Tisch zu sitzen, an Bord eines Schiffs, das im südwestlichen Winkel Irlands in einem tosenden Sturm vor Anker lag.

Keiner von ihnen hatte daher den Vorschlag erwartet, den Marcel nach dem Abendessen machte.

»Was halten Sie davon, eine Partie von Mamans gefährlichem Spiel zu spielen?«, fragte er.

Alle, einschließlich Madame Le Grand, blickten erstaunt auf.

»Als ich und meine gesamte Besatzung von Maman

in Tréguier so großzügig in ihr Haus eingeladen wurden, erzählte jeder von uns eine Geschichte über sich selbst. Eine, die wahr sein sollte. Wenn ich mich recht erinnere, erzählte ich eine schöne, vielleicht etwas wehmütige Geschichte von einer jungen Spanierin in Villagarcía. In dem Café, in dem sie arbeitete, war ein Schiffskapitän zu Gast. Ich denke, diesmal könnten wir mehr erzählen: wer wir sind, woher wir kommen, auch wovon wir träumen. Ich glaube, wir können alles gewinnen, aber nur wenig verlieren, wenn wir uns besser kennenlernen. Was sagen Sie?«

Zunächst sagte niemand etwas. Aber dann fasste sich Rosa Moreno ein Herz. Sie hatte sich in dem Moment dazu durchgerungen, als Marcel davon sprach, wie er in Mamans Haus von ihr erzählt hatte. Das hatte er wohl kaum zufällig getan. Jetzt hatte sie die Gelegenheit, von ihrem Leben zu sprechen und darüber, wer sie war, sodass Marcel es jedenfalls erfuhr. Und vielleicht sollte sie auch das Kind erwähnen, wenn sie sich traute.

Rosa Moreno begann also, in holprigem Englisch die traurige Geschichte eines elternlosen Mädchens zu erzählen, deren Bruder auf See umgekommen war und die wenig besaß, worauf sie hoffen, aber umso mehr, wovon sie träumen konnte. Es war ein Mädchen, das sich vorkam wie eine Ameise unter Millionen anderer Ameisen, eine kleine Maus, etwas seltsam Unbedeutendes, kaum wahrzunehmen im großen Kosmos des Lebens, kurz gesagt: Sie fühlte sich entbehrlich. Bis zu dem Tag, an dem sie einem unbekümmerten Seemann begegnet war, der gerade sie unter all den andern bemerkte. Der Seemann hatte sie zur Frau gemacht, und zum Dank hatte sie ihm einen ihrer Ohrringe geschenkt.

»Er hatte auch …«, fuhr Rosa Moreno fort, doch am Ende verließ sie der Mut. »Das war meine Geschichte. Ich fuhr nach Kinsale, weil ich hoffte, auf dem Schiff des Kapitäns arbeiten zu können.«

Peter Sympson erzählte nun die eigentümliche Geschichte eines Juweliers, der versuchte, sich mithilfe von edlen und harten Steinen eine Art ewiges Leben zu sichern, der einen Großteil seines Lebens der Suche nach einem verschwundenen Diamanten gewidmet hatte und der in Irland auf einen der schönsten Edelsteine gestoßen war, die auf der Welt zu finden waren. Es war die tragikomische Geschichte von einem Juwelier, der zwanzig Jahre lang auf eine Frau gewartet hatte, die die verborgene Schönheit dieses Steins entdecken würde. Er war schon daran verzweifelt, als eine junge Frau vor gar nicht langer Zeit dem Geheimnis des Steins auf die Spur kam und es entdeckt hatte.

Als Abschluss seiner Geschichte nahm Peter Sympson die beiden Steine hervor und legte sie mitten auf den Tisch, wo sie auf der feuchten Decke liegen blieben, ohne dass ihnen jemand größere Aufmerksamkeit schenkte.

Danach war Madame Le Grand an der Reihe. Sie erzählte die Geschichte eines jungen Mädchens, das sich auf einem Jahrmarkt in den besten und gutherzigsten aller Männer verliebt hatte, einer Frau, die fünfzehn Jahre lang wie eine Märchenprinzessin lebte, bevor ihr Mann sich im Meer ertränkte, aus Verzweiflung darüber, dass er ihr kein Kind schenken konnte. Madame Le Grand berichtete auch, wie die Frau anschließend ihr Leben dem Vorhaben gewidmet hatte, das Andenken zumindest einer kleinen Auswahl der Milliarden Menschen der Erde zu bewahren, damit sie nicht vergessen wurden, als hätten sie gar nicht existiert. Dass die Frau weiterhin einmal in jedem Jahr den Jahrmarkt besucht und in Gedenken an ihren Mann mit einem Ersatzpartner geschlafen hatte, aber auch, dass die Frau vor nicht langer Zeit einem Mann mit einem besonderen Lächeln begegnet war und dass sie gehofft hatte, ihre gemeinsame Geschichte würde sich auf der Klippe einer Felseninsel, umgeben vom wirbelnden Wasser der Gezeiten, so richtig entfalten.

Jacob Nielsen, als Letzter der Passagiere, erzählte die Geschichte eines jungen Mannes, der im Alter von zwanzig Jahren beschloss, ledig, frei und finanziell unabhängig zu bleiben. Er erzählte, wie derselbe Mann fast sein Leben, jedenfalls aber seine Familie aufs Spiel gesetzt hatte, um dieses Ziel zu erreichen, aber auch, welche Befriedigung er empfand, als er kurz vor der Zäsur des fünfzigsten Geburtstags die von ihm aufgebaute Firma für dreißig Millionen dänische Kronen verkauft und sich in die kleine Hafenstadt Marstal zurückgezogen hatte, um die Früchte seiner Arbeit zu genießen. Doch Jacob Nielsen erzählte auch, wie der nun gut fünfzigjährige Mann in seiner vollkommenen Freiheit zuerst von Schwindelanfällen und innerer Unruhe und später von dem absurden Wunsch geplagt worden war, sich auf der ganzen Welt sichtbar und bemerkbar zu machen. Schließlich berichtete er, dass er von einer Dame gehört hatte, die Seeleute auf Karteikarten verewigte, und wie er dann langsam einsah, dass es nicht ausreichte, seinen Fußabdruck im Netz zu hinterlassen. Man brauchte auch Antworten. Zumindest von einem Menschen, am liebsten von jener Dame aus Tréguier, und ganz besonders, wenn man Kinder hatte, die einen nicht mehr brauchten und genau genommen alles unternahmen, um zu vergessen, dass man existierte.

»Ein Glück, dass O'Brian heute Abend nicht dabei war«, sagte Marcel, als die letzte Geschichte zu Ende erzählt war. »Er hält nichts von ernsten Geschichten. Können Sie mir erklären, Mr Sympson, warum gerade die Iren, die so viel gelitten haben, so gut im Erzählen heiterer Geschichten sind?«

»Nein, leider nicht. Aber ich nehme an, es ist ein Mittel, um durchzuhalten.«

»Dann gibt es aus der Geschichte, die ich erzählen möchte, vielleicht etwas zu lernen«, sagte Marcel. »Es ist die Geschichte von einem jungen Mann oder einem Jungen, dessen Leben am besten mit einem Balanceakt verglichen werden kann, und zwar auf Messers Schneide. Er wurde als Sohn eines holländischen Vaters und einer indonesischen Mutter in Jakarta geboren, und darum hatte er schwarze, schräge Augen, dunkle, rotbraune Lippen und eine helle Haut. Der Vater war ein Prediger und Missionar. Die Seeleute respektierten ihn, weil er sie immer wie Menschen behandelte. Das war keine Selbstverständlichkeit zu einer Zeit, in der Seeleute als Menschen zweiter Klasse betrachtet wurden. Der Vater des Jungen war sich nicht zu schade, um aufzuwischen, wenn ein Matrose sich übergeben hatte, oder zu einem Ausnüchterungswhisky einzuladen, wenn morgens der Kater kam.

Von Gott sprach der Vater selten, und noch seltener im Kreis seiner Familie, denn seine Frau war eine Hindu. Wenn der Sohn nach Gott fragte, antwortete der Vater, Gott sei ein Symbol für das, was den Menschen zum Menschen gemacht hatte, nämlich die Entdeckung von

Zeichen und Symbolen, was einfach hieße, dass etwas die Stelle von etwas anderem einnehmen könne, und dass die Menschen deshalb miteinander über Dinge sprechen könnten, die gar nicht da waren, kurz, dass die Menschen Fantasie entwickelten. Denn was war Fantasie anderes, als etwas denken und darüber reden zu können, was wir weder sehen, hören, riechen noch fühlen können, etwas, das nicht *da ist,* aber vielleicht *dort,* außer Reichweite für unsere Sinne. Ein Affe, erklärte der Vater für gewöhnlich, kann einem anderen Affen nicht erzählen, dass hinter dem Baum eine Banane liegt. Der eine Affe muss den anderen bei der Hand nehmen und ihn zu der Banane hinführen, sodass er sie mit eigenen Augen sehen kann. Das braucht der Mensch nicht, denn er kennt Zeichen und Bilder, die anstelle der echten Banane und des echten Baums stehen. Denk daran, was in der Bibel steht: *Am Anfang war das Wort.* Was bedeutet das denn anderes, als dass der Mensch in dem Augenblick zum Menschen wurde, in dem er lernte, Wörter und Bilder zu gebrauchen, um mit anderen Menschen über das zu sprechen, was nicht da war? Gott, sagte der Vater des Jungen, war das eigentliche Urbild für die allergrößte Entdeckung des Menschen, etwas an die Stelle von etwas anderem zu setzen. Das war es, was dem Menschen Sprache, Freiheit, Fantasie und Bewusstsein verlieh.

›Aber was ist dann der Glaube an Gott‹, fragte der Junge, ›wenn Gott nur ein Symbol dafür ist, dass es Symbole gibt?‹

›An Gott zu glauben‹, antwortete der Vater, ›heißt dafür zu sorgen, dass wir mit unseren Worten und Bildern das Gleiche meinen, sodass wir einander verstehen können.

Das Paradies ist da, wo alle einander verstehen. Die Hölle ist dort, wo niemand mehr weiß, wofür die Wörter und Bilder stehen. Oder wo jemand beginnt zu lügen. Denn es ist leider so: Wenn wir von etwas sprechen können, das nicht *da ist,* können wir auch lügen. Wir können sagen, hinter dem Baum liegt eine Banane, obwohl wir wissen, dass es nicht stimmt. Der Sündenfall, das ist die Lüge, nichts anderes. Adam, der in den Apfel der Erkenntnis biss, wusste, wo es Bananen gab, und wurde in Versuchung geführt, zu lügen.‹

So ungefähr sprach der Vater zu seinem Sohn. Die Mutter sagte ihm einmal, sein Vater habe sich in sie, eine schöne Hindu, eine Unberührbare, nur deshalb verliebt und sie gegen den Willen beider Familien geheiratet, um zu beweisen, dass zwei Menschen aus völlig verschiedenen Kulturkreisen lernen könnten, einander zu verstehen.

Selbstverständlich gingen die meisten dieser ernsten Worte in das eine Ohr des Jungen hinein und aus dem anderen wieder hinaus. Wie seine gleichaltrigen Kameraden und auch noch wie die Seeleute im Seemannsheim war er vollauf damit beschäftigt, erwachsen zu werden.

Mit dreizehn Jahren, es war in der Zeit, als die Holländer sich endgültig aus Indonesien zurückzogen, glaubte der Junge, viel von der Welt zu wissen, obwohl sich für ihn eigentlich alles ums Meer und um Hafenstädte drehte. Hingegen wusste er fast gar nichts vom Kolonialismus, Kommunismus, Kapitalismus, Nationalismus und allen anderen -ismen, die gemeinsam mit Bosheit, Herrschsucht, Dummheit und Unwissenheit Indonesien zu einem Pulverfass machten. Die Karriere des jungen Mannes als barfüßiger Seiltänzer auf Messers Schneide begann am Tag nach seinem dreizehnten Geburtstag, 1965, als in Indonesien der Bürgerkrieg ausbrach, einer der brutalsten und blutigsten in der an Vergleichen in dieser Hinsicht doch nicht gerade armen Geschichte.

Der Junge hatte keine Ahnung, dass sein Vater sich in der Gefahrenzone befand. Der hatte sich seit Langem dafür eingesetzt, das Schicksal der Armen erträglicher zu machen. Nur einige Tage nach Ausbruch des Krieges tauchte eine von Suhartos Todespatrouillen auf. Die Männer schossen blindlings um sich und massakrierten Hunderte von denen, die schon immer ohne Hoffnung gewesen waren. Danach brachen sie die Tür zum Haus des verhassten Predigers auf. Im Wohnzimmer vergewaltigten sie die Mutter vor den Augen des Sohnes und seines Vaters. Später traten sie den Vater zu Tode und schossen auf die Mutter und den Sohn, auf den Letzteren vermutlich einfach aus dem einen Grund, damit er sich nicht den Kommunisten anschließen konnte, um sich womöglich zu rächen. Der Sohn erlitt Fleischwunden an Kopf und Bein, schlimm genug, um ihn viel Blut und das Bewusstsein verlieren zu lassen, aber nicht so schlimm, dass sie ihn das Leben gekostet hätten.

Die Soldaten sammelten die Leichen ein und warfen sie auf eine Müllkippe. Dort war es auch, wo der junge Mann schließlich erwachte. Mit letzter Kraft gelang es ihm, die auf ihm liegenden Körper beiseitezuschieben, von der Müllkippe wegzukriechen und sich zum Hafen zu schleppen. Dort nahmen sich ein paar Seeleute seiner an und schmuggelten ihn an Bord eines Schiffs nach Rotterdam.

Als das Schiff seinen Bestimmungsort erreichte, waren die äußeren Wunden des jungen Mannes verheilt.

Die seelischen heilten nie. Doch auf merkwürdige Weise glückte es ihm, sie zu seinem Vorteil zu wenden, und sie kamen ihm in seinem späteren Leben als Seiltänzer gut zupass. Da war er jemand, der sein ganzes Leben lang gezwungen war, sich ohne Netz auf einem Drahtseil zu bewegen. Jemand, der sich nicht einen falschen Schritt erlauben konnte. Niemals sah er zur Seite oder schenkte dem Publikum auch nur einen Blick, denn mit ganzer Aufmerksamkeit musste er sich darauf konzentrieren, sein labiles Gleichgewicht zu halten. Sich an andere Menschen zu binden, war lebensgefährlich. Denn er wusste ja besser als jeder andere, dass Bindungen reißen konnten. Allein und frei zu tanzen, das war das Los des jungen Mannes.

Er fuhr zur See, nicht weil er romantisch war oder weil er keine Wurzeln besaß, sondern weil er sich sagte, es sei wohl das Beste, Liebe und Freundschaft, die doch nur zerbrachen, aus dem Weg zu gehen. Aber er lernte auch bald, dass das Meer beides ersetzen konnte, wenn nur die Landgänge mit flüchtigen menschlichen Kontakten und Wärme erfüllt waren, die nicht einmal ein Meister des Drahtseilaktes völlig entbehren konnte.

Mehr als zwanzig Jahre lebte der Mann etwa nach diesem Muster. Dank seines gewissermaßen luftigen Wesens wurde er mit der Zeit zu jemandem, der mit Träumen geradezu hausieren ging, besonders mit Träumen von einem besseren und freieren Leben. War er nicht so frei, wie man es sich nur wünschen konnte? Die Wunden seiner Seele sah man schließlich nicht. Außerdem trug er immer das Echo der Worte seines Vaters in sich, dass es Träume und Vorstellungskraft seien, was den Menschen erst zum Menschen machte. Und wie alle Söhne versuchte er, auf seine eigene Weise nach den Regeln zu leben, die sein Vater ihn gelehrt hatte.

Und so geschah, was nicht hätte geschehen dürfen. Einige Menschen in verschiedenen Häfen Europas hatten es sich in den Kopf gesetzt, er könnte seine Freiheit mit ihnen teilen und ihre Träume wahr werden lassen. Aber genau das konnte er nicht! Wenn sein Leben bis zum Ende gut und sinnvoll sein sollte, musste er allein sein, vollkommen allein und an keinen Menschen gebunden.«

»Schluss mit der Geschichte!«, sagte Marcel nach einer Weile des Schweigens. »Sie war auch nicht besonders heiter. Ein Ire wie O'Brian hätte sie so erzählen können, dass wir uns halb totgelacht hätten, ohne dass die Pointe verloren gegangen wäre. Das kann ich nicht, aber in meinen Augen endet die Geschichte zumindest gut, jedenfalls für die Hauptperson. Anscheinend ist es doch möglich, so etwas wie ein glückliches Leben als Mensch zu führen, ohne Gott und andere Luftschlösser, auch wenn man etwas sehr Schlimmes erlebt hat. Aber fragt mich nicht, wie! Ich bin kein Guru, kein Zauberer, nur ein einfacher Seemann, der Geschichten erzählt!«

43

Rosa Moreno ging langsam die Treppe hinunter. Sie brauchte frische Luft. Sie musste hinaus ins Unwetter, in den Sturm und den peitschenden Regen. Sie glaubte zu ersticken.

Als sie die Tür öffnete, wich sie im ersten Moment zurück. Oben in Marcels Kabine hatte man den Sturm nur am Rollen des Schiffs wahrgenommen. Obwohl die massive Eisentür am Boden des Ruderhauses nach achtern hinausging und Rosa Moreno in Lee stand, schlug ihr jetzt ein ohrenbetäubender Lärm entgegen und ein Wind, der sie nach Luft schnappen ließ. Der Regen prasselte wie Bleihagel auf das stählerne Deck.

Sie stand lange an die Wand gepresst und rührte sich nicht. In sich spürte sie eine unvorstellbare Leere. Es gab also keine Hoffnung. Marcel hatte recht gehabt. Sie hätte in Villagarcía bleiben sollen. Dort hätte sie sich zumindest den Seemann ihrer Träume bewahrt. Jetzt sah sie stattdessen der unbarmherzigen Tatsache ins Gesicht, dass Marcel ihr niemals gehören würde und ihr Kind ohne Vater aufwachsen musste.

Aus der großen Leere kroch langsam das Entsetzen auf sie zu. War ihrer eigenen Mutter nicht das Gleiche passiert? Hatte ihre Mutter sie und Cecilio damals nicht deshalb verlassen, weil sie sich nicht alleine um sie kümmern konnte? Und sie selbst? Hätte sie überhaupt den Mut dazu? Würde sie, eine Ameise, ein Staubkorn, ein Lufthauch, ihrem Kind ein lebenswertes Leben bieten können, ein anderes Leben als ihr eigenes?

Rosa Moreno bewegte sich vorsichtig seitwärts. Zum Schluss fehlte nur noch ein winziger Schritt, und sie wäre der vollen Gewalt des Sturms ausgesetzt. Sie wusste, dass sie diesen entscheidenden Schritt tun musste. Sie wusste, sie musste herausfinden, was sie inmitten der entfesselten Kräfte zu wagen bereit war, ob sie die Kraft zum Widerstand hatte.

Als sie um die Ecke bog, wurde sie zu Boden geworfen. Sie rappelte sich auf und kroch auf Knien vorwärts. Sie wollte weiter. Sie wollte sich selbst, ihrem Kind und Marcel beweisen, dass sie stark war. Sie wollte bis zum Bug.

Doch auf halber Strecke erlahmten ihre Kräfte, und mit einem Mal wusste sie, dass sie es allein niemals schaffen würde. Sie würde weder gegen den Wind ankommen, noch würde aus dem Kind in ihrem Bauch ein Mensch. Eine Weile lag sie ausgestreckt auf dem klatschnassen Deck. Dann zog sie sich mit beiden Händen an der Reling hoch. Dort blieb sie für einen Moment auf wackligen Beinen stehen, bevor sie sich mit dem Oberkörper der Dunkelheit entgegenwarf. Im selben Augenblick hörte sie einen Schrei. Bevor alles dunkel wurde, dachte sie noch, es sei wohl ihr eigener.

44

Peter Sympson fühlte sich zugleich bedrückt, beschwingt und sogar ein bisschen ermutigt nach all den Geschichten, die er gehört hatte, insbesondere der von Marcel. Er war bedrückt, weil Marcels Geschichte bei ihm die verriegelte Pforte zu einigen verstaubten Gehirnwindungen geöffnet hatte, in denen er die Erinnerung an seinen Vater bewahrte. Sein Vater war vorsätzlich Risiken eingegangen; er war Mitglied der IRA gewesen und hatte sich selbst als Soldat im Krieg betrachtet. Wer weiß, wie viele Menschen er getötet hatte? Er war mitschuldig. Genau damit hatte sich Peter Sympson nie abfinden können, dass sein Vater den eigenen Sohn auf dem Altar seiner Ideale geopfert hatte. Warum hatte er seine Familie nicht mitgenommen, um in die Republik überzusiedeln, zumindest bis sein Sohn erwachsen war?

Peter Sympson konnte sich deutlich an seine Empörung erinnern, als er erfuhr, dass Che Guevara, dieser romantische Revolutionsheld, seine Frau und die sechsjährige Tochter in Kanada zurückgelassen hatte, während er selbst im Dienst der Menschheit nach Peru reiste, um ein Guerillero zu werden. Genau wie Peter Sympsons eigener Vater. Aber wie konnten sie nur? Waren ihre Kinder etwa keine Menschen?

Marcels Vater war unschuldig. Er hatte niemals einer Fliege etwas zuleide getan. Sowenig wie seiner Frau und seinem Sohn. Das war unendlich traurig. Noch viel trauriger, als zuzuhören, wenn Joe in der Tap Tavern sein Weihnachtslied sang, obwohl es vielleicht auf dasselbe hinauslief.

Warum fühlte sich Peter Sympson also trotzdem beschwingt und mutig? Weil es so schien, als sei es Marcel geglückt, doch eine Art Leben zu haben, sogar ein gutes Leben, und in jedem Fall eins, das andere zum Lachen und zum Träumen gebracht hatte. Wie das sein konnte, interessierte Peter Sympson nicht, genauso wenig wie Marcel selbst. Wichtig war nur, dass es allem Anschein nach möglich war, zu leben, auch wenn man nichts mehr zu hoffen und zu erwarten hatte, dass es möglich schien, dem eigenen Dasein allen Widrigkeiten zum Trotz einen gewissen Sinn zu verleihen.

Außerdem war völlig klar, dass sich Rosa Moreno keine Hoffnungen auf Marcel machen konnte. Er war nicht beständig und ein für alle Mal festgelegt wie das Strahlen eines Kristalls. Er war so unzuverlässig wie die Unschärfe, die in den tiefsten mikroskopischen Tiefen herrschte, jemand, bei dem man nie wusste, woran man war. Hatte man ihn einmal aufgespürt, war er schon wieder mit unbekannter Geschwindigkeit in unbekannte Richtung unterwegs. Wenn man ihm auf seinem Weg begegnete, wusste man doch nicht, wo er sich befand. Peter Sympson war kein Menschenkenner, aber so viel hatte er aus Rosa Morenos Geschichte gelernt, dass Marcel sie niemals glücklich machen würde. Letzten Endes, dachte Peter Sympson mit einem Anflug von Verzweiflung, war Marcel vielleicht vom gleichen Schlag wie sein eigener Vater: Wenn es sein musste, konnte er auch auf Menschen verzichten.

45

So ist das also, dachte Madame Le Grand im Stillen, nachdem Marcels Geschichte zu Ende war. Genau wie sie vermutet und befürchtet hatte. Marcel war ein schöner Traum. Er war wie der Wind, nicht wie dieser bleischwere und messerscharfe Wind, der vom Atlantik kam, sondern eher wie eine Leben spendende, flüchtige Brise, die am Morgen milde Luft über das Land blies und noch am selben Abend wieder abflaute. Bei aller Wehmut spürte Madame Le Grand sich von einer Last befreit. Marcel hatte sie dazu gebracht, sich ein neues Leben vorzustellen, ein anderes Leben, eines ohne Yann und das Archiv, bevor es einmal zu spät sein würde. Aber sie hatte sich nicht verliebt und hatte Yann auch nicht betrogen. Sie hatte eine Zeit lang geträumt, und was war schon dabei, wie Marcel vielleicht sagen würde.

Da war es für die junge Spanierin schon schlimmer, dachte Madame Le Grand voller Mitgefühl. Sie hatte beobachtet, wie Rosa Morenos Gesicht mit dem Fortschreiten von Marcels Geschichte seine ganze Farbe verloren hatte. Das war nicht verwunderlich. Die junge Frau hatte kein leichtes Schicksal gehabt.

Marcel hatte nicht gelogen, als er damals seine Geschichte von der Begegnung mit dem Barmädchen erzählte, die kleine Zettel mit Nachrichten in seiner Tabaksdose hinterlassen hatte. Er hatte ihr das Herz nicht gebrochen, er hatte es in Brand gesteckt. Und jetzt hatte er das Feuer gelöscht.

Madame Le Grand fragte sich, ob sie dem Mädchen irgendwie helfen konnte. Sie wusste nur nicht, wie. Was halfen ein paar freundliche Worte von einem wildfremden Menschen? Und Rosa Moreno einen Platz im Archiv anzubieten, war wohl auch kein Trost.

Madame Le Grand fühlte sich schrecklich unzulänglich. Hier war ein Mensch, der im Chaos des Lebens etwas zählen wollte, der wohl mehr als jeder andere und weit mehr als der Kranführer Chevalier darauf angewiesen war, bestätigt zu bekommen, dass er existierte. Und was hatte Madame Le Grand ihr anzubieten? Einige Notizen auf einer Karteikarte, ein Lebenszeichen für die Zukunft. Was war das schon im Vergleich zu Rosa Morenos Traum von einem Leben mit Marcel, wenn es auch nur kurz dauern und später völlig in Vergessenheit geraten würde? Es war gar nichts.

Und Madame Le Grand begriff, wie alles eingerichtet war. Sie begriff es mit der glitzernden Klarheit des Diamanten, den Peter Sympson ihnen gezeigt hatte: Es gab nur ein mögliches Leben für jeden Menschen, nur ein einziges. Das und nichts anderes war Marcels Geheimnis; das war es, was ihn so unnahbar und unwirklich, ja sogar unbegreiflich und unmenschlich erscheinen ließ. Er, als der Einzige unter ihnen, wagte sein Leben wirklich so zu leben, als habe er nur dieses eine.

46

Jacob Nielsen hatte Marcels Geschichte mit wachsender Verwunderung gelauscht. Er fragte sich unablässig, ob sie wahr sei. Wie konnte eine so heitere und sorglose Person wie dieser Marcel nur eine solche Vergangenheit haben? Und die anderen? Dass es überhaupt solche Menschen gab! Dass sie alle es schafften zu leben!

Jacob Nielsen schämte sich. Was waren seine eigene innere Unruhe und die banalen Familienprobleme schon im Vergleich zu dem, was die anderen Passagiere und Marcel durchgemacht hatten? Jetzt verstand er auch die Tragweite von Madame Le Grands Sorge, als sie gemeinsam im Internet den heiligen Yves (zwei Treffer) und ihren Ehemann (kein Treffer) gesucht hatten. Seine eigenen Söhne waren noch am Leben und schienen zufrieden, jeder auf seine Weise, wenn sie für ihren Vater auch nicht viel übrighatten und ihn überhaupt am liebsten für immer los gewesen wären. Und er selbst war unabhängig und reich dazu.

Doch gleichzeitig gab es diese Unzufriedenheit, diese Schwindelanfälle, diese Rastlosigkeit, diesen Wunsch, bemerkt und beachtet zu werden. Zumindest von einem einzigen Menschen. Oder war auch das nur virtuell wirklich, wie so vieles andere in Jacob Nielsens Welt, jetzt und auch früher?

Nein, sagte Jacob Nielsen sich, das waren wirkliche Fehler auf der Festplatte des Lebens. Aber hier konnte man keinen Notdienst anrufen und um Hilfe bitten. Hier gab es keine Spezialisten am anderen Ende der Leitung, die ihm sagten, welchen Knopf er drücken musste, um das Problem in den Griff zu bekommen. Hier, mitten im Leben, konnte man nicht einfach die Festplatte aufräumen. Im Leben war man ganz sich selbst und – wenn man das Glück hatte, das Jacob Nielsen offensichtlich fehlte – anderen Menschen überlassen. Im Leben war es weitaus sicherer, Bestandteil einer Geschichte zu sein und auf einer von Madame Le Grands handgeschriebenen Karteikarten verewigt zu werden, als sich auf ein paar Spuren auf einer Festplatte zu verlassen.

Als Jacob Nielsen schließlich einschlief, fühlte er sich gelassen. Alle seine Zweifel waren wie weggeblasen. Er wusste mit absoluter Sicherheit, was er tun würde.

47

Nachdem alle Passagiere die Kabine verlassen hatten, erhob sich Marcel und ging zu Sundgren, der mit einer Tasse Kaffee pflichtschuldigst auf der Brücke stand und die Instrumente kontrollierte. »Alles in Ordnung?«, fragte Marcel.

»Schon. Aber es stürmt gewaltig. Zweimal hatten wir schon elf Beaufort, richtige Orkanböen waren das. Im Durchschnitt sind es neun.«

»Und der Anker?«

»Wir haben uns nicht einen Millimeter von der Stelle bewegt. Das GPS ist mit Vorsicht zu genießen mit diesen verdammten Koordinaten, die nur auf einige Hundert Meter genau sind. Aber das Echolot lügt nicht. Eine Landpeilung war bei diesen Sichtverhältnissen unmöglich.«

»Was sagt der Wetterbericht?«

»Das Barometer steigt schon wieder. Das Schlimmste wird vermutlich in ein paar Stunden überstanden sein. Der irische Bericht verspricht für morgen Sonne und eine frische Brise.«

»Das hört sich gut an. Morgen verabschiede ich mich von meinen Gästen.«

Auf Sundgrens Gesicht trat ein Lächeln. »Du kennst ja meinen Standpunkt in dieser Frage«, sagte er.

»Ja«, sagte Marcel, »den kenne ich.« Er wandte Sundgren den Rücken zu und starrte aus dem Fenster.

Es war der Augenblick, in dem Rosa Moreno mit beiden Händen krampfhaft die Reling umfasste und sich aufrichtete.

Marcel hatte sie offenbar erst entdeckt, als sie schon halb über der Reling hing, denn als er die Tür zum einen Flügel der Brücke hin aufriss und eine Warnung in die Dunkelheit brüllte, war es bereits zu spät.

Er stürzte zu Sundgren zurück und riss sich die Hose herunter.

»Was zum Teufel ist los?«, fragte Sundgren.

»Rosa ist über Bord gegangen. Richte alle Scheinwerfer nach Steuerbord aufs Wasser. Ich spring ihr nach. Du holst Hilfe, lässt das Rettungsboot zu Wasser und fischst uns raus.«

Marcel wartete, bis Sundgren die Scheinwerfer ausgerichtet hatte. Dann nahm er die Schwimmweste, die immer an einem Haken auf der Brücke hing, trat an die Reling, schaute kurz nach unten und sprang.

Sundgren stürmte in die Messe. »Die Spanierin ist über Bord gegangen«, rief er Edwards und O'Brian zu. »Wir bringen das Rettungsboot zu Wasser. Das Gummiboot ist zu leicht. Der Wind würde es wegblasen.«

Sundgren und O'Brian liefen an Deck, während Edwards das Boot hinunterließ. Sundgren zählte die Sekunden. Wie lange konnten Rosa und Marcel im Wasser aushalten? Wenn Marcel sie überhaupt fand! Eines war leider sicher: Marcel würde alles – und wenn nötig, auch sein eigenes Leben – opfern, um Rosa zu retten.

Es waren höchstens vier Minuten vergangen, als das Rettungsboot auf die Wasseroberfläche aufklatschte und Sundgren den Zündschlüssel herumdrehte. Der Motor sprang sofort an. In all dem Trubel durchzuckte Sundgren doch der Gedanke, was für ein Glück es war, dass er darauf bestanden hatte, die Passagiere mit dem Rettungsboot an Land zu bringen.

Er musste sein ganzes Können aufbieten, um das Boot im harten Wind zu manövrieren. Edwards stand mit einem Handstrahler in der Vorderluke. Sundgren selbst streckte den Kopf aus der Luke des Ruderhauses. Aber auch so war es nicht leicht, im prasselnden Regen überhaupt etwas zu erkennen. Der einzige Vorteil war der nur mäßige Seegang auf der Leeseite von Sherkin Island. Das größte Risiko bestand jetzt darin, Rosa oder Marcel oder beide zu überfahren.

Doch Minuten später sah er die beiden ungefähr dreißig Meter hinter dem Boot treiben. Marcel war es gelungen, ihr die Schwimmweste überzuziehen, er beatmete sie im Wasser. Sundgren warf zwei Rettungsbojen aus, die Leinenenden waren am Boot festgemacht. Todesmutig kletterte O'Brian auf das Vorderdeck und half zuerst Marcel, Rosa Moreno zu bergen, dann zog er ihn selbst hoch.

»Sie ist außer Gefahr«, sagte Marcel. »Sie hat noch geatmet, als ich sie fand.«

Sundgren drehte bei, und O'Brian hakte mit einigen Schwierigkeiten ein, weil der Wind heftig an den Leinen riss.

Edwards stand an Deck bereit, um das Boot in Empfang zu nehmen.

»Wir legen sie in meine Kabine«, sagte Marcel.

Mit Sundgrens Hilfe trugen sie Rosa hinauf.

»Ich kümmere mich um den Rest«, sagte Marcel. »Gute Arbeit, Sundgren.«

»Danke. Soll ich die anderen informieren?«

»Nein. Es muss wohl ein Unfall gewesen sein. Sie soll selbst entscheiden, ob sie den anderen davon erzählen will.«

48

Rosa Moreno hatte das Bewusstsein zu keiner Zeit ganz verloren. Weder Angst noch Unruhe oder Panik hatte sie ergriffen. Sie hatte auch nicht gekämpft, als das kalte Wasser sich um ihren Körper schloss. Stattdessen hatte sie sich ganz weich und geschmeidig gemacht. Reglos hatte sie sich von den Wellen heben und wieder senken lassen. Wenn der Kopf über Wasser kam, hatte sie einen Atemzug gemacht.

Irgendwo in ihr existierte offenbar eine Art Zuversicht. Alles würde gut enden, wo auch immer, diesseits oder jenseits des Lebens. Was auch geschah, alles würde nun anders. Sie hatte den Wind nicht besiegt, aber den Versuch gewagt. Sie entdeckte, dass sie keine Angst vor dem Tod hatte. Sie hatte Angst gehabt zu leben.

Als sie den Griff von Marcels Händen wahrnahm, spürte, wie er ihr die Schwimmweste überzog und sie beatmete, ließ sie sich fallen und verlor fast das Bewusstsein. Gerade jetzt fühlte sie sich wirklicher und geborgener als je zuvor im Leben.

Als sie aus ihrem Dämmerzustand erwachte, spürte sie, wie Marcel ihren nackten Körper massierte. Sie blieb mit geschlossenen Augen liegen und genoss es, am Leben zu sein. Sie wusste, dass sie ein Lächeln auf den Lippen hatte, und fragte sich, ob Marcel es bemerkte.

Marcels Hände stockten auf ihrem Bauch. Seine Finger

tasteten über die leichte Wölbung. Und plötzlich war es da – das Leben. Das Kind in ihrem Körper bewegte sich genau an der Stelle, wo Marcels Hände waren.

Sie schlug die Augen auf und begegnete Marcels Blick. Da war sein Lächeln, stark und voller Träume. Es ging keine Verpflichtung ein, gab nicht das kleinste Versprechen. Aber jetzt war sie sicher, dass er Bescheid wusste.

Es änderte nichts. Sie würde weiterhin allein gegen den Wind ankämpfen. Doch das Kind hatte einen Vater, wenn es auch einer war, von dem das Kind nur träumen und um den es Luftschlösser bauen konnte; nur ein Seemann ohne Heimathafen, nur der märchenhafte Seiltänzer in einem Wanderzirkus, nur Marcel.

Rosa Moreno atmete ruhig und tief mit geschlossenen Augen, damit Marcel glaubte, dass sie schlief. Als er gegangen war, setzte sie sich auf und legte beide Hände auf ihren Bauch, um noch einmal das Leben zu spüren, das in ihr heranwuchs.

Plötzlich sah sie den Schein, der aus Peter Sympsons Stein drang, und seinen Blick, mit dem er sie ansah. In seinen Augen sah sie den Schmerz eines noch ungelebten Lebens. Genau wie der Schmerz in ihr selbst, dachte sie. Und doch gehörte dieses Leben zur Wirklichkeit.

49

Marcel kam um zwei Uhr morgens auf die Brücke. Sundgren war immer noch auf seinem Platz, obwohl der Wind schon abgeflaut war. Er schaute Marcel besorgt und forschend zugleich an. In seiner Einsamkeit war Sundgren auf den Gedanken gekommen, dass Rosa Morenos Sturz über die Reling ein verzweifelter Hilferuf gewesen war – um sich von Marcel retten zu lassen, um endlich den Mut zu finden, ihm zu sagen, wie sehr sie ihn liebte.

»Sie schläft«, sagte Marcel. »Wenn sie morgen früh erwacht, wird sie wieder ganz die Alte sein.«

»Das ist gut zu hören. Sie ist so jung. Nur ein Kind.«

»Da irrst du dich. Sie ist eine erwachsene Frau.«

»Wie meinst du das?« Sundgren dachte an seine bösen Ahnungen.

»Sie ist schwanger.«

»Schwanger?« Sundgren glotzte Marcel an, als hätte er ihn nicht richtig verstanden.

»Ja«, sagte Marcel und musste beinahe lächeln. »Von mir!«

»Von dir? Was meinst du, zum Teufel?«

»Genau das, was ich sage. Dass ich der Vater des Kindes bin.«

Das ist das Ende, dachte Sundgren. Das Ende einer fünfzehnjährigen Freundschaft an Deck, bei der es nie Streit gegeben hatte.

Marcel brach in Gelächter aus. »Mein Gott, Sundgren, mach nicht so ein Gesicht! Die Welt geht doch nicht unter, nur weil ein Kind geboren wird. Nicht einmal, wenn ich der Vater bin.«

»Was willst du tun?«, fragte Sundgren.

»Abmustern. Ich meine, mich von der Menschheit verabschieden.«

»Du hast doch nicht vor …«, setzte Sundgren an, bevor ihn seine Stimme im Stich ließ.

»Ich habe nicht vor, Rosas Beispiel zu folgen, wenn du das dachtest. Ich habe zugelassen, dass sich Menschen an mich gebunden haben, weil ich glaubte, es könnte ja doch nicht länger dauern als das Schiff im Hafen liegen würde, höchstens ein paar Tage, eine winzige Zeitspanne. Ich habe gedacht, das wären alles Altweiberknoten, doch inzwischen hat sich gezeigt, dass ein paar davon tipptopp waren, ein anständiger halber Schlag, um mich zu fesseln. Das ist nichts für mich. Ich brauche Bewegungsfreiheit, damit ich ein bisschen Freude am Leben habe. Und die *muss* ich haben, Sundgren. Sonst kann ich auch gleich über Bord springen.«

»Aber das Kind? Und das Mädchen, Rosa?« Sundgren sah keinen anderen Ausweg, als an Marcels Verantwortungsgefühl zu appellieren.

»Finanziell werden sie keine Not leiden, dafür habe ich gesorgt. Und Rosa wird dem Kind allein ein besseres Leben bieten können als mit mir zusammen.«

»Das glaub ich dir nicht.«

»Dein gutes Recht. Aber irren kannst du dich trotzdem. Du hast die Freiheit nicht im Blut, so wie ich.«

»Niemand, auch du nicht, ist ganz und gar frei.«

»Das weiß ich. Ich will nur von Menschen frei sein.«

»Aber das Kind?«, wiederholte Sundgren. »Wie kannst du so sicher sein, dass es dich nicht braucht?«

»Ich weiß es einfach. Und ich glaube, auch Rosa sieht es jetzt so. Man kann das Leben nicht auf einen flüchtigen Traum gründen, nicht auf lange Sicht.«

»An Bord ist es jedenfalls immer gut gegangen.«

»Das ist nicht dasselbe, das weißt du so gut wie ich. Nimm dich selbst, du bist ein erstklassiger Seemann und Steuermann, der beste, mit dem ich gesegelt bin; du bist niemals mit der Mannschaft oder deinem Kapitän aneinandergeraten, aber als Familienvater und Landratte bist du auch keine große Nummer.«

Sundgren merkte, dass er bei Marcel nicht weiterkam. Das, was ihn inzwischen am meisten beunruhigte, war Marcels Ankündigung, dass er bald abmustern werde. Früher war dergleichen spontan geschehen, es war eine Laune gewesen und sonst nichts. »Wann willst du fort?«

»Ich segle morgen früh.«

»Du segelst?«

»Mit der Jolle. Sie ist gut und stabil, ideal für große Fahrten. Ich nehme eine Persenning und einen Schlafsack mit. Dann setze ich nördlichen Kurs auf Irlands Westküste, Hebriden, die inneren und äußeren, Orkney, Shetland, Westnorwegen, was weiß ich.«

»In einer Jolle? Das ist doch lebensgefährlich.«

»Nicht, wenn man sich Zeit nimmt. Ich habe alle Zeit der Welt. Ich werde nur bei sicherem Wetter segeln. Wird es zu rau, geh ich für ein paar Tage in ein *bed and breakfast.* Ich brauche eine Pause von den Menschen, Sundgren, eine lange Pause, und dafür kann ich mir gar nichts Schöneres vorstellen.«

»Du bist nicht bei Verstand, das hab ich ja schon immer gesagt.«

»Und wie du weißt, hab ich dir immer recht gegeben. Aber ich will nicht verrückt werden.«

»Dann ist wohl das Höchste, worauf ich hoffen kann, dass du so närrisch wirst, dass du am Ende selbst genug bekommst und umkehrst. Wenn du willst, können wir der Reederei ja sagen, dass du Urlaub genommen hast. Ich führe das Schiff, bis du zurückkommst.«

»Ein guter Gedanke, aber das geht nicht. Auch wenn du bereit wärst, das Schiff zu übernehmen, müsstest du noch einen Steuermann anheuern.«

»Die Lage ist also hoffnungslos.«

»Warum siehst du alles so negativ?«

»Ich kann ja versuchen, es anders zu sehen. Aber ich verspreche nichts. Du weißt, wie ich bin. Soll ich noch irgendwas erledigen?«

»Ja, sag der Reederei, dass die Reparaturarbeiten abgeschlossen sind, und setz die Gäste an Land, hier oder in Kinsale.«

»War das alles?«

»Nicht ganz. Schick das hier morgen an die Reederei.«

Marcel gab ihm ein Stück Papier.

Sundgren war sicher, dass es sich um Marcels Abschiedsgesuch handelte, sah aber stattdessen, dass es ein Wechsel im Wert von dreizehntausend Dollar war, für die Überstunden, die sich bei Castro angesammelt hatten. Sundgren sah Marcel fragend an.

»Damit Castro seinen Mercedes kaufen kann, bevor er sich zu Tode gearbeitet hat.«

Sundgren nickte. »Und was soll ich den Gästen sagen?«

»Nur, dass ich fortgesegelt bin. Sie werden es schon richtig verstehen. Aber du kannst Peter Sympson von mir grüßen und ihm ausrichten, dass unsere Vereinbarung, einen bestimmten Edelstein betreffend, unverändert gilt.«

»Und die Mannschaft?«

»Weck sie um sieben Uhr zum Frühstück. Ich lege um acht Uhr ab.«

»Und ich selbst?«

»Hoffe einfach weiter darauf, dass wir uns wiedersehen, ob auf einer Schiffsbrücke oder irgendwo anders. Das Leben steckt voller Überraschungen, wenn man nur Augen im Kopf hat und hin und wieder einen kleinen Umweg macht. Eins möchte ich dir für alle Fälle sagen, obwohl du es schon weißt. Wir sind fünfzehn Jahre lang miteinander gefahren. Wir haben gut zusammengepasst und uns ergänzt, du mit den Beinen auf der Erde und ich mit dem Kopf irgendwo in den Wolken. Ich habe nie, nicht ein einziges Mal, mit dem Gedanken gespielt, mir einen anderen Steuermann zu nehmen.«

»Danke.« Sundgrens Stimme klang belegt.

»Und Sundgren, nimm die Dinge nicht immer so schrecklich ernst. Gestatte dir dann und wann einen Umweg, ändere den Kurs um der schönen Aussicht willen. Du hast nur ein Leben, du genauso wie ich.«

»Ich will tun, was ich kann, Käpt'n.«

»›Marcel‹ ist immer noch in Ordnung.«

Und damit ließ Marcel einen niedergeschlagenen Sundgren auf der Brücke zurück.

50

Es gibt Tage auf dem Nordatlantik, die im Kielwasser eines großen Tiefdruckwirbels heraufziehen und bis zum Bersten mit Leben erfüllt scheinen; Tage, an denen der nordwestliche Sturm zu einer frischen Brise abgeflaut ist, nachdem er die regenverhangenen und bleiernen Tiefdruckwolken fortgeblasen hat, die bis dahin den Himmel verdeckt haben. Tage, an denen eine Kaltfront luftige und schneeweiße Kumuluswolken über den Himmel treibt, an denen die reine und klare Luft von schneidender Kälte und die Sicht kristallklar und unbegrenzt ist, an denen das scharfe Sonnenlicht die Wassermassen in Tausenden Nuancen von Grün und Blau zum Glitzern bringt.

Es war ein solcher Tag, an dem Kapitän Marcel von seinem Schiff abstieß, nachdem er von seiner Mannschaft, Sundgren inbegriffen, Abschied genommen hatte, um eine Pause von den Menschen zu nehmen. Mittschiffs an der Reling standen Edwards, O'Brian und Castro und schauten auf die kleine Caravelle hinunter, deren Segel sich bauschten, sobald Marcel die Schoten dichtgeholt hatte. Sundgren hatte sich die Brücke als Aussichtspunkt gewählt, um mit seinen Gedanken und seinen Empfindungen – nicht viele waren es, aber echte – allein zu sein. Vorne am Bug standen Madame Le Grand und Jacob Nielsen und sahen sich alles an. Beide waren früh erwacht und hatten sich auf Deck begeben, wo sie dem allgemeinen Schweigen schnell entnahmen, was da vor sich ging.

Als die Jolle sich einige Hundert Meter entfernt hatte, tauchte Rosa Moreno auf dem Achterdeck auf. Ein Blick auf die anderen und die Jolle genügte auch ihr, um die Situation zu erfassen. Kurz darauf zeigte sich Peter Sympson. Er stellte sich neben Rosa Moreno. Als Einziger der Passagiere wusste er bereits, dass Marcel sie bei Wind und Wetter sich selbst überließ und sie fortan ohne ihn auskommen mussten. Sundgren hatte ihn informiert und von Marcel gegrüßt, zum einen, weil es Marcels Anordnung gewesen war, zum anderen, um mit jemandem sprechen zu können, statt nur seinen eigenen Gedanken und Gefühlen nachzuhängen; er hatte Peter Sympson erzählt, dass Rosa Moreno über Bord gefallen war, dass sie ein Kind erwartete und dass Marcel das Schiff verlassen würde.

Marcel hatte Kurs auf die Mündung der Bucht von Baltimore genommen. Sundgren, der die Seekarte vor sich hatte, tippte, dass Cape Clear sein erster Anlaufpunkt sein würde. Leider sollte er Marcel hinter dem südwestlichen Zipfel von Sherkin Island aus den Augen verlieren, bevor er sich vergewissern konnte, dass Marcel wirklich in Richtung Gascanane Sound abdrehte. Vorläufig sah es nicht danach aus, dass Marcel direkt auf den Atlantik zusteuerte. Aber ein schrecklicher Gedanke durchfuhr Sundgren. Und wenn Marcel einfach aufs offene Meer hinaussegelte?

Bevor die Jolle vollständig verschwunden war, wandte sich Jacob Nielsen Madame Le Grand zu und sagte: »Wenn Sie einverstanden sind und mich nicht für taktlos halten,

Madame, dann folge ich Ihnen gerne für eine – kürzere oder längere – Zeit nach Tréguier. Ich könnte Ihnen bei der Erfassung Ihres Archivs helfen und darauf achten, dass bei diesem Prozess keiner Ihrer Seeleute verloren geht. Mir ist allerdings bewusst, dass dergleichen in Marcels Fall nicht weiterhilft.«

Madame Le Grand sah lange aufs Meer hinaus, bevor sie ihm antwortete: »Monsieur Nielsen, wenn Sie wirklich wollen, können Sie mich nach Tréguier begleiten. Unter einer Bedingung.«

»Welcher?«

»Dass Sie mit mir den Jahrmarkt besuchen und am Tag darauf mit dem Rad zu einer Felseninsel mitten im Meer hinausfahren, wenn Sie so lange bleiben möchten.«

Ungefähr gleichzeitig wandte sich Peter Sympson an Rosa Moreno. »Es tut mir leid«, sagte er.

Rosa Moreno starrte unentwegt auf das sonnenglitzernde Meer, auf dem die Jolle immer noch als zitternde Luftspiegelung zu sehen war. Als sie Marcels Silhouette am Heck des Boots nicht mehr mit Sicherheit ausmachen konnte, drehte sie den Kopf und sah Peter Sympson an. »Mr Sympson«, sagte sie, »sind Sie wirklich sicher, dass ich es bin, der Sie Ihren Stein geben wollen?«

»Ja«, antwortete Peter Sympson.

Rosa Moreno ließ ihren Blick erneut über das Meer schweifen, war sich nun aber nicht mehr sicher, dass sie bei all dem Glitzern die Jolle überhaupt noch erkennen konnte, geschweige denn Marcel.

»Ich weiß nicht, was Sie jetzt vorhaben«, fuhr Peter Sympson bedächtig fort, »aber wenn Sie wollen, könnte ich Sie in meinem Geschäft anstellen. Mit Ihrem Sinn für

Schönheit werden Sie alles ausgezeichnet bewältigen, da bin ich ganz sicher.«

»Ich bin schwanger«, sagte Rosa Moreno. »Das Kind ist von Marcel.«

»Ich weiß.«

Rosa Moreno sah erneut den Schimmer, den Peter Sympsons Stein ausstrahlte. Sie dachte, dass sie immer noch fast alles zu gewinnen, aber nur einen Traum zu verlieren hatte.

»Mr Sympson«, sagte sie mit fester Stimme. »Ich möchte gerne in Ihrem Geschäft arbeiten. Aber das Kind braucht einen Vater.«

Peter Sympson nickte stumm. Er wandte den Blick von ihr ab und zum Meer. Doch das Einzige, was er von der funkelnden Schönheit vor seinen Augen wahrnahm, war ein Schimmer wie der eines Mondsteins oder eines porzellanfarbenen Opals, die Sonne, die durch einen leichten Sprühregen drang.

Mit der Zeit wurde die Jolle kleiner und kleiner. Bald konnte man nichts mehr außer dem Segel ausmachen, das sich in der mächtigen Dünung, die der Sturm des vorigen Tages zurückgelassen hatte, hob und senkte. Manchmal, in einigen besonders tiefen Wellentälern, verschwanden das Boot und sein Kapitän völlig.

Und wenig später waren die Jolle und Marcel unwiderruflich außer Sichtweite. Von diesem Moment an war Marcel nur noch eine Erinnerung, eine Luftspiegelung, ein märchenhafter Traum, der noch für einen Augenblick in der Fantasie der Mannschaft und der Passagiere weiterlebte, um dann immer mehr zu verblassen und sich im Glitzern des Meeres zu verlieren, in den scharfen Reflexen der Edelsteine, im Funkeln der Sterne, in den flüchtigen Erzählungen der Seeleute und im Flimmern der Bildschirme.

Auch dass seine Geschichte erzählt würde, die ja schon unzählige Male erzählt und sogar auf Mamans Karteikarten oder auch anderswo notiert war, würde Marcel kein Weiterleben sichern, das lebenswert war.

Auch das nicht.

Der Keltische Ring

Eine steife Brise fegt über die dänische Stadt Dragör hinweg, als ein finnischer Katamaran im Hafen anläuft. Der leidenschaftliche Segler Ulf hilft dem erschöpften Skipper Pekka beim Anlegen. Dieser übergibt ihm sein Logbuch, welches von einem mysteriösen Bund handelt: dem »Keltischen Ring«. Ulf beschließt, dieses Geheimnis zu ergründen und die Route des Skippers nachzufahren. Er und sein Freund Torben brechen auf, Pekka wird indes ermordet und der waghalsige Törn entlang der schottischen Küste wird bald zu einer lebensbedrohlichen Gefahr für die beiden Segler.

Long John Silver

Der berühmte Held von der »Schatzinsel« muss einiges richtigstellen. Hier erzählt er sein Leben und gibt uns eine schonungslose Einführung in die Welt der Seeleute und Piraten, die ganz und gar anders ist als in romantischen Romanen und heroischen Biografien. Long John Silver berichtet von Kapitänen, Teerjacken und Lügenhälsen, von Freunden und Verrätern, Meuterern und Sklavenhändlern, und nicht zuletzt von einem gewissen Jim Hawkins. Gesetze werden zu Richtlinien, und Silver selbst vom Glücksritter zum Feind der Menschheit.

Nikos Kavvadias *Die Schiffswache*

Auf dem Chinesischen Meer, Ende der Vierzigerjahre, erzählen sich die Offiziere und Matrosen eines alten griechischen Frachtschiffs in langen Stunden des Wachens die Geschichten über das, was ihr Leben ausmacht: Träume, Abenteuer, Sehnsüchte. Einer der ehrlichsten und bewegendsten Schifffahrtsromane, die je geschrieben wurden.

Ignacio Aldecoa *Gran Sol*

Zwei spanische Fischerboote machen sich auf den Weg zur Fischbank Gran Sol westlich von Irland. Die Männer an Bord zweifeln, streiten, trinken und träumen, hadern mit dem Verlust ihrer Heimat und der Sehnsucht nach ihren Frauen. Sie sind allein mit sich auf dem urgewaltigen Meer, das ihnen Ort ewiger Bewährung ist.

Guy de Maupassant *Auf See*

Maupassants zeitlose Texte über eine zehntägige Kreuzfahrt mit seiner Jacht von Antibes bis Saint Tropez sind gleichzeitig eine Reise durch Geist und Seele des Schriftstellers. Während das Schiff ihn Welle für Welle in die endlose Weite der Gedanken trägt, holen ihn die kurzen Landgänge in die Gegenwart und das Schicksal seiner Zeitgenossen zurück.

Alexander Grin *Purpursegel*

Wie eine fremdartige Blume wächst das Mädchen Assol an einer rauen Meeresküste unter Fischern auf. Eines Tages verkündet ihr ein Märchenerzähler: »Ein weißes Schiff unter riesigen, leuchtenden Purpursegeln wird die Wellen durchschneiden und geradewegs auf dich zukommen.« Seitdem wartet sie auf den Tag, der sie aus ihrem bescheidenen Leben erlöst.